La bibliothèque Gallimard

Sources des illustrations

Couverture : Gaston Chaissac, *Totem* (détail), 1964. Galerie Blancpain Stepczynski, Genève © Adagp, Paris 1998.
10 : Ph. © Coll. Viollet. 15 : Bibliothèque nationale de France, Paris – Ph. © Coll. Viollet. 69 : Bibliothèque Marmottan, Paris – Ph. © Coll. Viollet. 199, 204, 321 : Ph. © Lipnitzki-Viollet. 207 : Ph. Constantin Chapiro © Coll. Société française de photographie. 246 : Ph. © Jean-Loup Charmet. 251 : Coll. *Cahiers du Cinéma* – D.R.

© Éditions Gallimard, 1938 pour la traduction du *Portrait*, du *Nez* et du *Manteau* par Henri Mongault, 1966 pour la traduction du *Journal d'un fou* par Sylvie Luneau, 1970 pour la traduction de *La Perspective Nevski* par Gustave Aucouturier, 1998 pour l'accompagnement pédagogique de la présente édition.

Nicolas Gogol

Nouvelles de Pétersbourg

Lecture accompagnée par
Juliette de Dieuleveult
ancienne élève de l'École normale supérieure,
agrégée de lettres modernes

La bibliothèque Gallimard

Florilège

« Mais le plus étrange de tout, c'est ce qui se passe sur la Perspective Nevski ! Oh ! ne vous y fiez pas, à cette Perspective Nevski ! » (*La Perspective Nevski*).

« Les assistants demeurèrent un bon moment stupides, hébétés, ne sachant trop s'ils avaient réellement vu ces yeux extraordinaires ou si leurs propres yeux, lassés par la contemplation de tant de vieux tableaux, avaient été le jouet d'une vaine illusion » (*Le Portrait*).

« Pourquoi suis-je conseiller titulaire, et à quel propos ? Peut-être que je suis comte ou général et que j'ai seulement l'air comme ça d'être un conseiller titulaire ? Peut-être que j'ignore moi-même qui je suis » (*Le Journal d'un fou*).

« Non, cela ne tient pas debout, je ne le comprends absolument pas... Mais, ce qu'il y a de plus étrange, de plus extraordinaire, c'est qu'un auteur puisse choisir de pareils sujets... » (*Le Nez*).

« On emporta le mort, on le mit en terre et Pétersbourg demeura sans Akaki Akakiévitch. Il disparut à jamais, cet être sans défense à qui personne n'avait jamais témoigné d'affection, ni porté le moindre intérêt, non, personne, pas même l'un de ces naturalistes toujours prêts à épingler la plus banale des mouches pour l'examiner au microscope » (*Le Manteau*).

Ouvertures

Nicolas Gogol, auteur des nouvelles* pétersbourgeoises que nous allons découvrir ensemble, est l'un des écrivains russes de la première moitié du XIXe siècle qui a le plus marqué son temps. Il prend place parmi les autres grands écrivains russes que sont Pouchkine, Tolstoï ou Dostoïevski.

Un écrivain dans la Russie tsariste

Deux tsars, deux frères, règnent sur la Russie durant la vie de Gogol : Alexandre Ier (1801-1825) puis Nicolas Ier (1825-1855). Le régime dominant est l'autocratie, en d'autres termes la tyrannie, et ce sont le plus souvent les affaires extérieures et les relations internationales qui prennent le pas sur les affaires intérieures et les réformes de la société russe. Quelle est durant cette période, riche en bouleversements majeurs dans toute l'Europe, la situation de la Russie tsariste ?

La Russie en batailles
Adversaire farouche de la France et de son empereur Napoléon, considéré par le tsar comme un dangereux révolutionnaire, la Russie s'engage au tournant du siècle dans une guerre contre la France, aux côtés de l'Autriche. Le résultat le plus marquant est la cuisante défaite d'Austerlitz le 2 décembre 1805, que les Russes n'auront alors de cesse d'effacer.

* Les mots signalés par un astérisque sont définis dans le glossaire.

La revanche aura lieu quelques années après et tient autant aux problèmes matériels qui assaillirent les troupes françaises qu'à la combativité des soldats russes soutenus par le patriotisme sans faille de l'ensemble de la population. Lorsque Napoléon, en effet, engage en 1812 ses quelque 420 000 hommes sur le territoire russe, il n'imagine pas que les 120 000 soldats russes qui lui font face sauront lui tenir tête. Et pourtant... Au plus fort de l'hiver, et alors qu'il s'est avancé en vainqueur jusqu'à Moscou qu'il occupe, c'est la déroute aux abords de la Berezina – d'où la signification métaphorique de ce mot dans le langage courant. Pendant la retraite des troupes napoléoniennes, la Grande Armée doit en effet franchir cette rivière de Biélorussie, au prix de nombreux morts, vaincue autant par la pugnacité des Russes que par la rigueur du climat et les problèmes d'approvisionnement. L'abdication de Napoléon en 1814 met fin à la domination française sur l'Europe. Son retour pendant les Cent-Jours ne peut enrayer la débâcle qui se clôt sur l'écrasante défaite de Waterloo en 1815.

Un nouvel ordre européen voit le jour au congrès de Vienne : la Russie représentée par Alexandre Ier, et alliée à l'Autriche de Metternich, affirme son pouvoir sur l'Europe et annexe la Pologne.

Avec le règne de Nicolas Ier, la politique d'expansion territoriale de la Russie se poursuit. Désormais, tandis que les révolutions de 1848 ébranlent l'ordre monarchique en Europe, la Russie fait figure de gardien de la légitimité et de tenant de la réaction. Le tsar joue alors le rôle de « gendarme de l'Europe », et, craignant la contagion des mouvements révolutionnaires, se fige sur ses positions. Un des derniers événements majeurs de la fin du règne de Nicolas Ier est la guerre de Crimée : elle oppose la Russie à la Turquie en 1855 et voit la défaite de l'Empire russe.

Un régime à bout de souffle

En politique intérieure, le problème majeur qu'ont à affronter successivement Alexandre Ier puis Nicolas Ier est celui du servage, alors dominant en Russie. Sur 67 millions d'habitants que compte le pays en 1851, plus de 40 % sont des serfs : ce chiffre montre à quel point l'Empire russe de l'époque reste marqué par cette pratique qui a, à cette date, disparu depuis longtemps du reste de l'Europe. À cette question du servage s'ajoutent celle du retard pris par la Russie en matière de développement économique et industriel, ainsi que celles posées par l'inefficacité et la corruption de l'administration.

Les tentatives de réformes restent le plus souvent lettre morte : une timide tentative de libéralisation a été amorcée par Alexandre au début de son règne, permettant un relâchement de la censure et autorisant entre autres les Russes à voyager de nouveau à l'étranger, mais les tentatives faites pour réformer le régime n'aboutissent pas. La censure reste très forte : elle s'étend de la littérature aux universités où certaines matières, tels le droit constitutionnel ou la philosophie, sont retirées des programmes. Le régime va même jusqu'à instaurer une « censure des censeurs », véritable police des polices dont les contrôles sont aussi fréquents que tatillons.

Avec Nicolas Ier, un durcissement se fait sentir : son règne, avant tout militaire et bureaucratique, voit constamment croître le poids d'une police politique qui surveille tout particulièrement les écrivains ; Pouchkine en est souvent la victime. Aucune véritable tentative pour abolir le servage n'est faite par le tsar, qui craint une révolte des nobles au cas où un tel projet verrait le jour. Ainsi, durant cette période, la situation de la société russe n'a pas évolué, tandis que le poids de la Russie dans la situation internationale s'est accru. C'est pourtant dans ce climat d'austérité, de surveillance policière et de réaction que vont voir le jour quelques-uns des chefs-d'œuvre de la littérature russe moderne.

L'âge d'or de la littérature russe

À partir du règne d'Alexandre Ier, s'élabore en Russie une culture littéraire brillante qui, contrairement à ce qui était le cas au XVIIIe siècle, ne doit plus rien aux emprunts faits aux pays d'Europe occidentale. La période de 1820 à 1880 constitue l'âge d'or de la langue et de la littérature russes.

Pouchkine, le prince des lettres

Le développement de la langue russe, qui lui permet d'accéder au rang de langue littéraire, doit beaucoup au talent de Pouchkine, artisan principal de cet essor : il sut enrichir cette langue par ses écrits, et en renouveler la versification. Ce poète fait figure de « prince des lettres » dans la Russie d'alors. Dostoïevski, autre figure majeure de la littérature russe, écrit de lui :

« Pouchkine exprime de façon extraordinaire et peut-être unique l'esprit de la Russie, a dit Gogol. J'ajouterai pour ma part : et aussi de façon prophétique… Il éclaire, de sa seule présence, comme un fanal, les chemins obscurs que nous parcourons. »

Cette admiration de Gogol pour Pouchkine peut s'expliquer par les apports de celui-ci à la littérature russe de son temps. Les nouvelles tendances de la littérature russe ont toutefois été amorcées avant Pouchkine par des auteurs moins reconnus que lui, qui eurent le mérite d'ouvrir des voies jusqu'alors inexplorées. Deux courants majeurs se développent sous le règne d'Alexandre Ier : le romantisme, importé d'Europe et imité du poète anglais Byron, et le réalisme. Le poète Joukovski (1783-1852) illustre par son œuvre le premier courant, Griboïedov (1795-1829) représente un bon exemple du second.

Né en 1799 et tué en duel en 1837, Pouchkine fait figure du plus grand poète russe, aujourd'hui encore. Vladimir Nabokov, grand romancier russe du XXe siècle, auteur, entre autres, de *Lolita*, le qualifie de « plus grand poète de son temps (et peut-être de tous les temps, Shakespeare excepté) » dans l'ouvrage qu'il consacre à Gogol. Pouchkine, ce grand connaisseur de la littérature et de la culture françaises, admirateur d'Homère et de Shakespeare, est le fondateur de l'école réaliste russe, et le père du roman russe moderne (par exemple, *La Fille du capitaine*). Mais c'est avant tout un immense poète, avec des œuvres comme *Eugène Onéguine* – à la traduction duquel Nabokov travailla une grande partie de sa vie –, *Boris Godounov* ou encore *Le Cavalier de bronze*.

Lermontov, l'initiateur de la modernité

Un autre auteur, certes moins marquant que Pouchkine, mais dont le rôle fut tout aussi décisif pour le renouveau de la littérature russe, est Michel Lermontov (1814-1841) : il est l'auteur d'un chef-d'œuvre du roman russe moderne, *Un héros de notre temps*, œuvre dont la modernité et l'originalité ne cessent d'étonner ses lecteurs. Ce génie romantique, ce « Byron russe », comme on a pu l'appeler, a également écrit de nombreux poèmes, dont le très beau poème *Le Démon*. À titre d'exemple, en voici quelques vers :

« Je suis celui dont le regard,
Tue l'espérance dès qu'elle fleurit,
Je suis celui que personne n'aime,
Que tout être vivant maudit. »

C'est dans cette lignée de prosateurs et de poètes que Gogol trouve la place qui est la sienne.

Gogol, un héros de son temps

Nicolas Gogol, « le plus singulier poète en prose que la Russie ait jamais connu » selon Vladimir Nabokov, naît le 19 mars 1809 à Sorotchintsy, modeste bourgade de la province de Poltava, en Petite-Russie (au nord-ouest de Moscou). Il finit ses jours moins de cinquante ans plus tard à Moscou, le 21 février 1852.

Sa vie riche et mouvementée est faite d'errances : ce provincial débarqué à Saint-Pétersbourg au sortir de l'adolescence ne s'habitue jamais tout à fait à la grande ville. Russe de cœur, provincial dans l'âme, il parcourt toute l'Europe, passant de Paris à Berlin, de Naples à Rome, et puise dans ces voyages les éclairs de beauté et de nouveauté dont il a besoin pour créer son œuvre.

Du provincial Petit-Russien au poète pétersbourgeois

Issu d'une ancienne famille ukrainienne à la situation modeste, Nicolas Gogol fait ses études au gymnase (équivalent russe du lycée) de Niéjine. Les cours y sont donnés en russe, la langue officielle et littéraire du pays, alors que l'ukrainien, sa langue natale, est à l'époque considéré comme un patois. D'après les témoignages de ceux qui l'y connurent, Gogol est au lycée un élève doué, très observateur des tics et

Nicolas Gogol peint par Th. A. Moller.

manies de ses professeurs comme de ses camarades, une particularité que l'on retrouve dans son écriture. Il affuble sans cesse maîtres et amis de sobriquets comiques. À cet égard, il faut rappeler qu'il fut perçu par ses contemporains d'abord comme un écrivain comique. Son goût pour le dessin et la musique n'a d'égal que sa passion pour le théâtre. Gogol écrit alors des vers et subit déjà l'influence de Pouchkine, son aîné et modèle. Il est le bibliothécaire de sa classe et le rédacteur en chef d'une revue d'élèves, *L'Étoile*, où l'on peut lire diverses contributions, poèmes ou commentaires de l'actualité politique et littéraire.

À sa sortie du lycée, Gogol se prépare à embrasser une carrière administrative : il quitte donc son Ukraine natale pour rejoindre la capitale de la Russie de l'époque, Saint-Pétersbourg, la « ville de ses rêves », d'après ses dires.

Fonctionnaire ou écrivain ?

L'arrivée de Gogol à Saint-Pétersbourg est difficile. Vivotant à l'aide des modestes subsides que lui envoie sa mère, prenant conseil auprès de ses camarades ukrainiens qui ont déjà rejoint un poste administratif dans la capitale de l'Empire, Gogol ne semble pas très pressé de décrocher cet emploi au service de l'État dont il rêvait au fond de sa province. La carrière semble d'ores et déjà moins l'attirer que la découverte de la grande ville ainsi que la fréquentation d'artistes, de peintres et de cours d'histoire de l'art. Pourtant, Gogol parvient à décrocher un poste au ministère de l'Intérieur en 1829. La fréquentation des ministères et son passage au sein de l'administration lui fourniront de nombreux modèles de petits fonctionnaires pour ses romans et nouvelles.

Qu'en est-il des projets littéraires de Gogol à cette époque ? Pour lui la littérature est, au départ, purement alimentaire. Il voit dans ses dons d'écriture, remarqués dès le lycée, un moyen facile d'augmenter ses ressources financières. Le public s'intéresse aux histoires régionales : l'Ukraine est à la mode à Saint-Pétersbourg. Gogol écrira donc sur sa terre natale. Il demande alors à sa mère des renseignements sur les coutumes et légendes petites-russiennes, afin d'alimenter son travail.

Son entrée en littérature s'effectue véritablement en 1831, à vingt-deux ans. À cette époque, Gogol fait la connaissance de deux personnes qui vont l'introduire dans les cercles littéraires de Pétersbourg : le baron Delvig, directeur de *La Gazette littéraire* et ami de Pouchkine, et un nommé Plétniov, familier de Pouchkine également. Par leur entremise, Gogol va approcher l'intimité de son idole, et se faire connaître dans les cénacles littéraires.

En 1832 paraissent ainsi *Les Veillées du hameau*, ouvrage de contes du folklore ukrainien. Le ton neuf de ces récits ainsi que leur charme régional contribuent au succès immédiat de l'ouvrage, succès immense et surtout populaire. Le livre conquiert aussi bien les salons et la cour que la grande masse des lecteurs. Avec les *Veillées*, Gogol se révèle un véritable auteur populaire, un « écrivain dans le goût de la plèbe », comme il l'écrit lui-même. La réaction de Pouchkine à la lecture de ce recueil de nouvelles est dithyrambique. Il écrit à un ami :

« Je viens de lire *Les Veillées du hameau* qui m'ont stupéfait. La voilà la vraie gaieté, sincère, spontanée, sans apprêts, sans grimaces ! Et que de poésie par moments, que de sensibilité ! Tout cela est si nouveau dans notre littérature que je n'en reviens pas. **»**

Avec les *Veillées*, le peuple pénètre dans la littérature russe ; une sensibilité inédite fait son apparition dans les lettres russes.

L'année 1834 marque pour Gogol l'apogée de sa carrière littéraire : en cette année extrêmement féconde paraissent quatre des nouvelles de ce recueil, *Le Portrait*, *Le Nez*, *Le Journal d'un fou*, *La Perspective Nevski*, ainsi que le roman *Tarass Boulba*, épopée patriotique qui évoque avec un lyrisme* parfois grandiloquent la lutte des cosaques ukrainiens contre les Polonais.

Suit en 1836 une pièce de théâtre, *Le Revizor*, qui éreinte la bureaucratie russe sous la forme d'une comédie cinglante.

L'écrivain voyageur

Au mois de juin 1836, Gogol entame un long périple qui le conduit d'abord en Allemagne, à Hambourg, Cologne, Francfort et Baden-Baden, avant de le mener en Suisse puis à Paris et enfin à Rome. Cette ville est pour lui l'occasion d'une véritable révélation : il s'y découvre une passion pour l'Italie et pour l'art italien. Il y apprécie d'abord le climat : curieusement, cet Ukrainien venu du froid ne supporte pas les rigueurs de sa Russie natale et trouve des charmes sans cesse renouvelés à la douceur méditerranéenne. Il est surtout fasciné par la culture et la peinture italiennes, et notamment par le mélange d'un art moderne ou contemporain et d'une antiquité omniprésente dans les ruines de la Rome impériale.

Gogol enfin apprécie par-dessus tout le dépaysement que lui procure ce séjour de deux années à Rome, et cette impression d'être partout un exilé de Russie. Mais c'est dans cette ville que vient le frapper en 1837 la nouvelle de la mort de Pouchkine tué en duel à Pétersbourg ; Pouchkine était pour lui plus qu'un ami, il était un guide, un mentor, et personnifiait le Poète. Les lettres qu'il écrit alors à ses amis restés en Russie sont empreintes de ce choc ; elles disent combien cette perte est pour lui celle d'une figure tutélaire :

« Je ne pouvais recevoir de pire nouvelle de Russie. Avec lui, c'est la joie suprême de ma vie qui est disparue. Je n'entreprenais jamais rien sans son conseil. Jamais je n'ai écrit une seule ligne sans le voir devant moi, sans me demander ce qu'il dirait, de quoi il rirait, ce qu'il approuverait définitivement. »

Hérité de Pouchkine, qui lui en avait fait part, le sujet des *Âmes mortes* s'ancre alors dans l'esprit de Gogol. Ce roman, un des chefs-d'œuvre de la maturité, apparaît comme un hommage au poète disparu. Il paraît en 1841 et connaît lui aussi un grand succès.

Les années suivantes, les errances de Gogol en Europe reprennent. Il passe ses hivers à Rome, Naples ou Florence et ses étés dans les villes d'eau d'Europe du Nord. Son dernier voyage, en 1848, est consacré à un pèlerinage en Terre sainte, projet qui lui tenait à cœur de longue date.

Gogol meurt le 21 février 1852 des suites d'une maladie que les médecins eurent du mal à déterminer. On rapporte que ses dernières paroles furent les suivantes : « Une échelle vite, une échelle », dernière énigme laissée à la postérité de celui qui, de son vivant, fut perçu par ses contemporains comme une énigme.

Saint-Pétersbourg et ses merveilles

Ces cinq nouvelles* que nous allons étudier n'ont pas, au contraire des *Veillées du hameau*, été conçues dès le départ comme un ensemble par Gogol : c'est après coup qu'il leur trouva une unité organique. Et, de fait, ces récits sont intimement liés par la figure de la capitale de l'Empire russe, ville fascinante et terrifiante tout à la fois.

Elles sont parues échelonnées dans le temps : la première est *Le Portrait*, publiée en 1835 dans le premier volume des *Arabesques*, un recueil de nouvelles. Une version profondément remaniée paraît en 1842. En 1835 toujours, mais cette fois dans le second volume des *Arabesques*, paraissent *La Perspective Nevski* et *Le Journal d'un fou*. *Le Nez* est publié en 1836 dans la revue de Pouchkine, *Le Contemporain* ; présenté par Pouchkine lui-même, le récit est décrit comme une « pochade » amusante. *Le Manteau*, enfin, est publié en 1843.

Par son ampleur majestueuse, la Perspective Nevski, principale artère de Pétersbourg et fil directeur de ce recueil de nouvelles*, offre un espace propre à déployer l'imaginaire. (Gravure, XIXᵉ s.)

Une ville au-delà du réel

Dans ces histoires où la limite entre la réalité et le fantastique*, entre la veille et le songe s'estompe sans cesse, où les frontières entre monde réel et fantasmagorie s'effacent, c'est Saint-Pétersbourg, semble-t-il, qui joue le rôle de catalyse conduisant au décrochement du récit. Tout se passe comme si les rues de Pétersbourg s'animaient et s'ingéniaient à égarer, à plonger dans la folie ces personnages de petits fonctionnaires que Gogol y promène.

L'univers profondément cohérent de ces récits pétersbourgeois est imprégné de fantastique, mais un fantastique différent de celui des légendes ukrainiennes des *Veillées*. Fantastique urbain, d'abord, par opposition au fantastique rural des récits d'Ukraine; fantastique né de

Histoire et culture au temps de Nicolas Gogol

	Histoire	Culture	Vie et œuvre de Nicolas Gogol
1801	Début du règne d'Alexandre Iᵉʳ.		
1802	Bataille de Waterloo.		
1805	2 décembre : défaite austro-russe à Austerlitz.		
1808		Goethe, *Faust* (poème).	
1809			19 mars : naissance de Nicolas Vassiliévitch Gogol Ianovski à Sorotchinsy (Petite-Russie).
1814	Abdication de Napoléon		
1815	Congrès de Vienne (nouvel ordre européen).		
1818		Byron, *Le Pèlerinage de Childe Harold* (poème).	
1821			Pensionnaire au Gymnase (lycée) de Niéjine.
1824	Le droit de grève reconnu en Angleterre		
1825	Mort d'Alexandre Iᵉʳ, succession de son frère Nicolas Iᵉʳ.		
1826	Raidissement de la censure en Russie.		
1827		Pouchkine, *Boris Godounov*.	
1828		Mort de Beethoven.	
1830	Révolution de Juillet (en France).	Stendhal, *Le Rouge et le Noir*. Pouchkine, *Eugène Onéguine*.	Gogol s'installe à Saint-Pétersbourg. Emplois successifs au ministère de l'Intérieur
1831	Règne de Victoria en Angleterre (jusqu'en 1901).	Delacroix, *La Liberté guidant le peuple*. Pouchkine, *Le Cavalier de bronze*.	Les *Veillées du hameau*.
1833			
1834			Nommé professeur adjoint d'histoire à l'Université de Pétersbourg.
1835			*Arabesques* (vol. 1 et 2) : *La Perspective Nevski*, *Le Portrait* et *Le Journal d'un fou*. *Le Nez* paraît dans la revue *Le Contemporain*.
1836			Première représentation du *Revizor*.

1837		Mort de Pouchkine	Gogol séjourne à Paris puis part à Rome (jusqu'en juin 1839).
1842			*Les Âmes mortes.* La censure interdit *Les Âmes mortes.*
1843			**Le Manteau,** *Tarass Boulba.* Incessants (et frénétiques ?) déplacements en Europe jusqu'en 1846 (Italie, Autriche, Allemagne).
1844		Alexandre Dumas, *Les Trois Mousquetaires.*	
1845		Wagner, *Tannhäuser.*	
1848	*Manifeste du parti communiste* (Marx et Engels). Révolutions en Europe.		
1851	Coup d'État de Louis-Napoléon Bonaparte. Le chemin de fer reliant Saint-Pétersbourg à Moscou est ouvert au public.		Publication à Paris des *Nouvelles russes.* Départ pour l'Orient (de Constantinople à Jérusalem).
1852		Verdi, *La Traviata.*	21 février : Gogol meurt peu après avoir brûlé une partie des *Âmes mortes* à laquelle il travaillait.

la vision de personnages isolés, ensuite. Ces égarés évoluent dans une ville qui les menace, ils sont confrontés à un univers inquiétant qui favorise en eux la naissance de la folie.

La folie au quotidien

Ainsi, on peut relever les principaux thèmes qui constituent la trame de ces récits : la folie, folie douce, comme celle du héros du *Manteau* qui passe ses soirées à copier des textes de sa plus belle écriture, ou folie forcenée du fonctionnaire du *Journal* qui termine sa vie dans un asile d'aliénés.

Étroitement lié à ce thème de la folie, celui de l'art et de l'artiste : il prédomine dans la *Perspective* et dans *Le Portrait* ; il est présent en filigrane dans les trois autres récits.

Sa vision grotesque* de la banalité de l'existence, enfin, permet à Gogol de transformer des événements anodins en épisodes tragicomiques et de soumettre la réalité la plus triviale au filtre du fantastique.

La lecture des récits de Saint-Pétersbourg permet ainsi de découvrir une des œuvres où s'exprime le mieux le talent de conteur de Gogol, capable de nous intéresser à l'histoire apparemment absurde d'un nez perdu que l'on retrouve dans un petit pain. À quel univers invraisemblable et baroque parvient-il à nous faire adhérer ! À ce talent s'allie une verve comique ici à son apogée.

Lire ces contes, c'est aussi une façon plaisante de découvrir un univers typiquement russe, celui de la petite bureaucratie. Cet univers se retrouve dans des œuvres de Dostoïevski, *Le Double* par exemple. Par ces nouvelles, on pénètre le monde étrangement inquiétant de Gogol.

La Perspective Nevski

Rien n'est plus beau que la Perspective Nevski, du moins à Pétersbourg ; elle est tout pour lui. Y a-t-il rien qui manque à la splendeur de cette artère, la reine de beauté de notre capitale ? Je suis sûr qu'il n'est pas un de ses habitants pâles et gradés dans la bureaucratie qui voulût changer pour tous les trésors du monde la Perspective Nevski. Je ne parle pas seulement de ceux qui ont vingt-cinq ans, de belles moustaches et une redingote merveilleusement coupée : même tel dont le menton laisse déjà paraître des poils blancs, et dont le crâne est nu comme un plat d'argent, même celui-là est un enthousiaste de la Perspective Nevski. Et les dames ! Oh ! les dames chérissent encore davantage la Perspective Nevski. Et qui, aussi bien, ne la chérit ? Il n'est que de mettre le pied sur la Perspective Nevski pour ne plus respirer qu'un parfum de promenade. Eussiez-vous même à régler quelque affaire pressante, urgente, qu'arrivé là, certainement, vous oublierez toute affaire. C'est ici l'unique lieu où les gens ne soient pas présents par nécessité, où ils n'aient pas été amenés par un besoin impérieux et par l'intérêt mercantile[1] qui possède tout

---

1. Mercantile : qui relève du commerce et de l'argent.

Pétersbourg. Il semble que l'homme qu'on rencontre sur la Perspective Nevski soit moins égoïste que celui de la rue de la Mer, de la rue des Pois, de l'avenue de la Fonderie, de la rue des Bourgeois et de toutes autres rues où la cupidité, et l'appât du gain, et la nécessité se manifestent dans l'allure de ceux qui vont à pied comme de ceux qui filent en landau ou en drojki[2]. La Perspective Nevski est le lieu de communication de tout Pétersbourg. Ici, l'habitant du Côté Pétersbourg ou du Côté Vyborg, resté des années sans voir son ami des Sablons ou de la Barrière de Moscou, peut être sûr qu'il ne manquera pas de le rencontrer. Il n'est pas de répertoire d'adresses ou de bureau de renseignements qui fournisse d'aussi sûres informations que la Perspective Nevski. Toute-puissante Perspective Nevski ! Unique distraction de Pétersbourg si pauvre en divertissements ! Comme ils sont proprement balayés, ses trottoirs, et, Seigneur ! que de pieds y ont laissé leur trace ! Et la lourde botte boueuse du soldat retraité, sous le poids de laquelle le granit lui-même semble craquer, et le petit soulier mignon, léger comme une fumée, de la jolie jeune dame dont le minois se tourne sans cesse vers les resplendissantes vitrines des magasins comme le tournesol vers le soleil, et le sabre au bruyant cliquetis du petit sous-lieutenant plein d'espérances qui lui imprime sa brutale égratignure, – tout décharge sur ce trottoir la puissance de la force ou la puissance de la faiblesse. Quelle rapide fantasmagorie se déroule là au cours d'une seule journée ! Quelles métamorphoses s'y opèrent d'un lever de soleil à l'autre !

Commençons au tout petit matin, quand tout Pétersbourg sent bon le pain chaud juste sorti du four, et quand il est plein

---

2. Drojki : voiture à cheval de petite taille utilisée par les Pétersbourgeois pour se déplacer ; voiture de louage.

de vieilles mendiantes en haillons et manteaux troués qui partent à l'assaut des parvis des églises et des passants charitables. Alors la Perspective Nevski est déserte : les robustes tenanciers de magasins et leurs commis dorment encore dans leurs camisoles hollandaises, ou savonnent leurs joues généreuses et boivent leur café ; les indigents se rassemblent à la porte des pâtisseries, où un Ganymède mal réveillé, qu'on voyait la veille voleter comme un papillon pour servir le chocolat, sort sans cravate, un balai à la main, et leur jette en pâture des gâteaux rassis et des restes. Un peuple besogneux se traîne par les rues : on voit parfois passer des moujiks[3] qui se hâtent au travail, en bottes souillées de plâtre que même l'eau du Canal Catherine, connue pour sa pureté, n'arriverait pas à laver. C'est un moment où il ne convient généralement pas aux dames d'aller dans la rue, car le peuple russe aime recourir à des expressions rudes et telles qu'elles n'en entendent certainement pas même au théâtre. De temps à autre passe d'un pas paresseux un fonctionnaire sommeilleux, sa serviette sous le bras, s'il se trouve que la Perspective Nevski est sur le chemin de son ministère. On peut dire sans hésiter qu'à ce moment-là, j'entends jusqu'à midi, la Perspective Nevski n'est pour personne un but, elle n'est qu'un moyen : elle s'emplit progressivement de gens qui ont leurs occupations, leurs soucis, leurs embêtements, mais qui ne pensent nullement à elle. Le moujik parle de petits ou de gros sous, les vieillards et vieilles femmes discutent à grand renfort de bras ou parlent tout seuls, avec parfois des gestes assez expressifs, mais personne ne les écoute ni ne se moque d'eux, à l'exception, tout au plus, de gamins en blouse de coutil qui, des bouteilles vides ou des bottes ressemelées à la main,

---

3. Moujiks : paysans russes.

filent comme la flèche le long de la Perspective Nevski. À cette heure-là, vous pouvez vous accoutrer n'importe comment, vous pouvez même être coiffé d'une casquette au lieu de chapeau, votre cravate peut laisser dépasser excessivement votre col, nul ne le remarquera.

À midi, font irruption sur la Perspective Nevski les précepteurs de toutes nationalités, avec leurs élèves en col de batiste. Les Johns anglais et les Cocos français vont bras dessus bras dessous avec les pupilles confiés à leur paternelle sollicitude, et leur expliquent avec la gravité adéquate que les enseignes des magasins sont faites pour que par leur truchement l'on puisse savoir ce qu'on trouve dans lesdits magasins. Les gouvernantes, pâles misses et Slaves vermeilles, suivent majestueusement leurs fillettes légères et pétulantes, en leur disant de lever un peu plus haut l'épaule et de se tenir plus droites ; bref, à ce moment la Perspective Nevski est une Perspective Nevski pédagogique.

Mais à mesure qu'on approche de deux heures, diminue le nombre des gouverneurs, pédagogues et pupilles ; ceux-ci font place finalement aux tendres auteurs de leurs jours, qui vont donnant le bras à leurs compagnes aux robes chatoyantes et multicolores et aux nerfs délicats. Peu à peu se joignent à leur compagnie tous ceux qui ont mené à bien d'assez graves occupations domestiques, comme par exemple de causer avec leur docteur du temps qu'il fait et d'un petit bouton qui a jailli sur leur nez, de s'informer de la santé de leurs chevaux et de leurs enfants, lesquels, au reste, font preuve de grandes aptitudes, de lire le programme des spectacles et un important article du journal sur les personnalités de passage, enfin de prendre leur café et leur thé ; à ceux-là se joignent aussi ceux qu'un sort enviable a gratifiés de la profession bénie de fonctionnaires en mission spéciale. À eux se joignent encore ceux qui ont un emploi aux Affaires étrangères, et qui se distinguent par la noblesse de leurs occupations et de leurs manières. Dieu, qu'il existe de belles fonctions et de beaux emplois ! Comme ils élèvent l'âme et la délectent ! Mais moi, hélas, je ne suis pas fonctionnaire, je suis privé du plaisir de voir avec quelle délicatesse les supérieurs s'adressent à moi.

Tout ce que vous rencontrez sur la Perspective Nevski, tout regorge de bonnes manières : les hommes en long pardessus, les mains fourrées dans les poches, les dames en redingotes de satin rose, blanc et bleu d'azur et ravissants chapeaux. Vous rencontrerez ici des favoris uniques, glissés sous la cravate avec un art extraordinaire, surprenant, des favoris de velours, de soie, noirs comme la zibeline ou le charbon, mais qui, hélas, sont le privilège du seul département des Affaires étrangères. À ceux qui servent dans d'autres ministères, la Providence a refusé les favoris noirs, ils doivent, à leur immense déplaisir, les porter roux. Ici vous rencontrerez des moustaches merveilleuses, que nulle plume, nul pinceau ne sauraient dépeindre ; des moustaches auxquelles est consacrée la meilleure moitié de la vie, objet de longues veilles de jour et de nuit, des moustaches sur lesquelles ont été épandus les parfums et aromates les plus enivrants et qu'ont ointes les pommades les plus précieuses et les plus rares, des moustaches qui s'enveloppent pour la nuit d'un délicat vélin, des moustaches que hume le plus émouvant attachement de leur possesseur et que lui envient les passants. Des milliers de sortes de chapeaux, de robes, d'écharpes chatoyantes, vaporeuses, qui jouissent parfois deux jours entiers de la fidélité de celle qui les porte, éblouissent tout un chacun sur la Perspective Nevski. On dirait que toute une mer de papillons s'est soudain essorée des blés mûrs et ondoie en nuée étincelante au-dessus des noirs scarabées du sexe fort. Ici vous rencontrerez des tailles telles que vous n'en avez jamais rêvé : minces, étroites, des tailles pas plus grosses que le col d'une bouteille, à la rencontre desquelles vous vous effacerez respectueusement de côté, de peur de les heurter, par maladresse, d'un coude incivil ; votre cœur sera pris de crainte, de terreur, que même un souffle imprudent de votre part n'aille briser en deux cet adorable produit de la nature et de l'art. Et les manches de dames que vous croiserez sur la Perspective Nevski ! Ah, quel ravissement ! Elles ressemblent un peu à deux ballons captifs, tels que la dame s'envolerait soudain si son mari ne la retenait au sol ; car soulever une dame en l'air est aussi facile et agréable que de porter aux lèvres une coupe pleine de champagne.

Nulle part, en se croisant, on ne se salue avec autant de noblesse et d'aisance que sur la Perspective Nevski. Ici vous rencontrerez un sourire qui est unique, un sourire qui est le sommet de l'art, parfois tel qu'on en peut fondre de plaisir, parfois tel qu'on se voit soudain plus bas que l'herbe et qu'on baisse la tête, parfois tel qu'on se sent plus haut que la flèche de l'Amirauté et qu'on hausse le col. Ici vous rencontrerez des gens qui causent du dernier concert, ou du temps qu'il fait, avec une distinction et un sentiment de leur propre dignité qui sont hors du commun. Ici vous rencontrerez mille caractères, mille incidents qui défient la description. Seigneur Dieu ! quels étranges caractères on rencontre sur la Perspective Nevski ! Il y a une quantité de gens qui, en vous croisant, jettent immanquablement un regard à vos bottes et, quand vous êtes passé, se retournent pour regarder vos basques. Je n'ai pas encore réussi à comprendre pourquoi. Au début je pensais que c'étaient des cordonniers, mais non, rien de pareil : ce sont pour la plupart des fonctionnaires de divers ministères, beaucoup d'entre eux peuvent rédiger d'excellente manière un rapport d'une administration à une autre, ou bien ce sont des gens qui ont pour occupation de se promener, de lire les journaux d'une pâtisserie à l'autre, bref, pour la plupart, toutes personnes fort convenables. À ce moment béni de la journée, entre deux et trois heures après midi, qui peut s'intituler la capitale en mouvement sur la Perspective Nevski, se déroule l'exposition générale de toutes les meilleures productions de l'homme. L'un montre un pardessus du dernier chic avec ce qu'il y a de mieux comme castor, un autre un superbe nez grec, un troisième de mirifiques favoris, une quatrième une paire de jolis yeux et un étonnant chapeau, un cinquième une bague avec talisman à un coquet petit doigt, une sixième un petit pied chaussé de façon ravissante, un septième une cravate qui appelle l'admiration, un huitième des moustaches qui provoquent la stupeur. Mais trois heures sonnent et l'exhibition prend fin, la foule se raréfie…

À trois heures, nouvelle métamorphose. Sur la Perspective Nevski c'est tout à coup le printemps : elle se couvre tout entière de fonctionnaires en uniformes verts. Affamés, les conseillers titulaires, auliques[4] et autres tâchent de toutes leurs forces à accélérer leur allure. Les jeunes, eux, enregistreurs de collège ou secrétaires de département ou de collège, se dépêchent de profiter du temps qui reste encore pour se promener sur la Perspective Nevski, avec un air de dignité fait pour montrer qu'ils ne viennent nullement de passer six heures assis dans un bureau. Mais les vieux secrétaires de collège, conseillers titulaires et auliques, pressent le pas et vont tête baissée : ils ont autre chose en tête que de se livrer à la contemplation des passants – ils ne sont pas encore tout à fait

---

4. Conseillers titulaires, auliques : membres de la hiérarchie de l'administration russe.

détachés de leurs préoccupations; ils ont dans la tête un pêle-mêle, de véritables archives d'affaires en cours et non réglées; longtemps encore ils voient, à la place des enseignes, des dossiers de paperasses ou le visage bien en chair du chef de bureau.

À partir de quatre heures la Perspective Nevski est déserte, et vous n'y rencontrerez plus guère un seul fonctionnaire. Quelque couturière qui sort d'un magasin et traverse en courant la Perspective Nevski un carton sur les bras; quelque pitoyable proie d'un homme de loi philanthrope lâchée par le monde en manteau de frise; quelque hurluberlu égaré pour qui toutes les heures sont égales; quelque longue Anglaise toute en hauteur, son réticule et un livre à la main; quelque encaisseur d'allure bien russe, avec son surtout de cotonnade cintré à la hauteur des omoplates et sa barbe effilée, dont toute l'existence est à la va-comme-je-te-pousse et en qui tout est en mouvement – et le dos, et les mains, et les jambes, et la tête – tandis qu'il longe respectueusement le trottoir; quelquefois un simple manœuvre… c'est tout ce que vous rencontrerez à cette heure sur la Perspective Nevski.

Mais dès que le crépuscule s'étend sur les maisons et sur les rues, quand le factionnaire, se couvrant de sa houppelande, grimpe à son échelle pour allumer sa lanterne, et qu'au bas des vitrines des magasins apparaissent les estampes qui n'osent pas se montrer en plein jour, alors la Perspective Nevski reprend vie et recommence à s'animer. Alors vient ce moment mystérieux où les lampes donnent à toutes choses je ne sais quel fascinant, quel magique éclairage. Vous rencontrerez un très grand nombre de jeunes hommes, pour la plupart célibataires, en chauds pardessus et manteaux. À cette heure-là on sent qu'il y a là un but, ou plutôt quelque chose qui ressemble à un but. Quelque chose qui échappe largement à la réflexion consciente. Les pas de tous ces gens s'accélèrent et se font, dans l'ensemble, très inégaux. De longues ombres filent sur les murs et sur la chaussée et atteignent presque de la tête le pont de la Police. Les jeunes enregistreurs de collège, secrétaires de département ou de collège, prolongent très longtemps leur promenade ; mais les enregistreurs de collège, conseillers titulaires et auliques d'un certain âge sont pour la plupart restés chez eux, soit parce que ce sont gens mariés, soit parce que la cuisinière allemande qui tient leur ménage leur fait de très bonne cuisine. Ici vous retrouverez les respectables vieillards qui se promenaient à deux heures sur la Perspective Nevski avec tant de gravité et d'admirable distinction. Vous les verrez courir tout aussi bien que les jeunes enregistreurs de collège afin de jeter un coup d'œil sous le chapeau d'une dame entrevue de loin, et dont les lèvres charnues et les joues diversement fardées plaisent à tant de promeneurs, et tout spécialement aux commis de boutique, aux artisans, aux commerçants qui, vêtus de surtout à l'allemande, se promènent toujours en nombre, et d'habitude bras dessus bras dessous.

« Halte ! s'écria à ce moment le lieutenant Pirogov en saisissant le bras d'un jeune homme en habit et pèlerine qui marchait à son côté. Tu as vu ?

– J'ai vu, merveilleuse, absolument la Blanca du Pérugin.

– Mais de qui parles-tu ?

– D'elle, de cette brune. Oh, ces yeux, Seigneur, ces yeux ! Et tout son port et sa ligne, et l'ovale du visage… des merveilles !

– Je te parle, moi, de la blonde qui est passée après elle, dans l'autre direction. Qu'attends-tu pour suivre la brune, si elle t'a tellement plu ?

– Oh ! comment pourrais-je ! s'exclama en rougissant le

jeune homme en habit. Comme si elle était de celles qui font le trottoir le soir sur la Perspective Nevski ! Ce doit être une dame de très haut rang, poursuivit-il en soupirant, rien que le manteau qu'elle porte vaut au moins quatre-vingts roubles !

– Innocent ! s'écria Pirogov en le poussant malgré lui dans la direction où l'on voyait chatoyer le manteau de la dame. Cours, nigaud, tu vas la rater ! Moi, je vais suivre ma blonde. »

Les deux amis se séparèrent.

« On vous connaît, toutes tant que vous êtes ! » pensait à part lui Pirogov avec un sourire satisfait et suffisant, convaincu qu'il n'était pas de belle qui pût lui résister.

Le jeune homme en habit et pèlerine partit d'un pas timide et mal assuré dans la direction où flottait au loin le manteau chatoyant, qui tantôt s'illuminait d'un vif éclat à mesure qu'il approchait de la lumière d'un réverbère, tantôt se couvrait momentanément de ténèbres en s'en éloignant. Son cœur battait, et il pressait malgré lui le pas. Il n'osait même pas songer à obtenir quelque droit à l'attention de la belle qui s'éloignait rapidement devant lui, et encore moins se permettre une pensée aussi noire que celle qu'avait voulu lui suggérer le lieutenant Pirogov ; il ne désirait que voir la maison, se représenter la demeure où vivait cette créature adorable qui, lui semblait-il, devait être descendue tout droit du ciel sur la Perspective Nevski et allait sûrement s'envoler de nouveau il ne savait où. Il courait si vite qu'à chaque instant il bousculait d'importants messieurs à favoris gris.

Ce jeune homme appartenait à cette catégorie de gens qui constitue chez nous un phénomène assez singulier, et qui a sa place parmi les citoyens de Pétersbourg à peu près comme a la sienne dans le monde réel un visage qui nous apparaît en rêve. Cette classe exceptionnelle est une remarquable rareté dans une ville où tout est fonctionnaire, négociant ou artisan allemand. C'était un peintre. Étrange, n'est-il pas vrai ? Un peintre à Pétersbourg ! Un artiste au pays des neiges, un artiste au pays finnois où tout est humide, plat, uniforme, blême, gris, brumeux… Ces artistes-là ne ressemblent en rien aux artistes italiens, fiers, ardents comme l'Italie et son ciel ; ce sont au contraire, pour la plupart, gens doux et bons, discrets, insouciants, silencieusement épris de leur art, qui prennent le thé avec un ou deux amis dans leur atelier, discutent modestement de leur sujet chéri et négligent absolument le superflu. Ils font venir chez eux quelque vieille indigente et la font poser cinq ou six bonnes heures pour fixer sur leur toile sa pitoyable figure dépourvue d'expression. Ils dessinent la perspective de leur atelier, où l'on voit tout un bric-à-brac d'artiste – des bras et jambes de plâtre qui ont pris, avec le temps et la poussière, la teinte du café, des chevalets brisés, une palette jetée de côté, – un ami jouant de la guitare, des murs maculés de couleurs, une fenêtre grande ouverte par laquelle s'entrevoit la pâle Néva avec de misérables pêcheurs en chemises écarlates… Ils ont, toujours et presque sur toutes choses, un coloris grisâtre et trouble – cachet indélébile du Nord. Et tout cela n'empêche que c'est avec une véritable délectation qu'ils peinent à leur travail. Ils portent souvent en eux un vrai talent, et il suffirait que passât sur eux le souffle frais de l'Italie pour que ce talent ne manquât pas de se développer aussi librement, largement et brillamment qu'une plante qu'on a enfin tirée d'une chambre close au grand air. Ils sont, aussi bien, très timides : une plaque et une grosse épaulette les jettent dans une telle confusion qu'involontairement ils baissent leurs prix. Ils aiment quelquefois sacrifier à la coquetterie, mais sur eux l'élégance a toujours l'air trop voyant et fleure quelque peu le rapiéçage. Vous leur verrez parfois un habit irréprochable avec un manteau sale, un riche gilet de velours sous une blouse bariolée de taches. Tout de même que, sur un paysage d'eux resté inachevé, vous verrez, dessinée la tête en bas, une nymphe que, faute de trouver une autre place, l'artiste a esquissée sur le fond barbouillé d'une œuvre antérieure naguère peinte avec ferveur... Il ne vous regarde jamais droit dans les yeux, ou s'il le fait, c'est d'on ne sait quel regard trouble, indéfini ; il ne darde pas sur vous le coup d'œil d'épervier de l'observateur ou le coup d'œil de faucon de l'officier de cavalerie. Cela vient de ce qu'il voit à la fois vos traits et ceux de quelque Hercule de plâtre dressé dans son atelier ; ou de ce qu'il se représente déjà son propre tableau, celui qu'il en est encore à concevoir. C'est pourquoi il répond souvent de façon incohérente, parfois tout à fait à côté, et les sujets qui s'entremêlent dans sa tête augmentent encore sa timidité.

C'est à cette catégorie qu'appartenait le jeune homme que nous avons décrit, le peintre Piskariov, renfermé, timide, mais qui portait dans son âme des étincelles de sentiment prêtes, l'occasion aidant, à jaillir en flamme. C'est avec un tremblement secret, et comme s'étonnant lui-même de son audace, qu'il se hâtait à la poursuite de l'objet qui l'avait tant impressionné. La créature inconnue à laquelle s'attachaient si fortement ses yeux, ses pensées et ses sentiments, tourna soudain la tête et lui jeta un regard. Dieu ! quels traits divins ! Son front exquis, d'une blancheur éblouissante, était ombragé d'une chevelure aussi belle que l'agate. Elle s'enroulait en boucles adorables dont une partie, glissant de dessous le chapeau, frôlait une joue où affleurait une fine et fraîche rougeur appelée par le froid du soir. Les lèvres étaient closes sur tout un essaim de rêves délicieux. Tout ce qui reste des souvenirs d'enfance, tout ce que dispensent la rêverie et la paisible inspiration à la lueur d'une veilleuse, tout cela semblait s'être rassemblé, fondu et reflété dans la ligne harmonieuse de ces lèvres. Elle jeta un coup d'œil à Piskariov, et le cœur du jeune homme frémit sous ce regard ; c'était un regard sévère, un sentiment d'indignation se marquait sur son visage contre cette poursuite insolente ; mais sur ce beau visage la colère même était un enchantement. Frappé de honte et de crainte, il s'arrêta, les yeux baissés ; mais comment laisser échapper cet être divin sans connaître seulement le sanctuaire où il était descendu élire domicile ? Telles furent les pensées du jeune rêveur, et il décida de continuer la poursuite. Mais afin de ne pas se faire remarquer il se laissa quelque peu distancer, et se mit à regarder à droite et à gauche d'un air détaché et à examiner les enseignes, sans perdre de vue, ce faisant, un seul pas de son inconnue. Les passants commençaient à se faire plus rares, la rue plus silencieuse. La belle tourna encore la tête, et il lui sembla qu'un léger sourire avait passé sur ses lèvres. Il frémit tout entier, n'en croyant pas ses yeux. Non, c'était un réverbère dont la lumière trompeuse avait jeté sur les traits de la jeune femme l'apparence d'un sourire ; non, c'étaient ses propres rêves qui se moquaient de lui ! Mais son souffle s'arrêta dans sa poitrine, il n'y eut plus en lui qu'indéfinissable palpitation, une flamme emporta tous ses sentiments et tout devant lui se couvrit d'une espèce de brouillard ; le trottoir se dérobait sous ses pas, les calèches et leurs chevaux au galop semblaient immobiles, le pont s'étirait et se rompait à son arche, les immeubles se retournaient sur leur toit, la guérite du factionnaire s'abattait vers lui tandis que la hallebarde, ainsi que les lettres dorées et les ciseaux peints d'une enseigne, semblaient briller suspendus à ses cils. Tout cela était l'effet d'un regard, d'un mouvement vers lui d'une jolie tête. Il n'entendait plus, il ne voyait plus, il ne percevait plus, il glissait sur les traces légères des adorables petits pieds, tout en s'efforçant de modérer la rapidité de ses pas emportés au rythme des battements de son cœur. Par moments un doute le prenait : était-il vrai que l'expression du visage de la jeune femme eût été si bienveillante ? Alors il s'arrêtait un instant, mais les battements de son cœur, une force irrésistible et le bouleversement de tout son être le rejetaient en avant. Il ne sut même pas comment soudain se dressa devant lui un immeuble de trois étages, comment d'un seul coup quatre rangées de fenêtres le regardèrent de toutes leurs lumières, comment la rampe du perron d'entrée lui opposa brusquement son choc de fer. Il vit l'inconnue gravir rapidement l'escalier, se retourner, mettre un doigt sur ses lèvres et lui faire signe de la suivre. Ses genoux tremblaient ; ses sentiments, ses pensées étaient en feu ; un éclair de joie lui transperça le cœur d'une insoutenable brûlure. Non, ce n'était plus un rêve ! Dieu ! que de bonheur en un clin d'œil ! une si merveilleuse vie vécue en deux minutes

Mais était-il sûr d'être bien éveillé ? Se pouvait-il que celle pour un céleste regard de qui il était prêt à donner sa vie, celle qu'il tenait déjà pour une ineffable bénédiction d'avoir pu suivre jusqu'à sa demeure, se pouvait-il qu'elle fût maintenant si bienveillante et attentionnée pour lui ? Il gravit à grands pas l'escalier. Ses pensées n'étaient pas de la terre ; il n'était point enflammé de l'ardeur d'une passion terrestre, non, il était à cette minute pur et exempt de vice comme l'adolescent virginal qui ne respire encore que vague besoin spirituel d'aimer. Et cela même qui, dans un homme corrompu, aurait éveillé d'immodestes pensées, ne faisait au contraire que purifier les siennes. Cette confiance que lui témoignait une belle et faible créature, cette confiance lui imposait le devoir d'une rigueur chevaleresque, le devoir d'exécuter servilement tous les ordres qu'elle lui donnerait. Il souhaitait seulement que ces ordres fussent les plus difficiles, les plus impossibles à exécuter, afin de pouvoir vouer davantage de ses forces à en surmonter la difficulté. Il ne doutait pas que quelque secrète et grave circonstance eût obligé l'inconnue à se fier à lui ; qu'on allait sûrement exiger de lui d'exceptionnels services, et il sentait déjà en lui la force et la résolution de tout accomplir.

L'escalier montait en spirale, et ses rêves se pressaient dans le même tournoiement. « Avancez prudemment ! » fit une voix dont le son était celui d'une harpe et qui fit encore vibrer tous ses nerfs. Dans l'obscurité du dernier étage l'inconnue frappa à une porte, celle-ci s'ouvrit et ils entrèrent ensemble. Une femme d'aspect assez agréable les accueillit une chandelle à la main, mais elle regarda Piskariov d'un air si singulier et si effronté qu'il baissa malgré lui les yeux. Ils pénétrèrent dans la pièce. Trois figures féminines, chacune dans son coin, se présentèrent à ses regards. L'une interrogeait les cartes ; une autre, assise au piano, jouait avec deux doigts le pitoyable simulacre d'une ancienne polonaise ; la troisième, devant un miroir, peignait ses longs cheveux et ne songeait pas un instant à interrompre sa toilette à l'arrivée d'un inconnu. On ne sait quel déplaisant désordre, tel qu'on ne peut le trouver que dans le logement négligé d'un célibataire, régnait de toutes parts. Les meubles, d'assez bonne apparence, étaient couverts de poussière ; l'araignée avait garni de sa toile les moulures du lambris ; à la porte entrebâillée d'une autre pièce brillait une botte avec son éperon et se devinaient les parements rouges d'un uniforme ; une forte voix d'homme et un rire féminin se faisaient entendre sans la moindre contrainte.

Dieu, où s'était-il fourvoyé ! Il se refusa tout d'abord à y croire et commença à considérer plus attentivement les objets qui emplissaient la pièce ; mais les murs nus et les fenêtres sans rideaux ne révélaient point la présence d'une maîtresse de maison soigneuse ; les visages flétris de ces pitoyables créatures, dont l'une vint s'asseoir presque sous son nez et l'examiner aussi tranquillement qu'une tache sur un vêtement, tout cela ne lui laissa point douter qu'il venait d'entrer dans le repaire infâme où élit domicile la triste débauche qu'enfantent la civilisation de clinquant et l'effroyable entassement humain de la capitale. Ce repaire où l'homme, en sacrilège, a étouffé et voué à la risée tout ce qu'il y a de pur et de saint pour faire l'ornement de la vie, où la femme, cette beauté du monde, ce couronnement de la création, s'est métamorphosée en un être étrange et ambigu, où elle a dépouillé avec la pureté de l'âme toute féminité et assumé les allures et les impudences du mâle, et cessé d'être cette fragile créature si belle et si différente de nous. Piskariov la considérait des pieds à la tête, plein de stupeur, comme s'il avait voulu s'assurer encore que c'était bien celle qui l'avait ensorcelé et entraîné dans son sillage sur la Perspective Nevski. Mais elle était devant lui toujours aussi belle ; sa chevelure avait bien la même splendeur, ses yeux toujours le même éclat céleste. Elle était toute jeune, elle n'avait guère que dix-sept ans ; il était visible que l'immonde débauche ne l'avait saisie que depuis peu et n'avait pas encore flétri ses joues, qui étaient fraîches et légèrement nuancées d'un délicat incarnat... Elle était belle.

Il restait immobile devant elle, prêt déjà à oublier le réel aussi naïvement qu'il l'avait fait un peu plus tôt. Mais la belle se lassa de ce long silence, elle lui fit un sourire significatif en le regardant droit dans les yeux. Ce sourire était plein d'on ne sait quelle pitoyable impudeur ; il était aussi insolite, aussi peu fait pour son visage, qu'une expression de piété pour le faciès d'un escroc ou un registre de comptable pour la main d'un poète. Il en frissonna. Elle ouvrit ses lèvres charmantes et commença à dire quelque chose, mais tout ce qu'elle disait était si bête, si vulgaire… Comme si, avec la pureté, l'intelligence abandonnait aussi un être humain. Il souhaitait de ne plus rien entendre. Il fut extraordinairement ridicule et simplet comme un enfant. Au lieu de profiter de tant de bonnes dispositions, au lieu de se réjouir d'une aubaine qui eût fait la joie de tout autre à sa place, il s'échappa à toutes jambes, tel un gibier effarouché, et se sauva dans la rue.

La tête basse et les bras tombants, il se retrouva dans sa chambre, pareil à un malheureux qui, ayant découvert un joyau sans prix, l'aurait tout aussitôt laissé tomber dans les flots. « Tant de beauté, des traits si divins, et dans un lieu pareil !… » C'est tout ce qu'il trouvait à dire.

De fait, jamais la pitié ne s'empare aussi fortement de nous qu'au spectacle de la beauté atteinte par le souffle délétère de la débauche. Que celle-ci s'allie à la laideur, passe encore, mais la beauté, la tendre beauté… elle ne s'accorde dans nos pensées qu'à la chasteté et à la pureté. La belle enfant qui avait envoûté l'infortuné Piskariov était effectivement une merveilleuse, une inhabituelle apparition. Plus inhabituelle encore semblait sa présence dans cet abominable milieu. Tous ses traits étaient si purement dessinés, toute l'expression de son beau visage était empreinte d'une telle distinction qu'il était impossible d'imaginer que la corruption eût ouvert sur elle ses effrayantes griffes. Elle eût pu être l'inestimable perle, tout l'univers, tout le paradis, toute la richesse d'un époux passionné ; elle eût pu être la belle et douce étoile d'un paisible cercle de famille, et d'un seul mouvement de ses belles lèvres donner des ordres reçus avec bonheur. Elle aurait pu être la déesse d'une nombreuse société, dans de brillantes soirées mondaines, sous l'éclat des lustres, dans la muette adoration d'une foule d'admirateurs prosternés à ses pieds... mais hélas! quelque affreux décret d'un esprit infernal, acharné à détruire l'harmonie de la vie, l'avait en ricanant jetée au fond de son gouffre.

Pénétré d'une déchirante compassion, il restait assis devant une chandelle presque consumée. Minuit était depuis longtemps passé, l'horloge d'un clocher sonnait la demie d'une heure, et il demeurait immobile, sans sommeil, sans veille consciente. Un assoupissement, à la faveur de son immobilité, commençait déjà à s'emparer peu à peu de lui, déjà la chambre s'estompait, seule la lueur de la chandelle tremblotait à travers la somnolence qui le gagnait, quand soudain un coup frappé à la porte le fit sursauter et revenir à lui. La porte s'ouvrit, entra un laquais en riche livrée. Jamais une riche livrée n'avait visité sa chambre solitaire, et moins que jamais à une heure aussi inusitée... Il ne comprenait pas, et regardait le laquais avec une impatiente curiosité.

« La dame chez qui vous daigniez être il y a quelques heures, dit le laquais en s'inclinant respectueusement, vous prie de venir la voir et vous envoie son coupé. »

Piskariov était debout, muet d'étonnement : un coupé, un laquais en livrée !... Non, il y avait sûrement là quelque erreur...

« Écoutez, mon brave, prononça-t-il avec embarras, vous avez certainement dû vous tromper d'adresse. Votre maîtresse vous a sans doute envoyé chercher quelqu'un d'autre, et non moi.

– Non, monsieur, je ne me trompe pas. C'est bien vous qui avez accompagné une dame à pied jusqu'à une maison de l'avenue de la Fonderie, à un appartement du troisième étage ?

– Oui.

– Eh bien, veuillez ne pas tarder, madame désire absolument vous voir et vous prie de venir, cette fois, directement à son hôtel. »

Piskariov descendit en courant l'escalier. Il y avait en effet dans la cour un coupé. Il y prit place, la portière claqua, les pierres de la chaussée résonnèrent sous les roues et les sabots, et des rangées d'immeubles éclairés et d'enseignes éclatantes défilèrent aux fenêtres du coupé. Tout le long du chemin, Piskariov réfléchissait et ne savait comment démêler cette aventure. Un hôtel particulier, un coupé, un laquais en riche livrée… il se demandait comment concilier tout cela avec la chambre du troisième étage, les fenêtres poussiéreuses et le piano désaccordé. Le coupé s'arrêta devant un perron inondé d'une vive lumière, et ses sens furent aussitôt frappés par une file d'attelages, un brouhaha de cochers, des fenêtres brillamment éclairées et les sons d'un orchestre. Le laquais en riche livrée l'aida à descendre de voiture et l'accompagna respectueusement dans une entrée aux colonnes de marbre où il vit un suisse chamarré d'or, un amoncellement de manteaux et de fourrures, un lampadaire éclatant. Un escalier aérien, à la rampe étincelante, parfumé d'aromates, montait devant lui. Déjà il le gravissait, déjà il pénétrait dans un premier salon, effrayé et reculant dès le premier pas à la vue de la foule immense qui s'y pressait. L'extraordinaire bigarrure[5] de cette foule le décontenança totalement ; il lui semblait que quelque démon avait émietté le monde en une multitude de fragments et brassé tous ces fragments à l'aveuglette, à tort et à travers. Les splendides épaules des dames et les fracs noirs, les lustres, les lampadaires, les aériennes gazes flottantes, les

---

5. Bigarrure : se dit de quelque chose qui a des couleurs variées.

rubans voltigeants et la contrebasse ventrue aperçue derrière la balustrade du magnifique orchestre, tout était pour lui éblouissement. Il vit d'un seul coup tant de respectables vieillards et demi-vieillards en frac constellé de décorations, des dames circulant sur le parquet ciré, ou assises en rangs, si légères, fières et gracieuses, il entendit tant de phrases en français ou en anglais, les jeunes gens en habit noir étaient pleins d'une telle noblesse, parlaient ou se taisaient avec tant de dignité, étaient si incapables de rien dire de superflu, plaisantaient si majestueusement, souriaient avec tant de déférence, portaient de si magnifiques favoris, savaient si habilement montrer leurs mains distinguées en ajustant leur cravate, les dames étaient si vaporeuses, baignaient dans une telle perfection de contentement d'elles-mêmes et de ravissement, baissaient si délicieusement les paupières, que... mais l'air humble de Piskariov, craintivement adossé à une colonne, suffisait à révéler son total désarroi. À ce moment la foule entoura un groupe qui dansait. Les danseuses glissaient, enveloppées des transparentes créations de Paris, en robes tissées de l'air lui-même ; elles effleuraient négligemment de leurs étincelants petits pieds le parquet ciré, plus éthérées que si elles ne l'eussent même pas touché. Mais une parmi elles portait de toutes la plus belle, la plus luxueuse, la plus resplendissante toilette. La plus ineffable, la plus raffinée combinaison de bon goût s'étalait sur toute sa parure, et cependant il semblait qu'elle n'en eût pris aucun souci et que cela se fût fait de soi-même et involontairement. Elle regardait, mais comme sans la voir, la foule d'admirateurs qui l'entourait, ses beaux cils allongés s'abaissaient avec nonchalance, et la radieuse blancheur de son visage éblouissait davantage encore quand elle inclinait la tête et qu'une ombre légère s'étendait sur son front ravissant.

Piskariov déploya tous ses efforts pour fendre la foule et mieux la contempler ; mais à sa grande contrariété une énorme tête aux épaisses boucles noires ne cessait de la lui masquer ; de plus la cohue le pressait de telle sorte qu'il n'osait ni avancer ni reculer de peur de heurter de quelque manière quelque conseiller d'État. Enfin il parvint tout de même à se glisser un peu en avant, et il jeta un coup d'œil à sa tenue dans le désir de s'arranger décemment. Dieu du ciel, que vit-il ! Il était en blouse toute maculée de couleurs : dans sa hâte à venir, il avait oublié de se changer comme il convenait. Il rougit jusqu'aux oreilles et, la tête basse, il souhaita de disparaître n'importe où, mais il n'y avait rigoureusement pas où disparaître : des gentilshommes de la chambre en superbes uniformes s'étaient rapprochés derrière lui en parfaite muraille. Il aspirait maintenant à être le plus loin possible de la belle au beau front et aux beaux sourcils. Il leva des yeux apeurés pour voir si elle ne le regardait pas : grand Dieu ! elle était devant lui… Mais quoi ! que découvre-t-il ?… « C'est elle ! » s'écria-t-il presque à pleine voix. Et en effet, c'était elle, celle-là même qu'il avait rencontrée sur la Perspective Nevski et suivie jusqu'à la maison où elle se rendait.

Cependant elle leva les paupières et considéra l'assistance de son lumineux regard. « Grand Dieu, qu'elle est belle ! » put-il seulement articuler, le souffle coupé. Elle parcourut des yeux tout le cercle des hommes, plus avides les uns que les autres d'arrêter son attention, mais avec une sorte de lassitude et d'indifférence elle s'en détourna, et son regard rencontra les yeux de Piskariov. Oh ! c'est le ciel ! c'est le paradis ! Donne, Seigneur, la force de le soutenir ! La vie est trop étroite pour lui, il va disloquer l'âme et l'emporter !… Elle fit un signe, mais non de la main, ni d'une inclination de tête, non : ses yeux seuls, ses yeux irrésistibles firent ce signe, d'une expression si ténue et insaisissable que nul ne pouvait le voir, mais lui le vit, lui le comprit. La danse dura longtemps ; la musique, à bout de forces aurait-on dit, s'éteignait et mourait, puis de nouveau s'élançait, bruyante et tonnante ; enfin – la fin ! Elle s'assit, sa poitrine se soulevait et s'abaissait sous la fine fumée de la gaze ; sa main (Seigneur, cette main merveilleuse !) tomba sur ses genoux, serra sa robe vaporeuse, et la robe sous cette main sembla exhaler une musique, et sa douce teinte lilas accusait encore davantage l'éclatante blancheur de cette main. La toucher seulement – rien de plus ! Pas d'autres désirs : tous seraient une insolence… Il était debout derrière sa chaise, n'osant parler, n'osant respirer. « Vous vous êtes ennuyé ? prononça-t-elle. Moi aussi je m'ennuyais. Je m'aperçois que vous me détestez… », ajouta-t-elle, abaissant ses longs cils.

« Moi, vous détester ! moi qui… », commençait déjà Piskariov tout à fait éperdu, et il aurait sûrement énoncé une masse de choses les plus incohérentes, mais à ce moment s'approcha, avec des paroles spirituelles et aimables, un chambellan impérial dont la tête s'ornait d'un beau toupet frisé. Il montrait assez agréablement une rangée de dents qui n'étaient point laides, et chacun de ses bons mots enfonçait une pointe aiguë dans le cœur de Piskariov. Enfin quelqu'un d'autre, par bonheur, s'adressa au chambellan pour lui poser quelque question.

« C'est insupportable ! dit-elle en levant vers lui ses yeux célestes. Je vais m'asseoir à l'autre bout de la salle : rejoignez-moi ! » Elle se glissa dans la foule et disparut. Il se précipita comme un fou à travers la cohue, et déjà il était à destination.

Oui, la voici ! Elle était assise comme une reine, la meilleure de toutes, la plus belle de toutes, et elle le cherchait des yeux.

« Vous voilà, prononça-t-elle doucement. Je serai franche avec vous : vous avez probablement trouvé étranges les circonstances de notre rencontre. Pensez-vous vraiment que je puisse appartenir à la vile catégorie des créatures parmi lesquelles vous m'avez vue ? Ma conduite vous paraît singulière, mais je vais vous découvrir mon secret : serez-vous homme – dit-elle en le regardant fixement – à ne jamais le trahir ?

– Oh ! oui, je le serai, je le serai ! »

Mais à cet instant s'approcha un homme d'âge assez mûr, qui dit à la jeune femme quelques mots dans une langue incompréhensible à Piskariov et lui offrit le bras. Elle adressa à Piskariov un regard implorant et lui fit signe de rester à sa place et d'attendre qu'elle revînt, mais pris d'impatience il n'eut pas la force d'obéir, même à un ordre venant de sa bouche. Il se lança à sa suite ; mais la foule les sépara. Il ne voyait plus la robe lilas ; il passait avec inquiétude d'une pièce dans l'autre et bousculait impitoyablement tous ceux qui se trouvaient sur son chemin, mais dans toutes les pièces siégeaient d'importants personnages jouant au whist[6], plongés dans un silence de tombeau. Dans l'angle d'un boudoir plusieurs messieurs d'un certain âge discutaient de la supériorité de la carrière militaire sur la civile ; dans un autre des hommes en magnifique frac lâchaient négligemment quelques remarques sur les volumineux travaux d'un poète-tâcheron. Piskariov sentit un monsieur d'âge avancé le saisir par le bouton de son habit et soumettre à son appréciation une fort judicieuse remarque, mais il l'écarta brutalement, sans même s'apercevoir que le monsieur avait au cou la cravate d'un ordre assez important. Il passa vivement dans une autre pièce – elle n'y était pas non

---

6. Whist : jeu de cartes, ancêtre du bridge.

plus. Dans une troisième – pas davantage. «Où donc est-elle? Rendez-la-moi! Oh! je ne puis vivre sans l'avoir revue! Il faut que je sache ce qu'elle voulait me dire!» Mais toutes ses recherches restaient vaines. Inquiet, harassé, il se blottit dans un coin et regarda la foule; mais ses regards tendus commencèrent à lui présenter toutes choses avec une espèce de flou. Bientôt se dessinèrent nettement les murs de sa chambre. Il leva les yeux; il avait devant lui un chandelier au fond duquel se mourait une flamme languissante; toute la chandelle avait fondu, le suif était répandu sur sa table.

Ainsi il avait dormi! Dieu, quel rêve! Et pourquoi fallait-il qu'il se fût réveillé? Pourquoi n'avoir pas attendu une minute : elle n'aurait sûrement pas manqué de reparaître! L'aube importune glissait par sa fenêtre le déplaisant regard de sa terne lueur. Sa chambre était dans un si gris, si morne désordre… Oh! comme le réel est rebutant! Qu'est-il, comparé au rêve! Il se déshabilla hâtivement, s'étendit sur son lit, s'enveloppa d'une couverture, avide de rappeler à lui pour un instant le songe envolé. Le sommeil, en effet, ne tarda pas à venir, et le rêve avec lui, mais tout autre que celui qu'il désirait voir : tantôt lui apparaissait le lieutenant Pirogov sa pipe aux dents, tantôt le portier de l'école des Beaux-Arts, tantôt un grave conseiller d'État, tantôt la face d'une vieille Finnoise dont il avait naguère dessiné le portrait, ou d'autres absurdités du même genre.

Jusqu'à midi il resta au lit, cherchant le sommeil et le rêve. Mais elle ne paraissait pas. Qu'une minute seulement elle montrât les beaux traits de son visage, qu'une minute seulement froufroutât sa démarche légère, qu'il pût entrevoir seulement son bras nu, radieux comme la neige des cimes!…

Délaissant tout, oubliant tout, il demeurait assis, l'air abattu et sans espoir, uniquement plein de son rêve. Il n'était rien qui le tentât ; ses yeux regardaient sans s'intéresser à rien, d'un regard sans vie, la fenêtre donnant sur la cour, où un porteur d'eau déguenillé distribuait son eau, où nasillait la voix chevrotante du marchand d'habits : « Vieux habits, chiffons à vendre ! » Le quotidien, le réel choquait étrangement ses sens. Il resta de la sorte assis jusqu'au soir, puis se jeta avidement au lit. Longtemps il lutta contre l'insomnie, il finit par la surmonter. De nouveau une espèce de rêve, un rêve plat, sordide. Seigneur, prends pitié : fais-la paraître ne serait-ce qu'une minute, une minute seulement ! De nouveau il attendait le soir, de nouveau il plongeait dans le sommeil, et de nouveau ce qu'il voyait en songe c'était on ne sait quel fonctionnaire, un fonctionnaire qui était à la fois un fonctionnaire et un basson : oh, c'était insupportable ! Enfin elle lui apparut : sa jolie tête, les boucles de sa chevelure… son regard… Oh ! si brièvement ! et de nouveau un brouillard, de nouveau quelque stupide vision…

Les songes finirent par être toute sa vie, et dès lors toute sa vie prit un tour étrange : on peut dire qu'il dormait éveillé et qu'il veillait en rêve. Si quelqu'un l'avait vu, assis les yeux fixes devant sa table vide ou errant dans la rue, il l'aurait certainement pris pour un somnambule ou pour un homme détraqué par les boissons fortes : son regard était dépourvu de sens, sa distraction naturelle en vint à régner en maîtresse et à chasser de son visage tout sentiment et tout mouvement. Il ne reprenait vie qu'à l'approche de la nuit.

Un pareil état d'âme ruina ses forces, et le plus terrible tourment fut pour lui que, finalement, le sommeil commença de l'abandonner tout à fait. Voulant sauver cette unique richesse, il chercha ce qui pouvait l'aider à le retrouver. Il avait entendu dire qu'il y avait un moyen de recouvrer le sommeil, qu'il suffisait pour cela de prendre de l'opium. Mais où le trouver, cet opium ? Il se souvint d'un Persan qui tenait boutique de châles orientaux, et qui, presque chaque fois qu'il le voyait, lui demandait de lui dessiner une belle femme. Il décida de s'adresser à lui, supposant qu'il avait certainement chez lui de l'opium. Le Persan le reçut assis sur son divan, les jambes ramenées sous lui. « Pourquoi as-tu besoin d'opium ? » lui demanda-t-il. Piskariov lui décrivit son insomnie. « Bon, je vais te donner de l'opium, mais dessine-moi une belle femme. Que ce soit une belle belle femme ! Qu'elle ait des sourcils noirs et des yeux grands comme des olives ; et que moi je sois étendu à côté d'elle et que je fume ma pipe ! Tu entends, qu'elle soit belle ! Que ce soit une reine de beauté ! » Piskariov promit tout ce qu'il voulut. Le Persan sortit un instant et revint avec un flacon empli d'un liquide sombre, il en versa avec précaution une partie dans un autre flacon qu'il donna à Piskariov en lui recommandant de ne pas en prendre plus de sept gouttes dans un verre d'eau. Celui-ci saisit avidement le précieux flacon, qu'il n'aurait pas cédé pour une montagne d'or, et courut tête baissée chez lui.

Arrivé chez lui, il versa quelques gouttes dans un verre d'eau, avala le tout et se laissa tomber sur son lit.

Ô Dieu, quelle joie ! C'est elle ! La revoici ! Mais c'est sous un tout autre aspect. Oh, comme elle est jolie, assise à la fenêtre d'une claire maisonnette de village ! Sa toilette respire cette simplicité dont seule se revêt la pensée d'un poète. Sa coiffure... Seigneur, comme elle est simple, cette coiffure, et comme elle lui sied bien ! Un court fichu est jeté légèrement sur son cou harmonieux ; tout en elle est modestie, tout en elle est mystérieux, ineffable sens du bon goût. Comme elle est gentille, sa gracieuse démarche ! Comme il est musical, le froufrou de ses pas et de sa robe tout unie ! Comme il est mignon, son poignet qu'enserre un bracelet de cheveux ! Elle lui parle les larmes aux yeux : « Ne me méprisez pas ; je ne suis pas celle pour qui vous me prenez. Regardez-moi, regardez-moi bien et dites : suis-je capable de ce à quoi vous pensez ? – Oh non, non, que celui qui osera penser cela, que celui-là… » Mais le voici réveillé ! Bouleversé d'émotion, déchiré, les larmes aux yeux. « Il vaudrait mieux que tu n'existes pas ! Que tu ne fusses pas un être de ce monde, mais la création d'un artiste inspiré ! Je ne quitterais pas ma toile, je te contemplerais éternellement et t'embrasserais. Je vivrais et je respirerais par toi comme du plus beau des rêves, et je serais heureux. Je n'étendrais pas plus loin mes désirs. Je t'invoquerais comme mon ange gardien avant le sommeil et avant la veille, et c'est toi que j'attendrais quand il m'adviendrait de représenter le divin et le sacré. Mais à présent… quelle affreuse existence ! À quoi sert qu'elle soit réelle ? La vie d'un fou peut-elle être plaisante à ses proches et aux amis qui autrefois l'ont chéri ? Dieu, qu'est-ce que notre vie ! Un éternel divorce entre le rêve et la réalité ! » Telles étaient à peu près les pensées qui le hantaient continuellement. Il ne réfléchissait à rien, il ne mangeait même presque rien, et c'est avec l'impatience, la passion d'un amant qu'il attendait le soir et la vision tant désirée. La perpétuelle tension de ses pensées vers un unique objet finit par prendre un tel empire sur tout son être et sur son imagination que l'image que ses vœux appelaient lui apparaissait presque chaque jour, et toujours sous un aspect entièrement contraire à la réalité, car ses pensées étaient aussi totalement pures que celles d'un enfant. À travers ces songes leur objet même se purifiait en quelque sorte et se transfigurait.

L'usage de l'opium surexcitait davantage encore ses pensées, et s'il y eut jamais un amoureux porté au dernier degré de la démence, d'un mouvement impétueux, terrifiant, destructeur, dévastateur, il fut cet infortuné.

De toutes ses visions nocturnes l'une était pour lui la plus joyeuse : il se voyait dans son atelier. Il était allègre, il travaillait plein d'entrain, sa palette à la main. Elle était là, elle aussi. Elle était maintenant sa femme. Elle était assise près de lui, appuyée de son coude charmant au dossier de sa chaise, et elle le regardait peindre. Ses yeux las et dolents révélaient le fardeau du bonheur : tout dans l'atelier respirait le paradis : tout était si clair, si ordonné. Seigneur ! il sentait s'incliner contre sa poitrine sa tête bien-aimée... Jamais encore il n'avait eu de si beau rêve. Il en sortit comme plus frais et moins distrait qu'auparavant. De singulières pensées prirent naissance dans sa tête : il se disait que, peut-être, elle avait été entraînée à la débauche par quelque hasard plus fort que sa volonté ; que peut-être son âme inclinait au repentir ; que peut-être elle aurait voulu elle-même s'arracher à son abominable état. Et allait-il consentir indifférent à ce qu'elle se perdît à jamais, alors surtout qu'il suffisait de lui tendre la main pour l'empêcher de sombrer ? Ses réflexions allaient plus loin encore. « Personne ne me connaît, se disait-il, personne n'a cure de moi, et moi non plus, d'ailleurs, je n'ai cure de personne. Si elle manifeste un pur repentir et change de vie, je l'épouserai. Mon devoir est de l'épouser, et certes, j'agirai beaucoup mieux que tant d'autres qui épousent leur gouvernante, ou souvent même des créatures on ne peut plus méprisables. Mais mon acte sera désintéressé peut-être même méritoire. Je rendrai au monde son plus bel ornement. »

Quand il conçut ce plan si inconsidéré, il sentit une chaleur enflammer son visage ; il alla à son miroir et fut effrayé lui-même de la maigreur de ses joues et de la pâleur de son teint. Il fit une soigneuse toilette : il se lava à fond, lissa ses cheveux, enfila un habit neuf, un élégant gilet, jeta un manteau sur ses épaules et sortit dans la rue. Il aspira profondément l'air pur et sentit une fraîcheur au cœur, comme un convalescent qui se décide à sortir pour la première fois après une longue maladie. Le cœur lui battait tandis qu'il approchait de la rue où il n'avait pas remis le pied depuis la fatale rencontre.

Longtemps il chercha la maison : sa mémoire semblait le trahir. Il longea deux fois la rue sans savoir à quel immeuble s'arrêter. Enfin il y en eut un qui lui parut être le bon. Il gravit rapidement l'escalier, frappa à une porte : la porte s'ouvrit, et qui vint lui ouvrir ? Son idéal, l'image qu'il portait secrètement en lui, l'original des tableaux de ses rêves, celle par laquelle il vivait, d'une vie si douloureuse, si souffrante, si douce. C'était bien elle, debout devant lui. Il fut pris d'un tremblement ; ses jambes se dérobaient sous lui, emporté qu'il était dans une rafale de joie. Elle était devant lui toujours aussi belle, bien que ses yeux fussent ensommeillés, bien qu'un peu de pâleur marquât son visage déjà moins frais… oui, elle était toujours aussi belle quand même.

« Tiens ! » s'écria-t-elle en voyant Piskariov et en se frottant les yeux. Il était déjà deux heures. « Pourquoi vous êtes-vous sauvé l'autre jour ? »

Il se laissa tomber défaillant sur une chaise, et il la regardait.

« Moi, je viens tout juste de me réveiller ; on m'a ramenée à sept heures du matin. J'étais complètement ivre », ajouta-t-elle en riant.

Oh ! mieux eût valu qu'elle ne dît rien, qu'elle fût même privée de l'usage de la parole, plutôt que de parler ainsi ! Elle venait de lui montrer d'un coup, comme dans un raccourci, toute sa vie. Pourtant, s'armant de résolution, il décida d'essayer malgré tout si ses objurgations feraient effet sur elle. Rassemblant ses esprits, d'une voix tremblante et ardente à la fois, il se mit à lui représenter l'horreur de sa condition. Elle l'écoutait d'un air attentif, avec ce sentiment de surprise qu'on manifeste à la vue de quelque chose d'inattendu et de bizarre. Elle jeta un coup d'œil, avec un léger sourire, à sa compagne assise dans un angle et qui, interrompant le nettoyage d'un peigne, écoutait elle aussi avec attention le prédicateur novice.

« C'est vrai, je suis pauvre, dit Piskariov en conclusion de sa longue et édifiante exhortation, mais nous travaillerons ; nous nous efforcerons à l'envi d'améliorer notre existence. Il n'est rien de meilleur que de n'être redevable de tout qu'à soi même. Je travaillerai à mes tableaux, tu seras près de moi mon inspiratrice, tu feras de la couture ou quelque autre ouvrage de tes mains, et rien ne nous manquera.

– Quelle idée ! interrompit-elle avec l'expression d'une espèce de mépris. Je ne suis pas blanchisseuse, ni couturière, pour me mettre à travailler. »

Ô Dieu ! Ce qui s'exprimait dans ces mots, c'était toute une existence vile, une vie méprisable, une vie faite de frivolité et d'oisiveté, fidèles compagnes de route de la débauche.

« Mariez-vous avec moi ! enchaîna d'un air narquois l'amie jusqu'alors muette dans son coin. Si je me marie, voilà comment je me tiendrai ! » et elle donna à son visage une sorte d'expression stupide qui fit beaucoup rire sa belle compagne.

Non, c'en était trop ! C'était plus qu'il ne pouvait supporter. Il s'élança dehors, vide de sentiment et de pensée. Sa raison se troubla : hébété, sans but, ne voyant rien, n'entendant rien, ne sentant rien, il erra toute la journée. Nul ne put savoir s'il avait ou non passé la nuit quelque part ; le lendemain seulement une sorte d'instinct machinal le ramena à son logement, blême, l'air hagard, les cheveux en désordre, le visage marqué des signes de la folie. Il s'enferma dans sa chambre et ne laissa entrer personne, ne demanda personne. Quatre jours passèrent, et sa porte close ne s'ouvrit pas une fois ; une semaine passa, et sa chambre restait verrouillée. On frappa à sa porte, on l'appela, il n'y eut pas de réponse ; enfin la porte fut enfoncée, et l'on trouva son corps sans vie, la gorge tranchée. Un rasoir ensanglanté traînait par terre. Les bras convulsivement contractés et le visage atrocement déformé laissaient deviner que sa main lui avait mal obéi et qu'il avait longtemps souffert avant que son âme pécheresse quittât son corps.

Ainsi périt, victime d'une passion insensée, le pauvre Piskariov, doux, timide, modeste, candide comme un enfant, portant en lui l'étincelle d'un talent qui peut-être, avec le temps, aurait flambé large et lumineux. Nul ne le pleura ; on ne vit personne auprès de sa dépouille sans âme, sauf l'habituelle figuration du commissaire de police du quartier et la physionomie indifférente du médecin municipal. Son cercueil fut sans bruit, sans rites religieux, transporté au cimetière d'Okhta ; il ne fut suivi que de l'invalide qui gardait le cimetière, et si celui-ci pleura, ce fut uniquement parce qu'il avait bu une vodka de trop. Même le lieutenant Pirogov ne vint pas saluer la dépouille de l'infortuné auquel il avait, de son vivant, accordé sa haute protection. D'ailleurs il avait bien autre chose en tête : il était tout à une extraordinaire aventure. Mais venons-en à lui. Je n'aime pas les cadavres et les enterrements, et il m'est toujours désagréable de voir croiser ma route un long cortège funèbre précédé d'un vieux soldat, déguisé en une espèce de capucin, qui prend une prise de la main gauche parce que la droite porte un flambeau. J'éprouve toujours une contrariété à la vue d'un riche catafalque et d'un cercueil capitonné de velours ; mais ma contrariété se mêle de tristesse quand je vois un charretier voiturer le cercueil nu, en sapin rouge, d'un pauvre, et seule quelque vieille mendiante, rencontrée à un carrefour, traîner les pieds derrière lui parce qu'elle n'a rien de mieux à faire.

Nous avons, je crois, laissé le lieutenant Pirogov au moment où il se séparait de l'infortuné Piskariov et se lançait sur les pas d'une blonde. Cette blonde était une gracieuse et assez intéressante créature.

Elle s'arrêtait devant chaque magasin et contemplait dans les vitrines les ceintures, foulards, bijoux, gants et autres fanfreluches, elle ne cessait de tourner la tête, de regarder à droite et à gauche et de se retourner. « Toi, ma mignonne, tu es à moi ! » se disait avec assurance Pirogov, continuant sa poursuite et enfonçant le visage dans le collet de son manteau pour n'être pas reconnu par quelque passant. Mais il n'est pas superflu de renseigner le lecteur sur le personnage qu'était le lieutenant Pirogov.

Toutefois, avant de dire ce qu'était le lieutenant Pirogov, il ne sera pas mauvais non plus de dire quelques mots du milieu auquel il appartenait. Il y a des officiers qui constituent à Pétersbourg une espèce de classe intermédiaire de la société. À une soirée, à un dîner chez un conseiller d'État ou conseiller d'État actuel parvenu à ce grade par quarante ans de laborieux service, vous en trouverez toujours un. Plusieurs filles pâlottes, aussi parfaitement incolores que Pétersbourg et dont certaines sont montées en graine, une table de thé, un piano droit, des sauteries familiales, – tout cela est inséparable d'une brillante épaulette qui scintille sous la lampe, entre une jeune blonde de bonne éducation et le frac noir d'un cousin ou d'un familier de la maison. Ces vierges flegmatiques, il est extrêmement difficile de les dégeler et de les faire rire : il y faut beaucoup d'art, ou, pour mieux dire, pas d'art du tout. Il faut parler en sorte que ce ne soit ni trop intelligent ni trop comique, qu'il n'y ait en tout que les petits riens qu'aiment les femmes. C'est en quoi il convient de rendre justice aux messieurs en question. Ils ont le don particulier de se faire écouter de ces incolores beautés et de les amuser. Des exclamations entrecoupées de rires : « Ah, finissez ! vous n'avez pas honte d'être si drôle ! » sont généralement leur meilleure récompense. Le grand monde, ils n'y accèdent que rarement, ou pour mieux dire, jamais : ils en sont totalement évincés par ceux qu'on appelle, dans ledit monde, des aristocrates ; au demeurant, ils se tiennent pour gens instruits et cultivés. Ils aiment causer un peu littérature ; ils disent du bien de Boulgarine, de Pouchkine[7] et de Gretch et parlent avec dédain et piquante raillerie d'Alexandre Orlov. Ils ne laissent échapper aucune conférence publique, fût-elle sur la comptabilité ou même sur la sylviculture. Au théâtre, quelque pièce qui se joue, vous en trouverez toujours un, excepté tout au plus si l'on en est à donner quelque *Filatka* dont s'offusque leur goût exigeant. Le théâtre, ils y sont en permanence. Ce sont gens on ne peut plus intéressants pour la direction d'un théâtre. Ils aiment particulièrement dans une pièce les beaux vers, ils aiment beaucoup aussi rappeler à grand bruit les acteurs. Beaucoup d'entre eux, enseignant dans des établissements officiels ou préparant aux examens d'entrée de ces établissements, finissent par avoir cabriolet et attelage. Alors le cercle de leurs relations s'élargit, ils parviennent finalement à épouser une fille de gros négociant sachant jouer du piano, nantie d'une dot de quelque cent mille roubles et d'une abondante parenté barbue. Mais c'est là un honneur auquel ils ne peuvent atteindre qu'arrivés pour le moins au

---

7. Pouchkine : écrivain et poète russe, né en 1799 et mort en 1837, suite à un duel. Auteur, entre autres, du *Cavalier de bronze* et de *Eugène Onéguine*.

grade de colonel. Car les barbes russes, même lorsqu'elles sentent encore un peu les choux, ne sauraient accorder la main de leurs filles à d'autres qu'à des généraux ou à la grande rigueur à des colonels.

Tels sont les traits communs de cette sorte de jeunes gens. Mais le lieutenant Pirogov avait une foule de talents qui lui appartenaient en propre. Il déclamait admirablement les vers de *Dimitri Donskoï* et du *Malheur d'avoir de l'esprit*, il avait l'art de faire sortir si habilement de sa pipe des ronds de fumée qu'il pouvait d'un coup en enfiler une bonne dizaine l'un à l'autre. Il savait très agréablement raconter l'anecdote du canon qui n'est pas un obusier et de l'obusier qui n'est pas un canon. Aussi bien est-il malaisé de dresser la liste de tous les talents dont le destin avait gratifié Pirogov. Il aimait parler d'une actrice ou d'une danseuse, mais en se gardant de termes aussi raides que ceux en lesquels s'exprime ordinairement sur ce sujet un jeune sous-lieutenant. Il était très satisfait de son grade, auquel il avait été promu récemment, et bien qu'il lui arrivât, en se laissant tomber sur un divan, de soupirer : « Ah là là ! vanité des vanités, tout est vanité ! Me voilà lieutenant : et puis après ? », il était secrètement très flatté de cette nouvelle dignité : il ne laissait pas, dans la conversation, d'y faire allusion par quelque biais, et quand un jour, dans la rue, il lui advint de croiser un vague rond-de-cuir qui lui parut manquer à la politesse, il l'arrêta sur-le-champ et, en peu de mots mais bien sentis, lui fit remarquer qu'il avait devant lui un lieutenant et non pas n'importe quel officier. Il y mit d'autant plus d'éloquence qu'à ce moment passaient deux dames pas mal du tout. D'une manière générale, Pirogov faisait montre de passion pour tout ce qui est exquis, et il encourageait Piskariov dans son art : peut-être d'ailleurs cela tenait-il à ce qu'il avait grande envie de voir fixer sur la toile sa mâle physionomie. Mais assez parlé des qualités de Pirogov. L'homme est un être si étonnant qu'on ne saurait jamais dénombrer d'un seul coup toutes ses vertus, et plus on pénètre en lui, plus on y découvre de nouvelles particularités, dont la description irait à l'infini.

Donc Pirogov ne cessait de serrer de près son inconnue, l'assaillant de temps à autre de questions auxquelles elle répondait sèchement, brièvement et par des sons indistincts. Ils franchirent la sombre porte de Kazan et s'engagèrent dans la rue des Bourgeois, qui est une rue de marchands de tabac et de petites épiceries, d'artisans allemands et de nymphes finnoises. La blonde pressa le pas et fila d'un coup d'aile dans l'entrée d'une maison assez lépreuse, Pirogov sur ses talons. Elle gravit en courant un escalier étroit et obscur et poussa une porte où Pirogov se glissa hardiment lui aussi. Il se trouva dans une grande pièce aux murs noircis, au plafond enfumé. Un amoncellement de vis et boulons, d'outils de serrurier, de cafetières et chandeliers étincelants emplissait une table ; le sol était couvert de limaille de fer et de cuivre. Pirogov devina que c'était là l'atelier d'un artisan. L'inconnue disparut par une porte latérale. Il eut une brève hésitation, mais fidèle à la règle russe, il décida d'aller de l'avant. Il pénétra dans une pièce tout à fait différente de la première, proprette et bien rangée, qui montrait que le maître de maison était un Allemand. Il fut arrêté sur place par un spectacle des plus étranges.

Il avait devant lui Schiller, non pas le Schiller qui a écrit *Guillaume Tell* et l'*Histoire de la guerre de Trente Ans*, mais le Schiller bien connu, maître ferronnier de la rue des Bourgeois. Debout près de Schiller se tenait Hoffmann, non pas Hoffmann le conteur, mais l'excellent bottier de la rue des Officiers, grand ami de Schiller. Schiller était ivre et, assis sur une chaise, tapait du pied et clamait quelque chose avec feu. Tout cela n'aurait encore pas trop étonné Pirogov, mais ce qui le surprit fut la position extrêmement inusitée des deux personnages. Schiller était assis, offrant son nez assez charnu et levant la tête ; et Hoffmann tenait ce nez entre deux doigts et brandissait de l'autre main son tranchet de cordonnier. Les deux compères parlaient allemand, de sorte que le lieutenant Pirogov, qui ne savait dire en allemand que «*goutte morguenne*[8]», ne comprenait rien à cette scène. Or voici ce que disait à peu près Schiller :

«Je n'en veux pas, je n'ai pas besoin de nez, clamait-il en gesticulant des bras. À lui seul le nez me revient à trois livres de tabac par mois. Et je verse à un sale magasin russe, vu que le magasin allemand ne tient pas le tabac russe, je verse à un sale magasin russe quarante kopeks par livre ; ça fait un rouble vingt kopeks, total quatorze roubles quarante kopeks par an. Tu entends ça, ami Hoffmann ? Rien que pour le nez quatorze roubles quarante kopeks ! En plus, les jours de fête, je prise du *Râpé* français, vu que je ne veux pas priser les jours de fête de ce sale tabac russe. Il me faut deux livres de *Râpé* par an, à trois roubles la livre. Quatorze et six, vingt roubles quarante kopeks rien que pour le tabac ! N'est-ce pas du brigandage, ami Hoffmann, je te le demande ? »

Hoffmann, qui avait bu lui aussi, opinait du chef.

«Vingt roubles quarante kopeks ! Je suis un Allemand de Souabe. J'ai un roi en Allemagne. Je ne veux pas de nez ! Coupe-moi le nez ! Tiens, voilà mon nez ! »

Et n'eût été la brusque apparition de Pirogov, Hoffmann aurait à coup sûr coupé sans autre forme de procès le nez de

---

8. *Goutte morguenne* : retranscription phonétique incorrecte de l'expression allemande «*Guten Morgen*», qui signifie bonjour.

Schiller, car il tenait déjà son tranchet comme s'il allait tailler une semelle.

Schiller trouva fort déplaisant qu'un intrus, un inconnu, vînt tout à coup et si mal à propos le déranger. Bien qu'il fût dans les grisantes fumées de la bière et du vin, il se rendit compte qu'il était quelque peu inconvenant d'être surpris en pareil état et dans une telle occupation par un tiers. Cependant Pirogov s'inclina légèrement et dit avec l'urbanité qui lui était naturelle :

« Veuillez bien m'excuser...

– Fiche le camp ! » répondit Schiller d'une voix pâteuse.

Pirogov fut interloqué. Être ainsi traité était quelque chose de tout à fait nouveau pour lui. Le sourire qui s'était dessiné sur son visage s'éteignit d'un coup. C'est du ton de la dignité offensée qu'il dit :

« Je comprends mal, cher monsieur... vous n'avez sans doute pas remarqué... je suis officier...

– Officier, qu'est-ce que c'est que ça ! Moi, Allemand de Souabe. Moi aussi devenir officier (et ce disant Schiller frappa du poing la table) : un an et demi junker, deux ans lieutenant, et moi demain tout de suite officier. Mais moi je veux pas servir. Moi je fais avec l'officier comme ça : phou ! » et Schiller étendit la paume et souffla dessus.

Le lieutenant Pirogov vit qu'il ne lui restait rien d'autre à faire que de se retirer. Toutefois pareille façon d'agir, totalement incompatible avec le respect dû à son rang, l'avait offusqué. Il s'arrêta plusieurs fois dans l'escalier, comme pour rassembler ses esprits et réfléchir à la manière de faire regretter à Schiller son impertinence. Il jugea finalement que Schiller était excusable, vu que sa tête était enfumée par la bière ; au surplus il pensa à la jolie blonde, et il prit la décision de livrer la chose à l'oubli.

Le lendemain, de bon matin, le lieutenant Pirogov reparut à l'atelier du maître ferronnier. Il fut accueilli dans le vestibule par la jolie blonde, qui d'une voix assez sévère, fort séante à son mignon visage, lui demanda :

« Vous désirez ?

– Ah ! bonjour, ma jolie ! Vous ne me reconnaissez pas ? Petite friponne, avec d'aussi jolis yeux ! »

Ce disant, le lieutenant Pirogov eut un geste très gentil pour soulever du doigt le menton de la jeune femme. Mais la blonde poussa un petit cri effrayé et répéta avec la même sévérité :

« Que désirez-vous ?

– Rien que de vous voir, il ne me faut rien de plus », fit le lieutenant Pirogov en souriant assez aimablement et en se rapprochant encore. Mais voyant que la blonde effarouchée allait s'esquiver dans l'autre pièce, il ajouta : « J'ai besoin, ma jolie, de me faire faire des éperons. Pouvez-vous me faire une paire d'éperons ? Encore que pour vous aimer il ne soit nullement besoin d'éperons, mais bien plutôt d'un frcin. Quelles délicieuses menottes ! » Le lieutenant Pirogov était toujours très galant dans des déclarations de ce genre.

« Tout de suite, j'appelle mon mari », s'écria l'Allemande, et elle sortit. Au bout de quelques minutes Pirogov vit entrer Schiller, les yeux bouffis et qui n'avait pas encore bien cuvé sa bière de la veille. En voyant l'officier, il se rappela, comme à travers un vague rêve, ce qui s'était passé. Il n'en avait point de souvenir bien précis, mais le sentiment lui restait d'avoir commis quelque sottise, aussi accueillit-il l'officier d'un air très hargneux.

« Pour des éperons je ne peux pas prendre moins de quinze roubles », déclara-t-il afin de se débarrasser de Pirogov ; car en honnête Allemand qu'il était, il se sentait très gêné devant quelqu'un qui l'avait vu dans un état peu décent. Schiller aimait boire absolument sans témoins, avec deux ou trois amis, il se cachait alors même de ses ouvriers.

« Pourquoi si cher ? fit aimablement Pirogov.

— Travail allemand, répondit froidement Schiller en se caressant le menton. Un Russe, il vous fera ça pour deux roubles.

— Soit. Pour vous montrer que je vous aime bien et que je souhaite faire connaissance, je paierai quinze roubles ! »

Schiller resta une minute songeur. Dans sa germaine probité, il avait un peu honte. Voulant dissuader Pirogov de maintenir sa commande, il lui fit savoir qu'il ne lui faudrait pas moins de deux semaines pour l'exécuter. Mais sans la moindre objection Pirogov se déclara parfaitement d'accord.

L'Allemand redevint pensif, réfléchissant au moyen d'exécuter le mieux son travail pour qu'il valût réellement quinze roubles. À ce moment la blonde entra dans l'atelier et se mit à chercher quelque chose sur la table encombrée de cafetières. Le lieutenant profita de la méditation de Schiller pour s'approcher d'elle et serrer son bras, nu jusqu'à l'épaule. Cela déplut fort à Schiller.

« *Meine Frau*[9] *!* s'écria-t-il.

— *Was wollen Sie doch*[10] *?* répondit la jolie blonde.

— *Gehen Sie*[11] à la cuisine ! »

La jeune femme se retira.

« Alors, dans deux semaines ? demanda Pirogov.

— *Ja*, dans deux semaines, répondit Schiller toujours réfléchissant, j'ai beaucoup de travail en ce moment.

— Au revoir ! je passerai vous voir.

— Au revoir ! » répondit Schiller, et il verrouilla la porte derrière lui.

---

9. *Meine Frau !* : Ma femme !, en allemand
10. *Was wollen Sie doch ?* : Que voulez-vous ?, en allemand.
11 *Gehen Sie* : Allez…, en allemand.

Le lieutenant Pirogov était décidé à poursuivre ses assiduités, bien que l'Allemande manifestât une visible résistance. Il ne concevait pas qu'on pût lui résister ; et d'autant moins que son amabilité et l'éclat de son grade lui donnaient pleinement droit à l'attention. Il faut dire aussi, toutefois, que la femme de Schiller, avec tous ses attraits, était très sotte. Aussi bien la sottise constitue-t-elle un charme particulier chez une jolie femme. Du moins ai-je connu nombre de maris que ravit en extase la bêtise de leur femme, et qui voient là le signe d'une enfantine innocence. La beauté réalise d'authentiques miracles. Tous les défauts de l'âme d'une belle femme, loin d'engendrer la répulsion, lui ajoutent on ne sait quel attrait inaccoutumé ; le vice même donne à la beauté un parfum de gentillesse ; mais qu'elle disparaisse, et la femme devra être vingt fois plus intelligente que l'homme pour inspirer sinon l'amour, tout au moins l'estime. Au demeurant la femme de Schiller, toute sotte qu'elle fût, restait fidèle à ses devoirs, en sorte qu'il était assez difficile à Pirogov de réussir dans son audacieuse entreprise ; mais il y a toujours une volupté dans l'obstacle surmonté, et la jolie blonde lui devenait de jour en jour plus intéressante. Il se mit à venir assez souvent prendre des nouvelles de ses éperons, au point que cela finit par incommoder Schiller. Il déploya tous ses efforts pour terminer au plus vite les éperons commencés ; enfin les éperons furent prêts.

« Ah ! l'admirable travail que voilà ! s'écria le lieutenant Pirogov en les voyant. Seigneur, quelle belle exécution ! Notre général n'a pas des éperons comme ceux-là ! »

L'amour-propre satisfait s'épanouit dans l'âme de Schiller. Ses yeux se firent relativement aimables et il se sentit tout à fait réconcilié avec Pirogov. « L'officier russe est un garçon intelligent », se dit-il en lui-même.

«Alors, vous sauriez faire aussi, par exemple, la monture d'un poignard ou d'un autre objet?

— Oh, bien sûr, je saurais, dit Schiller avec un sourire.

— Alors, faites-moi donc une monture pour un poignard. Je vous l'apporterai : j'ai un très beau poignard turc, mais j'aurais envie de lui faire faire une autre monture.»

Ce fut pour Schiller comme l'éclatement d'une bombe. Son front se rembrunit d'un coup. «Ça t'apprendra!» se dit-il en lui-même en s'injuriant intérieurement d'avoir ainsi attiré sur lui le travail. Se récuser, cela lui paraissait malhonnête, et puis l'officier russe avait loué son art. Il hocha un peu la tête, puis donna son accord. Mais le baiser qu'en sortant Pirogov colla effrontément droit sur les lèvres de la jolie blonde le jeta dans une totale perplexité.

Je ne crois pas inutile de faire connaître d'un peu plus près Schiller au lecteur. Schiller était un parfait Allemand dans la pleine acception de ce mot. Dès l'âge de vingt ans, à cette heureuse époque de la vie où un Russe se laisse vivre au petit bonheur, Schiller avait déjà tracé le plan de son existence tout entière et jamais, en aucun cas, il ne s'en écartait. Il s'était donné pour règle de se lever à sept heures, de déjeuner à deux heures, d'être ponctuel en tout et de se saouler chaque dimanche. Il s'était fixé pour objectif d'amasser en dix ans un capital de cinquante mille roubles, et c'était aussi ferme et irrévocable qu'un arrêt du destin, car un fonctionnaire oubliera plutôt de passer à la loge de son chef le jour de sa fête qu'un Allemand de tenir la parole qu'il s'est donnée. En aucun cas il n'augmentait ses dépenses, et si le prix de la pomme de terre montait par trop, il ne déboursait pas un kopek de plus, mais réduisait sa consommation : il lui arrivait ainsi de rester un peu sur sa faim, mais il s'y faisait. La rigueur de ses principes allait au point qu'il avait pris pour maxime de ne pas embrasser sa femme plus de deux fois par jour, et pour n'être pas tenté de la caresser une fois de trop il ne mettait jamais plus d'une pincée de poivre dans sa soupe ; d'ailleurs cette règle était moins strictement observée le dimanche, vu que Schiller absorbait alors deux bouteilles de bière et un flacon de cumin, contre lequel il ne manquait toutefois jamais de pester. Sa façon de boire n'était nullement celle de l'Anglais, qui aussitôt après le repas s'enferme au verrou et se saoule en solitaire. Lui, au contraire, en bon Germain, buvait toujours avec un compagnon d'inspiration : ou bien c'était avec le bottier Hoffmann, ou bien avec l'ébéniste Kuntz, lui aussi Allemand et grand pochard.

Tel était le caractère du très digne Schiller, lequel se trouvait en l'occurrence amené dans une très embarrassante situation. Il avait beau être allemand et flegmatique, les manières d'agir de Pirogov éveillèrent en lui quelque chose qui ressemblait à de la jalousie. Il se creusait la tête et n'arrivait pas à imaginer comment se débarrasser de cet officier russe.

Cependant Pirogov, fumant la pipe dans un cercle de camarades – car la Providence a ainsi fait les choses que là où il y a des officiers, il y a des pipes, – fumant donc la pipe dans un cercle de camarades, parlait à demi-mot, d'un air entendu et avec un sourire satisfait, d'une intrigue avec une jolie petite Allemande, avec laquelle, à l'entendre, il était déjà du dernier bien, alors qu'en réalité il était sur le point d'abandonner l'espoir de la conquérir.

Un jour qu'il se promenait dans la rue des Bourgeois, il leva les yeux sur la maison où trônait l'enseigne de Schiller, représentant des cafetières et des samovars, et il eut l'immense joie d'y voir le buste de sa jolie blonde, penchée à sa fenêtre et regardant passer les gens. Il s'arrêta, la salua de la main et dit : «*Goutte morguenne !*» La blonde lui rendit son salut comme à quelqu'un de connaissance.

« Alors, votre mari est à la maison ?
– Oui, répondit la blonde.
– Et quand s'absente-t-il ?
– Le dimanche, il n'est pas là », répondit-elle assez sottement.

« Bonne affaire, se dit Pirogov, il faut en profiter. » Et le dimanche suivant, sans crier gare, il arriva chez sa blonde. Schiller, effectivement, n'était pas là. La jolie maîtresse du lieu eut peur ; mais Pirogov se conduisit tout d'abord avec assez de prudence, il eut une attitude très respectueuse et s'inclina de manière à faire valoir toute la beauté de sa taille flexible et bien serrée. Il plaisanta agréablement et poliment, mais la sotte Allemande ne répondait que par monosyllabes. Enfin, ayant tenté toutes les approches et voyant que rien ne prenait sur elle, il lui proposa de danser. L'Allemande consentit d'emblée, car les filles de Germanie sont toujours disposées à danser. Pirogov fondait fortement là-dessus son espoir : premièrement il procurait déjà un plaisir à la belle, deuxièmement il pouvait ainsi mettre en valeur sa belle tournure et son adresse, troisièmement c'est en dansant qu'il pouvait s'approcher au plus près, prendre la jolie Allemande dans ses bras et mettre un commencement à tout ; bref, il en escomptait un succès complet.

Il commença par une gavotte[12], sachant qu'avec les Allemandes il faut aller par degrés. La jolie Allemande s'avança au milieu de la pièce et leva un pied mignon. Cette position ravit tellement Pirogov qu'il s'élança pour l'embrasser. La belle se mit à crier, ce qui ne fit qu'accroître son

---

12. Gavotte : danse à rythme binaire (à l'origine pratiquée par les montagnards).

charme aux yeux de Pirogov ; il la couvrit de baisers. Quand soudain la porte s'ouvrit et entrèrent Schiller, Hoffmann et l'ébéniste Kuntz. Les trois dignes artisans étaient ivres comme des savetiers.

Je laisse mes lecteurs imaginer la colère et l'indignation de Schiller.

« Malotru ! cria-t-il au comble de la fureur, c'est comme ça que tu oses embrasser ma femme ! Tu es un saligaud, et pas un officier russe ! Tarteifle, camarade Hoffmann, je suis un Allemand, moi, et pas un cochon de Russe ! » – Hoffmann acquiesça. – « Och, je ne veux pas porter de cornes ! Attrape-le par la peau du cou, camarade Hoffmann, je ne veux pas de ça, poursuivait-il, gesticulant de tous ses bras, et son visage était aussi écarlate que le drap de son gilet. Voilà huit ans que je vis à Pétersbourg, j'ai une mère en Souabe et un oncle à Nuremberg, moi, je suis un Allemand, moi, je suis aucun bétail à cornes ! Déshabille-le, camarade Hoffmann ! Tiens-lui les mains et les jambes, camarade Kuntz ! » Et les Allemands saisirent Pirogov par les quatre membres.

Il tenta vainement de se débattre : les trois compagnons étaient ce qu'il y avait de mieux charpenté parmi tous les Germains de Pétersbourg. Si Pirogov avait été en grand uniforme, il est probable que le respect de son grade et de son état aurait retenu les Teutons furibonds, mais il était venu tout à fait en simple particulier, en visiteur privé, en redingote et sans épaulettes. Les Allemands, avec la dernière sauvagerie, lui arrachèrent tous ses vêtements. Hoffmann s'assit de tout son poids sur ses jambes, Kuntz le saisit à la tête, et Schiller empoigna un faisceau de branchages servant de balai. Je dois avouer avec chagrin que le lieutenant Pirogov fut très douloureusement fouetté.

Je ne doute pas que Schiller, le lendemain, fut pris de forte fièvre et trembla comme la feuille, attendant d'une minute à l'autre la venue de la police, et qu'il aurait donné Dieu sait quoi pour que tout ce qui s'était passé la veille ne fût qu'un rêve. Mais ce qui était fait était fait, et l'on n'y pouvait rien changer. Il n'était rien qui pût se comparer à la fureur et à l'indignation de Pirogov. La seule pensée de l'effroyable outrage qu'il avait subi le mettait en rage. La Sibérie et les verges lui semblaient trop petit châtiment pour Schiller. Il courut chez lui pour se mettre en tenue et se rendre tout droit chez le général, lui décrire sous les plus révoltantes couleurs les scandaleuses voies de fait des compagnons allemands. Il ne songeait à rien de moins qu'à porter plainte par écrit à l'É-tat-major général. Et si l'État-major général prononçait un châtiment insuffisant, il s'adresserait directement au Conseil d'État, et au besoin au Tsar lui-même.

Mais tout cela aboutit à une fin inattendue : chemin faisant, il entra dans une pâtisserie, s'offrit deux gâteaux feuilletés, parcourut les colonnes de *L'Abeille du Nord*[13], et sortit de là d'humeur déjà bien moins vindicative. En outre, la fraîcheur assez agréable du soir lui donna envie de faire un petit tour sur la Perspective Nevski. Vers neuf heures il était calmé et il trouva qu'il n'était pas convenable de déranger le général un dimanche, que d'ailleurs celui-ci était sans aucun doute invité quelque part. Il s'en alla donc passer la soirée chez un certain directeur du collège de contrôle, où il y avait une sympathique réunion de fonctionnaires et d'officiers. Il s'y divertit très agréablement et dansa une mazurka avec tant de distinction qu'il transporta d'enthousiasme non seulement les dames, mais même les cavaliers.

---

13. *L'Abeille du Nord* : journal au départ littéraire et engagé politiquement, puis très porté sur les faits divers.

Étonnant est l'arrangement de notre monde ! me disais-je en parcourant l'autre jour la Perspective Nevski et en me remémorant ces deux aventures... Comme il est étrange, comme il est incompréhensible, le jeu que joue avec nous le destin ! Obtenons-nous jamais ce que nous désirons ? Atteignons-nous jamais ce à quoi l'on croirait que sont tout spécialement préparées nos facultés ? Tout marche à rebours. Tel, à qui le sort a donné les plus magnifiques chevaux, se laisse voiturer indifférent sans remarquer leur beauté, tandis qu'un autre, dont le cœur se consume de passion hippique, va à pied et se contente de claquer admirativement de la langue en regardant passer un trotteur. Tel, qui possède un remarquable cuisinier, a malheureusement la bouche si exiguë qu'il n'y peut introduire plus de deux petites bouchées, alors que l'autre, dont l'orifice buccal a la taille de l'arche de l'État-major général, doit, hélas ! se contenter de je ne sais quel menu allemand de pommes de terre. Comme le sort se joue étrangement de nous !

Mais le plus étrange de tout, c'est ce qui se passe sur la Perspective Nevski. Oh ! ne vous y fiez pas, à cette Perspective Nevski ! Moi, je m'enveloppe toujours étroitement dans mon manteau quand je la parcours, et je m'efforce de ne jamais regarder ce que je croise. Tout est leurre, tout est rêve, tout est autre qu'il ne paraît. Vous croyez que ce monsieur, qui se promène en redingote admirablement coupée, est très riche ? Pas du tout : tout son actif est dans sa redingote. Vous vous imaginez que ces deux gros hommes, arrêtés devant une église en construction, en commentent l'architecture ? Erreur : ils parlent de deux corneilles qui se sont bizarrement posées l'une face à l'autre. Vous vous dites que cet excité qui gesticule des deux bras raconte comment sa femme a lancé par la fenêtre un papier roulé en boule à un officier qu'il ne connaît ni d'Ève ni d'Adam ? Détrompez-vous : il parle de La Fayette. Vous croyez que ces dames... mais les dames surtout, ne vous y fiez pas. Ne vous attardez pas tant aux vitrines des magasins : les colifichets qu'on y expose sont très jolis, mais leur odeur est celle d'une effrayante quantité de billets de banque. Et surtout Dieu vous garde de risquer un coup d'œil sous le chapeau des dames. Si attirant que soit de loin l'envol du manteau d'une belle, à aucun prix je n'y laisserai aller ma curiosité.

Fuyez, pour Dieu, fuyez au loin le réverbère ! Et vite, aussi vite que vous pouvez, passez au large. Heureux encore si vous vous en tirez avec une coulée de son huile puante sur votre élégant manteau. Mais outre le réverbère tout respire l'imposture. Elle ment à longueur de temps, cette Perspective Nevski, mais surtout lorsque la nuit s'étale sur elle en masse compacte et accuse la blancheur ou le jaune pâle des façades, quand toute la ville devient éclair et tonnerre, quand des myriades d'attelages débouchent des ponts, quand les postillons hurlent sur leurs chevaux lancés au galop, quand le démon lui-même allume les lampes uniquement pour faire voir les choses autres qu'elles ne sont.

Arrêt sur lecture 1

Il est temps de faire un premier arrêt sur lecture. À la fin de *La Perspective Nevski**, de nombreux éléments s'offrent à l'analyse : le cadre des récits pétersbourgeois est bien en place, et les personnages, ici, donnent un aperçu de la façon dont Gogol peuple ses nouvelles*. Nous allons voir dans quelle mesure ce texte sert de matrice aux autres récits du recueil.

Le texte en questions

Un texte peut se comparer à un tissu, où la trame et les motifs* fournissent au lecteur autant d'indices sur la nature du texte (roman d'apprentissage, nouvelle, roman policier), sur ses enjeux ou son sens profond. Pas d'étude du texte possible, donc, avant d'avoir exploré les thèmes principaux, la forme, ou le style. On pourra alors se lancer dans une interprétation du texte et de ses significations.

La Perspective Nevski : un théâtre où la vie commerçante et le passage incessant des citadins donnent lieu à de multiples petites scènes. (Gravure, XIXe s.)

La Perspective Nevski, scène de théâtre

Le texte nous impose de commencer par l'étude du cadre : le titre, *La Perspective Nevski*, nous indique l'importance de cette rue de Saint-Pétersbourg pour l'économie du récit. C'est la principale artère de cette ville où se déroulent les cinq nouvelles que nous étudions, et le fil directeur de la première nouvelle.

Ainsi, le parcours des personnages s'oriente autour de la Perspective : le récit commence et s'achève là. On peut en effet remarquer qu'il est construit en boucle. Il s'ouvre sur un véritable éloge de la Perspective Nevski :

> Rien n'est plus beau que la Perspective Nevski, du moins à Saint-Pétersbourg ; elle est tout pour lui (p. 21).

Et il se clôt sur une inquiétante mise en garde concernant cette même Perspective :

> Oh! ne vous y fiez pas, à cette Perspective Nevski! [...] Tout est leurre, tout est rêve, tout est autre qu'il ne paraît (p. 66).

Artère centrale de Saint-Pétersbourg (« La Perspective Nevski est le lieu de communication de tout Saint-Pétersbourg »), elle offre un cadre aux personnages, au propre comme au figuré : elle est le lieu de leurs errances, mais elle est aussi l'espace ouvert qui leur offre une scène, dans la mesure où tout y est possible. Elle est « l'unique lieu où les gens ne soient pas présents par nécessité ».

Enfin, et comme pour renforcer le rôle primordial de l'artère dans l'évolution du recueil, le début du texte offre de nombreuses évocations des récits à venir :

> Quelle rapide fantasmagorie se déroule là au cours d'une seule journée! (p. 22).
> Seigneur Dieu! quels étranges caractères on rencontre sur la Perspective Nevski! (p. 26).

N'est-ce pas là une allusion aux scènes étranges qui vont suivre? De même, on devine déjà les deux héros de ce conte.

Pirogov et Piskariov, un duo tout en contrastes

Les deux personnages de ce court récit, le lieutenant Pirogov et le peintre Piskariov, forment un duo tout en opposition : à la prestance physique de l'un, capable de danser la mazurka avec distinction, s'oppose le manque d'élégance de l'autre (« sur eux l'élégance a toujours l'air trop voyant et fleure toujours le rapiéçage », p. 31) ; à l'assurance de Pirogov (« convaincu qu'il n'était pas de belle qui pût lui résister », p. 30) s'oppose la timidité quasi maladive de Piskariov (« Le jeune homme en habit et pèlerine partit d'un pas timide et mal assuré dans la direction où flottait au loin le manteau chatoyant », p. 30). Deux personnages antithétiques dont les chemins comme les destins se séparent au début de la nouvelle. Leurs aventures sont ainsi rapportées séparément par le narrateur, ce qui constitue un diptyque parfait.

Les deux récits se font pendant. Ils se répondent en effet l'un à l'autre : à l'histoire tragique de Piskariov qui se suicide pour avoir trop cru à ses rêves fait écho, en un contrepoint ironique, l'aventure cocasse du jeune Pirogov, fouetté jusqu'au sang pour avoir trop cru à sa chance en voulant séduire l'épouse d'un ferronnier allemand. L'alternance de ces deux tons au sein du récit, ton tragique et ton comique, est caractéristique du style de Gogol dans ces récits pétersbourgeois; l'alliance au sein d'un même événement de comique et de tragique, de burlesque et de pitoyable donne à ses nouvelles leur caractère grotesque* qui tourne hommes et choses en dérision, afin d'en exhiber la banalité ou le ridicule.

Le peintre Piskariov est ici le héros d'un court roman initiatique : sa jeunesse, sa naïveté et son idéalisme, qui lui font associer systématiquement la beauté et la pureté, le prédisposent à être le héros d'un récit d'apprentissage destiné à lui faire perdre ses illusions. Son cheminement au cours du récit est semblable en tout point à celui des héros de romans d'apprentissage, tel le Werther de Goethe : la découverte des ambiguïtés de la femme et de la discordance entre les apparences et la réalité mènent le jeune homme au suicide. Piskariov, l'artiste raté, le jeune homme désœuvré, le « jeune rêveur », se prête admirablement à cette aventure tragique, et sert de porte-parole à Gogol. Par son entremise, l'auteur introduit en soubassement de ce récit léger une dimension plus profonde et une problématique qui parcourt le reste de son œuvre, celle de l'opposition entre les apparences et la réalité, entre la réalité et le rêve.

Pirogov, quant à lui, joue avant tout le rôle d'une catalyse (élément déclenchant) dans le récit. C'est en effet lui qui déclenche l'aventure de Piskariov en le poussant à poursuivre la femme dont la vue l'a frappé (« Innocent ! s'écria Pirogov en le poussant malgré lui dans la direction où l'on voyait chatoyer le manteau de la dame. Cours, nigaud, tu vas la rater ! », p. 30). Il est également le héros d'un intermède comique par son aventure avec la jeune Allemande.

Gogol le nouvelliste

On considère généralement que l'auteur américain Edgar Allan Poe, connu entre autres pour *Le Double Assassinat dans la rue Morgue*, est le père de la nouvelle* au sens où on l'entend actuellement. Celle-ci se définit comme un récit généralement bref orienté vers une chute, le plus souvent surprenante. Cet effet de chute caractérise la nouvelle, qui met en scène, eu égard à la brièveté du récit, un nombre restreint de personnages. Gogol influença durablement l'écriture de la nouvelle, grâce notamment aux récits pétersbourgeois, dans lesquels il est à même de construire une histoire autour d'une anecdote saillante d'où il tire des effets de grotesque*.

Un enchâssement rigoureux
L'originalité de *La Perspective Nevski* tient d'abord à ce que cette nouvelle suit une construction extrêmement complexe et travaillée. Lorsque l'on décompose ce récit, on se rend compte que plusieurs micro-récits sont imbriqués les uns dans les autres. Si l'on schématise, on a ainsi : 1) le récit-cadre que l'on peut intituler « une journée type sur la Perspective Nevski » ; 2) un récit enchâssé, « la promenade du peintre et du lieutenant » ; qui se divise à son tour en : 3) l'aventure de Piskariov, 4) l'aventure de Pirogov.

Dans cette structure, le narrateur, qui introduit le thème de la Perspective et le récit des deux jeunes gens, a le dernier mot. Ce procédé met l'accent sur le rôle de **conteur** du narrateur, faisant du récit des deux jeunes gens le prétexte à raconter une histoire. Avec cette construction, Gogol donne pour ainsi dire deux versions d'une même histoire, celle de la promenade sur la Perspective Nevski : la première version est une esquisse, la deuxième une version définitive. Ou, si l'on préfère, la première est une vision au télescope, vision panoramique des gens et des choses sur la Perspective, et la deuxième une vision au microscope centrée sur les figures de Pirogov et Piskariov. Ce changement d'éclairage permet au narrateur de braquer le faisceau du récit sur un petit événement marquant et d'en tirer une leçon plus générale.

Une subtile volte-face

La chute de la nouvelle est le point où vient converger tout le récit : elle a ceci de remarquable ici qu'elle prend la forme d'un avertissement signé du narrateur. En une surprenante volte-face, le narrateur retourne l'opinion qu'il avait exprimée au début du récit, en nous présentant l'envers du décor. La Perspective Nevski est le domaine du mensonge, un théâtre d'ombres où faux-semblants et apparences trompeuses règnent en maîtres :

> Tout est leurre, tout est rêve, tout est autre qu'il ne paraît (p. 66).

Par cette morale qui remet en cause les certitudes du lecteur et sème le doute dans son esprit, Gogol procède à un subtil brouillage des cartes : il apparaît comme un puissant manipulateur qui joue avec l'imagination de son lecteur. Les dernières paroles du narrateur ont pour résultat de dénouer l'écheveau du récit. Levant le voile sur toute une série d'apparences trompeuses, le narrateur engage le lecteur de son récit à ne pas se fier à ce qu'il voit et le met en garde :

> Et surtout Dieu vous garde de risquer un coup d'œil sous le chapeau des dames. Si attirant que soit de loin l'envol d'un manteau d'une belle, à aucun prix je n'y laisserai aller ma curiosité (p. 67).

N'est-ce pas alors invalider le récit qui vient de nous être fait de l'aventure de Piskariov ? N'est-ce pas prétendre qu'elle ne saurait avoir existé, qu'elle n'est finalement qu'un rêve, dans la mesure où tout ce qui se passe sur la Perspective n'est qu'illusion ? Ou, plus inquiétant encore, le lecteur ne doit-il pas alors penser que tout ce récit n'était qu'une diabolique manipulation et que Gogol n'est autre que ce « démon » qui « allume les lampes uniquement pour faire voir les choses autres qu'elles ne sont » (p. 67) ?

Inquiétante étrangeté

Une mise en garde
Une des caractéristiques les plus marquantes du style de Gogol est ici le ton de proximité, voire de complicité avec le lecteur. Bien souvent au cours de la nouvelle, Gogol prend directement son lecteur à partie et le met en garde :

> Eussiez-vous à régler quelque affaire pressante, urgente, qu'arrivé là, certainement, vous oublierez toute affaire (p. 21).
> Fuyez, pour Dieu, fuyez au loin le réverbère ! (p. 67).

Cette proximité qui s'instaure entre Gogol et son lecteur est pour beaucoup dans l'attrait de ces récits. Grâce à ce trait de style, le lecteur a le sentiment de suivre un guide qui lui fait découvrir l'envers des choses et les mystères de Saint-Pétersbourg.

Ainsi, Gogol prend son lecteur par la main, lui fournissant au fur et à mesure que l'histoire avance les précisions nécessaires à la bonne marche du récit, comme dans cet exemple où il l'informe sur un de ses personnages :

> Mais il n'est pas superflu de renseigner le lecteur sur le personnage qu'était le lieutenant Pirogov (p. 52).

Une humanité grotesque
Par ailleurs, le style de Gogol aboutit ici à créer une impression d'inquiétante étrangeté qui participe de l'atmosphère grotesque* de l'ensemble des récits pétersbourgeois. Les personnages, notamment dans la première partie du récit, sont déshumanisés et ressemblent plus à des pantins qu'à des êtres humains : réduits à leurs vêtements ou aux traits de

leurs visages, ils semblent reflétés par un miroir déformant qui les rend grotesques. L'utilisation renouvelée de la synecdoque* contribue à installer une atmosphère à la fois amusante et inquiétante. Les fonctionnaires des ministères sont ainsi désignés par leurs moustaches, comme dans ce passage :

> Ici vous rencontrerez des moustaches merveilleuses, que nulle plume, nul pinceau ne sauraient dépeindre (p. 25).

Quant aux femmes qui arpentent la Perspective, elles ne sont plus que robes, manteaux, chapeaux :

> Des milliers de sortes de chapeaux, de robes, d'écharpes chatoyantes, vaporeuses […] éblouissent tout un chacun sur la Perspective Nevski (p. 25).

Les vêtements semblent donc acquérir une autonomie propre et échapper à ceux qui les portent, ce qui aboutit alors à la création d'images pour le moins fantastiques, quasi surréalistes, comme dans la citation suivante, où les chapeaux prennent leur envol, tels des papillons :

> On dirait que toute une mer de papillons s'est soudain essorée des blés mûrs et ondoie en nuée étincelante au-dessus des noirs scarabées du sexe fort (p. 25).

Un texte fondateur

Ce récit constitue la matrice des autres nouvelles du recueil. Texte fondateur, il l'est à plusieurs égards : tout d'abord parce qu'il illustre les préoccupations de Gogol. On y trouve, en effet, de multiples échos à ses positions esthétiques, notamment à l'opposition entre le rêve et la réalité qui apparaît avec l'étrange aventure du peintre Piskariov. De plus, il exprime sa passion pour l'Italie où il séjourna fréquemment, par exemple dans ce passage où il compare les peintres russes et italiens :

> Ces artistes-là ne ressemblent en rien aux artistes italiens, fiers, ardents comme l'Italie et son ciel (p. 31).

Surtout, ce premier récit du recueil porte en lui le germe des récits à venir : ceux-ci semblent constituer un grossissement, un agrandissement des scènes décrites ici. Ainsi, les fonctionnaires qui arpentent la Perspective annoncent le personnage du *Journal d'un fou* : Poprichtchine paraît s'être échappé de cette Perspective, comme si l'auteur s'était penché au microscope sur un des nombreux fonctionnaires qui la hantent et avait décidé d'en savoir plus sur lui.

Le héros du *Nez* est lui aussi présent en filigrane dans ce récit ; on le reconnaît dans le personnage du ferronnier qui veut se faire couper le nez :

> **Et n'eût été la brusque apparition de Pirogov, Hoffmann aurait à coup sûr coupé sans autre forme de procès le nez de Schiller** (p. 56).

Enfin, on découvre à la fin du récit le modèle réduit de l'histoire du *Manteau*, dans cette remarque du narrateur :

> **Vous croyez que ce monsieur, qui se promène en redingote admirablement coupée, est très riche ? Pas du tout : tout son actif est dans sa redingote** (p. 66).

Le premier des récits pétersbourgeois inaugure de plus l'atmosphère étrange, faite de grotesque* et de fantastique*, propre à tout ce recueil.

Lecture méthodique

La méthode d'analyse que nous avons utilisée pour explorer l'ensemble de cette nouvelle va maintenant nous servir à découvrir un extrait en profondeur. Par la lecture méthodique, c'est-à-dire en nous appuyant sur des axes d'analyse qui nous guident dans les méandres du texte, tout comme le fil d'Ariane dans le Labyrinthe, nous allons pouvoir cerner les enjeux d'un passage de *La Perspective Nevski*, de la p. 66 (« Mais le plus étrange de tout ») à la fin du texte.

La lecture méthodique – Elle s'organise en trois temps : 1) l'introduction situe le passage à étudier par rapport aux pages qui précèdent et en donne une présentation rapide ; 2) le développement s'appuie sur des axes de lecture (entre deux et quatre) qui rendent compte de l'ensemble des aspects marquants du texte ; 3) la conclusion établit le bilan de la lecture, la prolonge en ouvrant sur des perspectives nouvelles.

Introduction

L'introduction – Elle doit : 1) situer le passage, c'est-à-dire rappeler ce qui s'est passé avant dans le récit, préciser qui sont les différents personnages, expliquer à quel stade de l'intrigue on se trouve ; 2) caractériser le passage, c'est-à-dire en faire apparaître le thème principal (ce dont le texte traite), définir son ton (comique, tragique...) et sa forme (récit, dialogue, description...) ; 3) donner le plan du passage en faisant apparaître une progression ; 4) annoncer le plan suivi dans la lecture méthodique en donnant les axes de lecture choisis.

Le passage que nous commentons se situe tout à la fin de la nouvelle *La Perspective Nevski*. Il se présente comme un bilan où le narrateur, qui s'était effacé pendant le récit des aventures de Pirogov et Piskariov, revient sur le devant de la scène et offre au lecteur la morale de l'histoire qu'il vient de lire. Le lecteur assiste à un renversement complet par rapport au début du récit : alors que le narrateur y faisait l'éloge de la Perspective Nevski, on assiste ici à la dénonciation du caractère mensonger de celle-ci.

Le passage se construit en trois temps : le premier mouvement donne le ton du passage en insistant sur le caractère trompeur de ce qui se passe sur la Perspective, le deuxième donne des exemples vivants de tromperie et de mensonge, le troisième enfin conclut cette dénonciation sur une note plus inquiétante.

Trois axes guideront notre analyse : nous verrons d'abord comment ce texte nous fait passer de l'autre côté du miroir en un changement complet de perspective ; nous montrerons ensuite dans quelle mesure les apparences sont dénoncées comme trompeuses, et nous verrons enfin que le narrateur apparaît comme un maître des illusions, metteur en scène d'un genre bien particulier.

Développement : les axes de lecture

> *Les axes de lecture* – Ce sont les grandes lignes directrices de l'analyse du texte. Ils peuvent être thématiques (l'image de la nature, le personnage du peintre…) ou formels (le lyrisme*, l'art du dialogue…), et rassemblent toujours un faisceau de remarques allant dans le même sens. Ces axes de lecture sont la colonne vertébrale de l'interprétation du texte, le fil conducteur de l'explication.

1 – De l'autre côté du miroir : un renversement baroque
Le renversement est d'autant plus frappant si l'on se reporte aux lignes qui ouvrent le récit, on y lit par exemple : « Rien n'est plus beau que la Perspective Nevski », affirmation dénoncée par cette phrase de notre extrait :

> Oh ! Ne vous y fiez pas à cette Perspective Nevski (p. 66).

Ce renversement des apparences est constitutif du mouvement du texte même : la deuxième partie du texte est ainsi construite sur la figure du renversement. Trois phrases se suivent avec la même structure : une interrogation (« Vous croyez », « Vous vous imaginez », « Vous vous dites ») suivie d'une réfutation (« Pas du tout », « Erreur », « Détrompez-vous »). Cette anaphore (on appelle anaphore la répétition au début d'un passage d'un même terme) du motif du renversement souligne à merveille le bouleversement qui se produit dans ce passage où le lecteur est amené à considérer l'envers des choses, à passer de l'autre côté du miroir.

Si le narrateur se livre ainsi à une dénonciation des apparences mensongères, c'est aussi pour mettre en place une vision nouvelle de la Perspective. Cette vision est fantastique* et baroque. Vous vous souvenez de l'évocation de ces femmes semblables à des papillons qui étaient comparées à des coupes de champagne. C'est ce même procédé de distorsion de la réalité que l'on retrouve dans ce passage final du récit. Le début du texte signale d'emblée que la réalité est mensongère :

> Tout est leurre, tout est rêve, tout est autre qu'il ne paraît (p. 66).

Une vision fantastique se construit ainsi dans le perpétuel décalage entre les apparences et la réalité : un homme apparemment riche se révèle ne posséder que son manteau, les gesticulations d'un homme traduisent en réalité une conversation sérieuse, et ainsi de suite. Le climat de cette fin de récit s'assombrit progressivement, au propre comme au figuré : le dernier mouvement marque le passage à la nuit et surtout l'arrivée dans le récit de la figure du démon qui renforce l'atmosphère de fantastique.

2 – Mensonge et faux-semblants

Sur la Perspective Nevski, les apparences sont trompeuses : êtres et choses sont autres qu'ils ne paraissent, « tout respire l'imposture ». Un motif* particulièrement intéressant à cet égard est celui du manteau. Vous savez que Gogol a construit une nouvelle sur ce thème, nouvelle dont nous avons pu voir plus haut la préfiguration dans une phrase du passage que nous étudions. Si le thème du manteau a fourni à Gogol la matière d'un récit, c'est qu'il revêt pour lui une signification particulière. Le manteau revient en leitmotiv (c'est-à-dire de façon obsédante) dans cet extrait : on relève en effet pas moins de quatre occurrences de ce terme, dont deux font référence au narrateur et au lecteur.

Que signifie ici l'image du manteau ? C'est avant tout l'image du masque trompeur : le manteau enveloppe celui qui le porte dans une apparence mensongère, car nul ne sait ce qui se cache dessous. Le manteau est ainsi comme le symbole, l'emblème du mensonge et de la tromperie. S'appuyant sur ce motif, Gogol emmène son lecteur dans cet univers de faux-semblants. Le narrateur souligne à plusieurs reprises que la Perspective s'apparente au mensonge (« Elle ment à longueur de temps, cette Perspective Nevski », p. 67), lequel va de pair avec la création sans cesse renouvelée des illusions dont Gogol est ici l'orchestrateur.

3 – Le narrateur, maître des illusions

Dans ce passage, le narrateur est omniprésent : c'est lui qui dénonce les apparences trompeuses, c'est lui également qui met en garde le lecteur. Par un subtil artifice de style, le lecteur est même transporté à l'intérieur du récit, mis en scène dans le texte par le narrateur qui l'évoque comme s'il s'agissait d'un de ses personnages :

> Fuyez, pour Dieu, fuyez au loin le réverbère ! […] Heureux encore si vous vous en tirez avec une coulée de son huile puante sur votre élégant manteau (p. 67).

Le rapport du narrateur avec le lecteur est ici fait de proximité, voire de complicité : les mises en garde successives (« Ne vous attardez pas tant aux vitrines des magasins », p. 67, « Dieu vous garde de risquer un coup d'œil sous le chapeau des dames », p. 67), les interpellations tissent autant de liens entre narrateur et lecteur, et rendent très particulière l'atmosphère de ce récit. Mais il ne faut pas trop se fier à cette complicité. Car le narrateur est aussi un manipulateur. Manipulateur, Gogol l'est ici de manière évidente. L'ironie qui se dégage de certaines phrases du passage est manifeste. Lorsqu'on lit par exemple au début :

> Moi, je m'enveloppe toujours étroitement dans mon manteau quand je la parcours, et je m'efforce de ne jamais regarder ce que je croise (p. 66).

on ne peut que mettre en doute une telle affirmation. L'ironie est visible : le même narrateur qui nous a conduits à toutes les heures du jour et de la nuit sur la Perspective, qui a dressé le portrait de ceux qui la peuplent, qui nous a fait pénétrer dans l'intimité de deux personnages de la Perspective est ici celui qui prétend ne pas s'intéresser à ce qui se passe sur la Perspective !

En réalité, le narrateur qui se met ici en scène (et Gogol avec lui) joue avec les réactions du lecteur et le manipule à sa guise. C'est lui qui est le maître des illusions, l'orchestrateur des mirages. En cela, il s'apparente au « démon » évoqué dans les dernières lignes du passage, ce démon qui « allume les lampes uniquement pour faire voir les choses autres qu'elles ne sont » (p. 67). Et dans l'avertissement du narrateur qui invite à se méfier du réverbère, que faut-il lire sinon une allusion à cet autre réverbère du récit, l'auteur qui jette sur les personnages une lumière qui les révèle ?

Conclusion

> *La conclusion* – Elle doit : 1) dresser le bilan des analyses, en évitant de répéter ce qui a déjà été dit ; 2) ouvrir l'analyse sur des perspectives élargies (développements ultérieurs du récit, comparaison avec d'autres passages de l'œuvre, d'autres œuvres du même auteur, voire d'autres auteurs sur le même thème).

Ainsi, ce texte opère un renversement complet de la vision de la Perspective Nevski, véritable « héroïne » de cette nouvelle. Par cette dénonciation des apparences, l'auteur se pose comme un manipulateur : il joue avec les réactions de son public et crée une atmosphère à la fois baroque et fantastique. Les autres récits pétersbourgeois vont développer un même climat de fantastique, mais cette fois en l'infléchissant vers la folie.

La Venise du Nord

Saint-Pétersbourg est fondée par Pierre le Grand en 1703 et devient la capitale de l'Empire en 1715. Cette ville située à l'embouchure de la Néva, parcourue de multiples canaux et traversée de près de cinq cents ponts, est chantée comme une autre Venise. D'autant plus qu'elle attira durant le XVIIIe siècle des architectes étrangers, et, parmi eux, de nombreux Italiens. Classique et baroque à la fois, riche de bibliothèques, de musées (dont celui de l'Ermitage, très célèbre pour ses collections de

Poussin, Chardin...), d'une Académie des Beaux-Arts, Saint-Pétersbourg réveille à la simple évocation de son nom des souvenirs émerveillés chez tous ceux qui la connaissent – même pour nous qui l'avons d'abord connue sous celui de Petrograd (la ville de Pierre) puis de Leningrad (la ville de Lénine).

Ainsi en est-il de Pouchkine, dans l'extrait suivant tiré du poème tragique *Le Cavalier de bronze* (1837). (La traduction n'en respecte pas la forme versifiée.)

« Je t'aime, ô création du génie de Pierre, j'aime ton profil noble et sévère, le cours majestueux de la Néva, le granit des quais, les grilles de fer de tes jardins, le clair-obscur de tes nuits méditatives, cette lumineuse absence de lune, alors que dans ma chambre j'écris sans lampe et que les maisons endormies des avenues désertes sont visibles, et claire l'aiguille de l'Amirauté et que, répudiant toute ombre au ciel doré, le crépuscule du matin a vite fait de remplacer l'autre et n'accorde qu'une demi-heure à la nuit. J'aime l'air immobile et le gel de ton cruel hiver, les courses en traîneau le long de cette ample Néva, les joues des jeunes filles plus roses que les roses et le faste, la rumeur, le caquet de tels bals et, dans les dîners de garçons, le vin mousseux qui pétille dans les verres, et la flamme bleue du punch. J'aime la vive allure des parades militaires sur notre Champ de Mars, la monotone beauté des fantassins et de la cavalerie alignés. Par-dessus tout ce beau déploiement, ondoient les haillons de leurs drapeaux victorieux, rutilent les cimiers de cuivre que la mitraille a transpercés dans les combats. J'aime, ô capitale guerrière, la fumée et le tonnerre jaillis de tes forts quand la Souveraine du Pays des nuits blanches vient de donner un fils à la maison impériale, ou que la Russie de nouveau célèbre une victoire sur ses ennemis ou qu'achevant de rompre ses glaces azurées, la Néva les roule à la mer et, grosse du pressentiment des jours printaniers, tout entière exulte. »

Contes et poésies lyriques, Éditions Egloff, 1947.

à vous...

1 – Compréhension – Que manque-t-il à Piskariov, selon le narrateur et selon vous, pour devenir un peintre accompli ?

2 – Compréhension – Quelle morale Gogol tire-t-il de la confrontation des aventures de Piskariov et de Pirogov ?

3 – Explication linéaire – Faites une explication linéaire du passage qui va de « Tout ce que vous rencontrez » (p. 25) à « coupe pleine de champagne » (p. 26). Vous pourrez montrer comment le grotesque* se dégage de cette description où les êtres humains sont transformés en objets.

4 – Commentaire composé – Faites le commentaire composé du passage qui va de « Piskariov sentit un monsieur » (p. 43) à « Qu'est-il comparé au rêve ! » (p. 44). Montrez notamment comment s'opère le passage du rêve à la réalité.

5 – Commentaire comparé – Dans *Le Cavalier de bronze*, Pouchkine met en scène Saint-Pétersbourg comme Gogol le fait dans cette nouvelle. Comparez le passage de *La Perspective Nevski* qui va de « Tout ce que vous rencontrez » à « du sexe fort » (p. 25) avec le texte de Pouchkine reproduit ci-contre. Vous montrerez notamment comment la description de la ville est inséparable de celle de ses habitants.

6 – BAC. Question sur un point précis – Comment la description de la ville fait d'elle à la fois un labyrinthe et un théâtre ?

7 – Imagination – À la manière de Gogol, rédigez un court récit dans lequel le narrateur s'intéresse au personnage du précepteur ou de la gouvernante (p. 24), et se demande ce qui se cache sous leur apparence.

Le Portrait

(deuxième version[1])

---

1. Deuxième version : cette version paraît en 1842, alors que la première date de 1835.

PREMIÈRE PARTIE

Nulle boutique du Marché Chtchoukine n'attirait tant la foule que celle du marchand de tableaux. Elle offrait à vrai dire aux regards le plus amusant, le plus hétéroclite des bric-à-brac. Dans des cadres dorés et voyants s'étalaient des tableaux peints pour la plupart à l'huile et recouverts d'une couche de vernis vert foncé. Un hiver aux arbres de céruse ; un ciel embrasé par le rouge vif d'un crépuscule qu'on pouvait prendre pour un incendie ; un paysan flamand qui, avec sa pipe et son bras désarticulé, rappelait moins un être humain qu'un dindon en manchettes ; tels en étaient les sujets courants. Ajoutez à cela quelques portraits gravés : celui de Khozrev-Mirza en bonnet d'astrakan ; ceux de je ne sais quels généraux, le tricorne en bataille et le nez de guingois. En outre, comme il est de règle en pareil lieu, la devanture était tout entière tapissée de ces grossières estampes, imprimées à la diable, mais qui pourtant témoignent des dons naturels du peuple russe. Sur l'une se pavane la princesse Milikitrisse Kirbitievna ; sur une autre s'étale la ville de Jérusalem, dont un pinceau sans vergogne a enluminé de vermillon les maisons, les églises, une bonne partie du sol et jusqu'aux mains emmouflées de deux paysans russes en prières. Ces œuvres, que dédaignent les acheteurs, font les délices des badauds. On est toujours sûr de trouver, bâillant devant elles, tantôt un musard de valet rapportant de la gargote la cantine où repose le dîner de son maître, lequel ne risquera certes pas de se brûler en mangeant la soupe ; tantôt l'un de ces « chevaliers » du carreau des fripiers, militaires retraités qui gagnent leur vie en vendant des canifs ; tantôt quelque marchande ambulante du faubourg d'Okhta colportant un éventaire chargé de savates. Chacun s'extasie à sa façon : d'ordinaire les rustauds montrent les images du doigt ; les militaires les examinent avec des airs dignes ; les grooms et les apprentis s'esclaffent devant les caricatures, y trouvant prétexte à taquineries mutuelles ; les vieux domestiques en manteau de frise s'arrêtent là, histoire de flâner, et les jeunes marchandes s'y précipitent d'instinct, en braves femmes russes avides d'entendre ce que racontent les gens et de voir ce qu'ils sont en train de regarder.

Cependant le jeune peintre Tchartkov, qui traversait la Galerie, s'arrêta lui aussi involontairement devant la boutique. Son vieux manteau, son costume plus que modeste décelaient le travailleur acharné pour qui l'élégance n'a point cet attrait fascinateur qu'elle exerce d'ordinaire sur les jeunes hommes. Il s'arrêta donc devant la boutique ; après s'être gaussé à part soi de ces grotesques enluminures, il en vint à se demander à qui elles pouvaient bien être utiles. « Que le peuple russe se complaise à reluquer *Iérouslane Lazarévitch, L'Ivrogne et le Glouton, Thomas et Jérémie* et autres sujets pleinement à sa portée, passe encore ! se disait-il. Mais qui diantre peut acheter ces abominables croûtes, paysanneries flamandes, paysages bariolés de rouge et de bleu, qui soulignent, hélas, le profond avilissement de cet art dont elles prétendent relever ? Si encore c'étaient là les essais d'un pinceau enfantin, autodidacte ! Quelque vive promesse trancherait sans doute sur le morne ensemble caricatural. Mais on ne voit ici qu'hébétude, impuissance, et cette sénile incapacité qui prétend s'immiscer parmi les arts au lieu de prendre rang parmi les métiers les plus bas ; elle demeure fidèle à sa vocation en introduisant le métier dans l'art même. On reconnaît sur toutes ces toiles les couleurs, la facture, la main lourde d'un artisan, celle d'un grossier automate plutôt que d'un être humain. »

Tout en rêvant devant ces barbouillages, Tchartkov avait fini par les oublier. Il ne s'apercevait même pas que depuis un bon moment le boutiquier, un petit bonhomme en manteau de frise dont la barbe datait du dimanche, discourait, bonimentait, fixait des prix sans s'inquiéter le moins du monde des goûts et des intentions de sa pratique.

« C'est comme je vous le dis : vingt-cinq roubles pour ces gentils paysans et ce charmant petit paysage. Quelle peinture, monsieur, elle vous crève l'œil tout simplement ! Je viens de les recevoir de la salle des ventes… Ou encore cet *Hiver*, prenez-le pour quinze roubles ! Le cadre à lui seul vaut davantage. »

Ici le vendeur donna une légère chiquenaude à la toile pour montrer sans doute toute la valeur de cet *Hiver*.

« Faut-il les attacher ensemble et les faire porter derrière vous ? Où habitez-vous ? Eh, là-bas, l'apprenti ! apporte une ficelle !

– Un instant, mon brave, pas si vite ! » dit le peintre revenu à lui, en voyant que le madré compère ficelait déjà les tableaux pour de bon.

Et comme il éprouvait quelque gêne à s'en aller les mains vides, après s'être si longtemps attardé dans la boutique, il ajouta aussitôt :

« Attendez, je vais voir si je trouve là-dedans quelque chose à ma convenance. »

Il se baissa pour tirer d'un énorme tas empilé par terre de vieilles peintures poussiéreuses et ternies qui ne jouissaient évidemment d'aucune considération. Il y avait là d'anciens portraits de famille, dont on n'aurait sans doute jamais pu retrouver les descendants ; des tableaux dont la toile crevée ne permettait plus de reconnaître le sujet ; des cadres dédorés ; bref un ramassis d'antiquailles. Notre peintre ne les examinait pas moins en conscience. « Peut-être, se disait-il, dénicherai-je là quelque chose. » Il avait plus d'une fois entendu parler de trouvailles surprenantes, de chefs-d'œuvre découverts parmi le fatras des regrattiers.

En voyant où il fourrait le nez, le marchand cessa de l'importuner et, retrouvant son importance, reprit près de la porte sa faction habituelle. Il invitait, du geste et de la voix, les passants à pénétrer dans sa boutique.

« Par ici, s'il vous plaît, monsieur. Entrez, entrez. Voyez les beaux tableaux, tout frais reçus de la salle des ventes. »

Quand il fut las de s'époumoner, le plus souvent en vain, et qu'il eut bavardé tout son saoul avec le fripier d'en face, posté lui aussi sur le seuil de son antre, il se rappela soudain le client oublié à l'intérieur de la boutique.

« Eh bien, mon cher monsieur, lui demanda-t-il en le rejoignant, avez-vous trouvé quelque chose ? »

Depuis un bon moment, le peintre était planté devant un tableau dont l'énorme cadre, jadis magnifique, ne laissait plus apercevoir que des lambeaux de dorure. C'était le portrait d'un vieillard drapé dans un ample costume asiatique ; la fauve ardeur du midi consumait ce visage bronzé, parcheminé, aux pommettes saillantes, et dont les traits semblaient avoir été saisis dans un moment d'agitation convulsive. Si poussiéreuse, si endommagée que fût cette toile, Tchartkov, quand il l'eut légèrement nettoyée, y reconnut la main d'un maître.

Bien qu'elle parût inachevée, la puissance du pinceau s'y révélait stupéfiante, notamment dans les yeux, des yeux extraordinaires auxquels l'artiste avait sans doute accordé tous ses soins. Ces yeux-là étaient vraiment doués de «regard», d'un regard qui surgissait du fond du tableau et dont l'étrange vivacité semblait même en détruire l'harmonie. Quand Tchartkov approcha le portrait de la porte, le regard se fit encore plus intense, et la foule elle-même en fut comme fascinée.

«Il regarde, il regarde!» s'écria une femme en reculant.

Cédant à un indéfinissable malaise, Tchartkov posa le tableau par terre.

«Alors, vous le prenez? s'enquit le marchand.

– Combien? demanda le peintre.

– Oh, pas cher! Soixante-quinze kopeks.

– Non.

– Combien en donnez-vous?

– Vingt kopeks, dit le peintre, prêt à s'en aller.

– Vingt kopeks! Vous voulez rire! Le cadre vaut davantage. Vous avez sans doute l'intention de ne l'acheter que demain... Monsieur, monsieur, revenez: ajoutez au moins dix kopeks... Non? Eh bien, prenez-le pour vingt kopeks... Vrai, c'est seulement pour que vous m'étrenniez. Vous avez de la chance d'être mon premier acheteur.»

Et il eut un geste qui signifiait: «Allons, tant pis, voilà un tableau de perdu!»

Par pur hasard, Tchartkov se trouva donc avoir fait l'emplette du vieux portrait. «Ah ça, songea-t-il, pourquoi diantre l'ai-je acheté? Qu'en ai-je besoin?» Mais force lui fut de s'exécuter. Il sortit de sa poche une pièce de vingt kopeks, la tendit au marchand et emporta le tableau sous son bras. Chemin faisant, il se souvint, non sans dépit, que cette pièce était la dernière qu'il possédât. Une vague amertume l'envahit : « Dieu, que le monde est mal fait ! » se dit-il avec la conviction d'un Russe dont les affaires ne sont guère brillantes. Insensible à tout, il marchait à grands pas machinaux. Le crépuscule couvrait encore la moitié du ciel, caressant d'un tiède reflet les édifices tournés vers le couchant. Mais déjà la lune épandait son rayonnement froid et bleuâtre ; déjà les maisons, les passants, projetaient sur le sol des ombres légères, quasi transparentes. Peu à peu le ciel, qu'illuminait une clarté douteuse, diaphane et fragile, retint l'œil du peintre, cependant que sa bouche laissait échapper presque simultanément des exclamations dans le genre de « Quels tons délicats ! » ou « Zut, quelle bougre de sottise ! » Puis il hâtait le pas en remontant le portrait qui glissait sans cesse de dessous son aisselle.

Harassé, essoufflé, tout en nage, il regagna enfin ses pénates sises dans la « Quinzième Ligne », tout au bout de l'île Basile. Il grimpa péniblement l'escalier où, parmi des flots d'eaux ménagères, chiens et chats avaient laissé force souvenirs. Il heurta à la porte : comme personne ne répondait, il s'appuya à la fenêtre et attendit patiemment que retentissent derrière lui les pas d'un gars en chemise bleue, l'homme à tout faire qui lui servait de modèle, broyait ses couleurs et balayait à l'occasion le plancher, que ses bottes resalissaient aussitôt. Quand son maître était absent, ce personnage, qui avait nom Nikita, passait dans la rue le plus clair de son temps ; l'obscurité l'empêcha un bon moment d'introduire la clef dans le trou de la serrure ; mais enfin il y parvint ; alors Tchartkov put mettre le pied dans son antichambre, où sévissait un froid intense, comme chez tous les peintres, qui d'ailleurs ne prennent nulle garde à cet inconvénient. Sans tendre son manteau à Nikita, il pénétra dans son atelier, vaste pièce carrée mais basse de plafond, aux vitres gelées, encombrée de tout un bric-à-brac artistique : fragments de bras en plâtre, toiles encadrées, esquisses abandonnées, draperies suspendues aux chaises. Très las, il rejeta son manteau, posa distraitement le portrait entre deux petites toiles et se laissa choir sur un étroit divan dont on n'aurait pu dire qu'il était tendu de cuir, la rangée de clous qui fixait ledit cuir s'en étant depuis longtemps séparée ; aussi Nikita pouvait-il maintenant fourrer dessous les bas noirs, les chemises, tout le linge sale de son maître. Quand il se fut étendu, autant qu'il était possible de s'étendre, sur cet étroit divan, Tchartkov demanda une bougie.

« Il n'y en a pas, dit Nikita.

– Comment cela ?

– Mais hier déjà il n'y en avait plus. »

Le peintre se rappela qu'en effet « hier déjà » il n'y en avait plus. Il jugea bon de se taire, se laissa dévêtir, puis endossa sa vieille robe de chambre, laquelle était usée et même plus qu'usée.

« Faut vous dire que le propriétaire est venu, déclara soudain Nikita.

– Réclamer son argent, bien sûr ? s'enquit Tchartkov avec un geste d'impatience.

– Oui, mais il n'est pas venu seul.

– Et avec qui donc ?

– Je ne sais pas au juste…, comme qui dirait avec un commissaire.

– Un commissaire ? Pour quoi faire ?

– Je ne sais pas au juste… Paraît que c'est par rapport au terme.

– Qu'est-ce qu'il peut bien me vouloir ?

– Je ne sais pas au juste... "S'il ne peut pas payer, qu'il a dit, alors faudra qu'il décampe !" Ils vont revenir demain tous les deux.

– Eh bien, qu'ils reviennent ! » dit Tchartkov avec une sombre indifférence.

Et il s'abandonna sans rémission à ses idées noires.

Le jeune Tchartkov était un garçon bien doué et qui promettait beaucoup. Son pinceau connaissait de brusques accès de vigueur, de naturel, d'observation réfléchie. « Écoute, mon petit, lui disait souvent son maître ; tu as du talent, ce serait péché que de l'étouffer ; par malheur, tu manques de patience : dès qu'une chose t'attire, tu te jettes dessus sans te soucier du reste. Attention, ne va pas devenir un peintre à la mode : tes couleurs sont déjà un peu criardes, ton dessin pas assez ferme, tes lignes trop floues ; tu recherches les effets faciles, les brusques éclairages à la moderne. Prends garde de tomber dans le genre anglais. Le monde te séduit, j'en ai peur ; je te vois parfois un foulard élégant au cou, un chapeau bien lustré... C'est tentant, à coup sûr, de peindre des images à la mode et de petits portraits bien payés ; mais, crois-moi, cela tue un talent au lieu de le développer. Patiente ; mûris longuement chacune de tes œuvres ; laisse les autres ramasser l'argent ; ce qui est en toi ne te quittera point. »

Le maître n'avait qu'en partie raison. Certes notre peintre éprouvait parfois le désir de mener joyeuse vie, de s'habiller avec élégance, en un mot d'être jeune, mais il parvenait presque toujours à se dominer. Bien souvent, une fois le pinceau en main, il oubliait tout et ne le quittait que comme un songe exquis, brusquement interrompu. Son goût se formait de plus en plus. S'il ne comprenait pas encore toute la profondeur de Raphaël[2], il se laissait séduire par la touche large et rapide du Guide[3], il s'arrêtait devant les portraits de Titien[4], il admirait fort les Flamands. Les chefs-d'œuvre anciens ne lui avaient point encore livré tout leur secret ; il commençait pourtant à soulever les voiles derrière lesquels ils se dérobent aux profanes, encore qu'en son for intérieur il ne partageât point pleinement l'opinion de son professeur, pour qui les vieux maîtres planaient à des hauteurs inaccessibles. Il lui semblait même que, sous certains rapports, le XIXe siècle les avait sensiblement dépassés, que l'imitation de la nature était devenue plus précise, plus vivante, plus rigoureuse ; bref, il pensait sur ce point en jeune homme dont les efforts ont déjà été couronnés de quelque succès et qui éprouve de ce chef une légitime fierté. Parfois il s'irritait de voir un peintre de passage, français ou allemand, et qui peut-être n'était même pas artiste par vocation, en imposer par des procédés routiniers, le brio du pinceau, l'éclat de la couleur, et amasser une vraie fortune en moins de rien. Ces pensées ne l'assaillaient pas les jours où, plongé dans son travail, il en oubliait le boire, le manger, tout l'univers ; elles fondaient sur lui aux heures d'affreuse gêne, où il n'avait pas de quoi acheter ni pinceaux ni couleurs, où l'importun propriétaire le relançait du matin au soir. Alors son imagination d'affamé lui dépeignait comme fort digne d'envie le sort du peintre riche, et l'idée bien russe lui venait de tout planter là pour noyer son chagrin dans l'ivresse et la débauche. Il traversait précisément une de ces mauvaises passes.

---

2. Raphaël (1483-1520) : peintre italien dont le style (expression très douce des couleurs, lignes épurées) fait office de référence dans l'histoire de l'art.
3. Le Guide (1575-1642) : Guido Reni, peintre italien.
4. Titien (1490-1576) : peintre vénitien, admiré autant pour ses portraits que pour ses grandes compositions de batailles.

« Patiente ! Patiente ! grommelait-il. La patience ne peut pourtant pas être éternelle. C'est très joli de patienter, mais encore faut-il que je mange demain ! Qui me prêtera de l'argent ? personne. Et si j'allais vendre mes tableaux, mes dessins, on ne me donnerait pas vingt kopeks du tout ! Ces études m'ont été utiles, je le sens bien ; aucune n'a été entreprise en vain ; chacune d'elles m'a appris quelque chose. Mais à quoi bon tous ces essais sans fin ? Qui les achètera sans connaître mon nom ? Et d'ailleurs qui pourrait bien s'intéresser à des dessins d'après l'antique ou le modèle, ou encore à ma Psyché inachevée, à la perspective de ma chambre, au portrait de mon Nikita, encore que franchement il vaille mieux que ceux de n'importe quel peintre à la mode ?... En vérité, pourquoi suis-je à tirer le diable par la queue, à suer sang et eau sur l'a b c de mon art, quand je pourrais briller aussi bien que les autres et faire fortune tout comme eux ? »

Comme il disait ces mots, Tchartkov pâlit soudain et se prit à trembler : un visage convulsé, qui paraissait sortir d'une toile déposée devant lui, fixait sur lui deux yeux prêts à le dévorer, tandis que le pli impérieux de la bouche commandait le silence. Dans son effroi, il voulut crier, appeler Nikita, qui déjà emplissait l'antichambre de ses ronflements épiques, mais le cri mourut sur ses lèvres, cédant la place à un sonore éclat de rire : il venait de reconnaître le fameux portrait, auquel il ne songeait déjà plus, et que le clair de lune, qui baignait la pièce, animait d'une vie étrange. Il s'empara aussitôt de la toile, l'examina, enleva à l'aide d'une éponge presque toute la poussière et la saleté qui s'y étaient accumulées ; puis, quand il l'eut suspendue au mur, il en admira encore davantage l'extraordinaire puissance. Tout le visage vivait maintenant et posait sur lui un regard qui le fit bientôt tressaillir, reculer, balbutier :

« Il regarde, il regarde avec des yeux humains ! »

Une histoire que lui avait jadis contée son professeur lui revint à la mémoire. L'illustre Léonard de Vinci avait peiné, dit-on, plusieurs années sur un portrait qu'il considéra toujours comme inachevé ; cependant, à en croire Vasari, tout le monde le tenait pour l'œuvre la mieux réussie, la plus parfaite qui fût ; les contemporains admiraient surtout les yeux, où le grand artiste avait su rendre jusqu'aux plus imperceptibles veinules. Dans le cas présent, il ne s'agissait point d'un tour d'adresse, mais d'un phénomène étrange et qui nuisait même à l'harmonie du tableau : le peintre semblait avoir encastré dans sa toile des yeux arrachés à un être humain. Au lieu de la noble jouissance qui exalte l'âme à la vue d'une belle œuvre d'art, si repoussant qu'en soit le sujet, on éprouvait devant celle-ci une pénible impression.

« Qu'est-ce à dire ? se demandait involontairement Tchartkov. J'ai pourtant devant moi la nature, la nature vivante. Son imitation servile est-elle donc un crime, résonne-t-elle comme un cri discordant ? Ou peut-être, si l'on se montre indifférent, insensible envers son sujet, le rend-on nécessairement dans sa seule et odieuse réalité, sans que l'illumine la clarté de cette pensée impossible à saisir mais qui n'en est pas moins latente au fond de tout ; et il apparaît alors sous cet aspect qui se présente à quiconque, avide de comprendre la beauté d'un être humain, s'arme du bistouri pour le disséquer et ne découvre qu'un spectacle hideux ? Pourquoi, chez tel peintre, la simple, la vile nature s'auréole-t-elle de clarté, pourquoi vous procure-t-elle une jouissance exquise, comme si tout autour de vous coulait et se mouvait suivant un rythme plus égal, plus paisible ? Pourquoi, chez tel autre, qui lui a été tout aussi fidèle, cette même nature semble-t-elle abjecte et sordide ? La faute en est au manque de lumière. Le plus merveilleux paysage paraît lui aussi incomplet quand le soleil ne l'illumine point. »

Tchartkov s'approcha encore une fois du portrait pour examiner ces yeux extraordinaires et s'aperçut non sans effroi qu'ils le regardaient. Ce n'était plus là une copie de la nature, mais bien la vie étrange dont aurait pu s'animer le visage d'un cadavre sorti du tombeau. Était-ce un effet de la clarté lunaire, cette messagère du délire qui donne à toutes choses un aspect irréel ? Je ne sais, mais il éprouva un malaise soudain à se trouver seul dans la pièce. Il s'éloigna lentement du portrait, se détourna, s'efforça de ne plus le regarder, mais, malgré qu'il en eût, son œil, impuissant à s'en détacher, louchait sans cesse de ce côté. Finalement, il eut même peur d'arpenter ainsi la pièce : il croyait toujours que quelqu'un allait se mettre à le suivre, et se retournait craintivement. Sans être peureux, il avait les nerfs et l'imagination fort sensibles, et ce soir-là il ne pouvait s'expliquer sa frayeur instinctive. Il s'assit dans un coin, et là encore il eut l'impression qu'un inconnu allait se pencher sur son épaule et le dévisager. Les ronflements de Nikita, qui lui arrivaient de l'antichambre, ne dissipaient point sa terreur. Il quitta craintivement sa place, sans lever les yeux, se dirigea vers son lit et se coucha. À travers les fentes du paravent, il pouvait voir sa chambre éclairée par la lune, ainsi que le portrait accroché bien droit au mur et dont les yeux, toujours fixés sur lui avec une expression de plus en plus effrayante, semblaient décidément ne vouloir regarder rien d'autre que lui. Haletant d'angoisse, il se leva, saisit un drap et, s'approchant du portrait, l'en recouvrit tout entier.

Quelque peu tranquillisé, il se recoucha et se prit à songer à la pauvreté, au destin misérable des peintres, au chemin semé d'épines qu'ils doivent parcourir sur cette terre ; cependant, à travers une fente du paravent, le portrait attirait toujours invinciblement son regard. Le rayonnement de la lune avivait la blancheur du drap, à travers lequel les terribles yeux semblaient maintenant transparaître. Tchartkov écarquilla les siens, comme pour bien se convaincre qu'il ne rêvait point. Mais non…, il voit pour de bon, il voit nettement : le drap a disparu et, dédaignant tout ce qui l'entoure, le portrait entièrement découvert regarde droit vers lui, plonge, oui, c'est le mot exact, plonge au tréfonds de son âme…

Son cœur se glaça. Et soudain il vit le vieillard remuer, s'appuyer des deux mains au cadre, sortir les deux jambes, sauter dans la pièce. La fente ne laissait plus entrevoir que le cadre vide. Un bruit de pas retentit, se rapprocha. Le cœur du pauvre peintre battit violemment. La respiration coupée par l'effroi, il s'attendait à voir le vieillard surgir auprès de lui. Il surgit bientôt en effet, roulant ses grands yeux dans son impassible visage de bronze. Tchartkov voulut crier : il n'avait plus de voix ; il voulut remuer : ses membres ne remuaient point. La bouche bée, le souffle court, il contemplait l'étrange fantôme dont la haute stature se drapait dans son bizarre costume asiatique. Qu'allait-il entreprendre ? Le vieillard s'assit presque à ses pieds et tira un objet dissimulé sous les plis de son ample vêtement. C'était un sac. Il le dénoua, le saisit par les deux bouts, le secoua : de lourds rouleaux, pareils à de minces colonnettes, en tombèrent avec un bruit sourd ; chacun d'eux était enveloppé d'un papier bleu et portait l'inscription : « 1000 ducats ». Le vieil homme dégagea de ses larges manches ses longues mains osseuses et se mit à défaire les rouleaux. Des pièces d'or brillèrent. Surmontant son indicible terreur, Tchartkov, immobile, couvait des yeux cet or, le regardait couler avec un tintement frêle entre les mains décharnées, étinceler, disparaître. Tout à coup, il s'aperçut qu'un des rouleaux avait glissé jusqu'au pied même du lit, près de son chevet. Il s'en empara presque convulsivement et, aussitôt, effrayé de son audace, jeta un coup d'œil craintif du côté du vieillard. Mais celui-ci semblait très occupé : il avait ramassé tous ses rouleaux et les remettait dans le sac ; puis, sans même lui accorder un regard, il s'en alla de l'autre côté du paravent. Tout en prêtant l'oreille au bruit des pas qui s'éloignaient, Tchartkov sentait son cœur battre à coups précipités. Il serrait le rouleau d'une main crispée et tremblait de tout le corps à la pensée de le perdre. Soudain les pas se rapprochèrent : le vieillard s'était sans doute aperçu qu'un rouleau manquait. Et de nouveau le terrible regard transperça le paravent, se posa sur lui. Le peintre serra le rouleau avec toute la force du désespoir ; il fit un suprême effort pour bouger, poussa un cri et… se réveilla.

Une sueur froide l'inondait ; son cœur battait à se rompre ; de sa poitrine oppressée, son dernier souffle semblait prêt à s'envoler. « C'était donc un songe ? » se dit-il en se prenant la tête à deux mains. Pourtant l'effroyable apparition avait eu tout le relief de la réalité. Maintenant encore qu'il ne dormait plus, ne voyait-il pas le vieillard rentrer dans le cadre, n'apercevait-il pas un pan de l'ample costume, tandis que sa main gardait la sensation du poids qu'elle avait tenu quelques instants plus tôt ? La lune se jouait toujours à travers la pièce, arrachant à l'ombre ici une toile, là une main de plâtre, ailleurs une draperie abandonnée sur une chaise, un pantalon, des bottes non cirées. À cet instant seulement, Tchartkov s'aperçut qu'il était non plus couché dans son lit, mais bien planté juste devant le tableau. Il n'arrivait pas à comprendre ni comment il se trouvait là, ni surtout pourquoi le portrait s'offrait à lui entièrement découvert : le drap avait disparu. Il contemplait avec une terreur figée ces yeux vivants, ces yeux humains qui le fixaient. Une sueur froide inonda son visage ; il voulait s'éloigner, mais ses pieds semblaient rivés au sol. Et il vit, – non, ce n'était pas un songe, – il vit les traits du vieillard bouger, ses lèvres s'allonger vers lui comme si elles voulaient l'aspirer... Il bondit en arrière en jetant une clameur d'épouvante, et brusquement... se réveilla.

«Comment, c'était encore un rêve !» Le cœur battant à se rompre, il reconnut à tâtons qu'il reposait toujours dans son lit, dans la position même où il s'était endormi. À travers la fente du paravent, qui s'étendait toujours devant lui, le clair de lune lui permettait d'apercevoir le portrait, toujours soigneusement enveloppé du drap. Ainsi donc il avait de nouveau rêvé. Pourtant sa main crispée semblait encore tenir quelque chose. Son oppression, ses battements de cœur devenaient insupportables. Par-delà la fente, il couva le drap du regard. Soudain il le vit nettement s'entrouvrir, comme si des mains s'efforçaient par-derrière de le rejeter. «Que se passe-t-il, mon Dieu ?» s'écria-t-il en se signant désespérément... et il se réveilla.

Cela aussi n'était qu'un rêve ! Cette fois il sauta du lit, à moitié fou, incapable de s'expliquer l'aventure : était-ce un cauchemar, le délire, une vision ? Pour calmer quelque peu son émoi et les pulsations désordonnées de ses artères, il s'approcha de la fenêtre, ouvrit le vasistas. Une brise embaumée le ranima. Le clair de lune baignait toujours les toits et les blanches murailles des maisons ; mais déjà de petits nuages couraient, de plus en plus nombreux, sur le ciel. Tout était calme, de temps en temps montait d'une ruelle invisible le cahotement lointain d'un fiacre, dont le cocher somnolait sans doute au bercement de sa rosse paresseuse, dans l'attente de quelque client attardé. Tchartkov resta longtemps à regarder, la tête hors du vasistas. Les signes précurseurs de l'aurore se montraient déjà au firmament lorsqu'il sentit le sommeil le gagner ; il ferma le vasistas, regagna son lit, s'y allongea et s'endormit, cette fois, profondément.

Il s'éveilla très tard, la tête lourde, en proie à ce malaise que l'on éprouve dans une chambre enfumée. Un jour blafard, une désagréable humidité s'insinuaient dans l'atelier à travers les fentes des fenêtres, que bouchaient des tableaux et des toiles préparées. Sombre et maussade comme un coq trempé, Tchartkov s'assit sur son divan en lambeaux ; il ne savait trop qu'entreprendre, quand, soudain, tout son rêve lui revint en mémoire ; et son imagination le fit revivre avec une intensité si poignante qu'il finit par se demander s'il n'avait point réellement vu le fantôme. Arrachant aussitôt le drap, il examina le portrait à la lumière du jour. Si les yeux surprenaient toujours par leur vie extraordinaire, il n'y découvrait rien de particulièrement effrayant ; malgré tout, un sentiment pénible, inexplicable, demeurait au fond de son âme : il ne pouvait acquérir la certitude d'avoir vraiment rêvé. En tout cas, une étrange part de réalité avait dû se glisser dans ce rêve : le regard même et l'expression du vieillard semblaient confirmer sa visite nocturne ; la main du peintre éprouvait encore le poids d'un objet qu'on lui aurait arraché quelques instants plus tôt. Que n'avait-il serré le rouleau plus fort ? sans doute l'aurait-il conservé dans sa main, même après son réveil.

« Mon Dieu, que n'ai-je au moins une partie de cet argent ! » se dit-il en poussant un profond soupir. Il revoyait sortir du sac les rouleaux à l'inscription alléchante « 1000 ducats » ; ils s'ouvraient, éparpillant leur or, puis se refermaient, disparaissaient, tandis que lui demeurait stupide, les yeux fixés dans le vide, incapable de s'arracher à ce spectacle, comme un enfant à qui l'eau vient à la bouche en voyant les autres se régaler d'un entremets défendu.

Un coup frappé à la porte le fit fâcheusement revenir à lui. Et son propriétaire entra, accompagné du commissaire de quartier, personnage dont l'apparition est, comme nul ne l'ignore, plus désagréable aux gens de peu que ne l'est aux gens riches la vue d'un solliciteur. Ledit propriétaire ressemblait à tous les propriétaires d'immeubles sis dans la Quinzième Ligne de l'île Basile, dans quelque coin du Vieux Pétersbourg ou tout au fond du faubourg de Kolomna ; c'était un de ces individus – fort nombreux dans notre bonne Russie – dont le caractère serait aussi difficile à définir que la couleur d'une redingote usée. Aux temps lointains de sa jeunesse, il avait été capitaine dans l'armée et je ne sais trop quoi dans le civil ; grand brailleur, grand fustigeur, débrouillard et mirliflore ; au demeurant un sot. Depuis qu'il avait vieilli, toutes ces particularités distinctives s'étaient fondues en un morne ensemble indécis. Veuf et retraité, il ne faisait plus ni le fendant ni le vantard, ni le casseur d'assiettes ; il n'aimait qu'à prendre le thé en débitant toutes sortes de fadaises ; il arpentait sa chambre, mouchait sa chandelle, s'en allait tous les trente du mois réclamer son argent à ses locataires, sortait dans la rue, sa clef à la main pour examiner son toit, chassait le portier de sa tanière toutes les fois que le pauvre diable s'y enfermait pour faire un somme ; bref c'était un homme à la retraite qui, après avoir jeté sa gourme et passablement roulé sa bosse, ne gardait plus que de mesquines habitudes.

« Rendez-vous compte vous-même, Baruch Kouzmitch, dit le propriétaire en écartant les bras, il ne paye pas son terme, il ne le paye pas !

– Que voulez-vous que j'y fasse ? Je n'ai pas d'argent pour le moment. Patientez quelque peu. »

Le propriétaire jeta les hauts cris.

« Patienter ! Impossible, mon ami. Savez-vous qui j'ai pour

locataires, monsieur ? Le lieutenant-colonel Potogonkine, monsieur, et depuis sept ans, s'il vous plaît ! Mme Anna Petrovna Boukhmistérov, une personne qui a trois domestiques, monsieur, et à qui je loue encore ma remise ainsi qu'une écurie à deux boxes. Chez moi, voyez-vous, on paye son terme, je vous le dis tout franc. Veuillez donc vous exécuter sur-le-champ et de plus quitter ma maison sans retard.

– Oui, évidemment, puisque vous avez loué, vous devez payer la somme convenue, dit le commissaire avec un léger hochement de tête, un doigt planté derrière un bouton de son uniforme.

– Où voulez-vous que je la prenne ? Je n'ai pas le sou.

– Dans ce cas, veuillez donner satisfaction à Ivan Ivanovitch par des travaux de votre profession. Il acceptera peut-être d'être payé en tableaux ?

– En tableaux ? Merci bien, mon cher ! Encore si c'étaient des peintures à sujets nobles, qu'on pourrait pendre au mur : un général et ses crachats, le prince Koutouzov, ou quelque chose de ce genre ! Mais non, monsieur ne peint que des croquants : tenez, voilà le portrait du gaillard qui lui broie ses couleurs. A-t-on idée de prendre pour modèle un saligaud pareil ! Celui-là, la main me démange de lui flanquer une volée : il m'a enlevé tous les clous des targettes, le bandit !… Regardez-moi ces sujets !… Tenez, voilà sa chambre : si encore il la représentait propre et bien soignée ; mais non, il la peint avec toutes les saletés qui traînent dedans. Voyez un peu comme il m'a souillé cette pièce ; regardez, regardez vous-même… Moi chez qui des gens comme il faut passent des sept ans entiers : un lieutenant-colonel, Mme Boukhmistérov… Non, décidément, il n'y a pas de pire locataire qu'un artiste : ça vit comme un pourceau ! Dieu nous préserve de mener jamais pareille existence ! »

Le pauvre peintre devait patiemment écouter tout ce fatras. Cependant le commissaire reluquait études et tableaux ; il montra bientôt que son âme, plus vivante que celle du propriétaire, était même accessible aux impressions artistiques.

« Hé, hé, fit-il, en désignant du doigt une toile sur laquelle était peinte une femme nue, voilà un sujet plutôt… folâtre… Et ce bonhomme-là, pourquoi a-t-il une tache noire sous le nez ? Il s'est peut-être sali avec du tabac ?

– C'est l'ombre, répondit sèchement Tchartkov sans tourner les yeux vers lui.

– Vous auriez bien dû la transporter ailleurs ; sous le nez, ça se voit trop, dit le commissaire. Et celui-là, qui est-ce ? continua-t-il en s'approchant du fameux portrait. Il fait peur à voir. Avait-il l'air si terrible en réalité ?… Ah mais, il nous regarde, tout simplement. Quel croque-mitaine ! Qui vous a donc servi de modèle ?

– Oh, c'est un… », voulut dire Tchartkov, mais un craquement lui coupa la parole.

Le commissaire avait sans doute serré trop fort le cadre dans ses lourdes mains d'argousin ; les bordures cédèrent ; l'une tomba par terre et, en même temps qu'elle, un rouleau enveloppé de papier bleu qui tinta lourdement. L'inscription « 1000 ducats » sauta aux yeux de Tchartkov. Il se précipita comme un insensé sur le rouleau, le ramassa, le serra convulsivement dans sa main, abaissée par le poids de l'objet.

« N'est-ce pas de l'argent qui a tinté ? » dit le commissaire.

Il avait bien entendu tomber quelque chose sans que la promptitude de Tchartkov lui eût permis de voir ce que c'était au juste.

« En quoi cela vous regarde-t-il ?

– En ceci, monsieur, que vous devez un terme à votre

propriétaire et que, tout en ayant de l'argent, vous refusez de le payer. Compris ?

– Bon, je le lui payerai dès aujourd'hui.

– Et pourquoi donc, s'il vous plaît, refusiez-vous de le faire ? Pourquoi lui occasionnez-vous du dérangement, à ce digne homme... et à la police par-dessus le marché ?

– Parce que je ne voulais pas toucher à cet argent. Mais je vous répète que je lui réglerai ma dette ce soir même ; et je quitterai dès demain sa maison, car je ne veux pas rester plus longtemps chez un pareil propriétaire.

– Allons, Ivan Ivanovitch, il vous payera... Et s'il ne vous donne pas entière satisfaction, dès ce soir, alors... alors, monsieur l'artiste, vous aurez affaire à nous. »

Sur ce, il se coiffa de son tricorne et gagna l'antichambre, suivi du propriétaire, qui baissait la tête et semblait rêveur.

« Bon débarras, Dieu merci ! » s'exclama Tchartkov, quand il entendit la porte d'entrée se refermer.

Il jeta un coup d'œil dans l'antichambre, envoya Nikita en course pour être complètement seul, et, revenu dans son atelier, se mit, le cœur palpitant, à défaire son trésor. Le rouleau, semblable en tout point à ceux qu'il avait vus en rêve, contenait exactement mille ducats, flambant neufs et brûlants comme du feu. « N'est-ce point un songe ? » se demanda-t-il encore en contemplant, à demi fou, ce flot d'or, qu'il palpait éperdument, sans pouvoir reprendre ses esprits. Des histoires de trésors cachés, de cassettes à tiroirs secrets léguées par de prévoyants ancêtres à des arrière-neveux dont ils pressentaient la ruine, obsédaient en foule son imagination. Il en vint à se croire devant un cas de ce genre : sans doute quelque aïeul avait-il imaginé de laisser à son petit-fils ce cadeau, enclos dans le cadre d'un portrait de famille ? Emporté par un délire romanesque, il se demanda même s'il n'y avait pas là un rapport secret avec son propre destin : l'existence du portrait n'était-elle pas liée à la sienne, et son acquisition prédestinée ? Il examina très attentivement le cadre : une rainure avait été pratiquée sur l'un des côtés, puis recouverte d'une planchette, mais avec tant d'adresse et de façon si peu visible que, n'était la grosse patte du commissaire, les ducats y auraient reposé jusqu'à la consommation des siècles. Sa vue s'étant, du cadre, reportée sur le tableau, il en admira une fois de plus la superbe facture, et, singulièrement, l'extraordinaire fini des yeux : il les regardait maintenant sans crainte, mais toujours avec un certain malaise.

« Allons, se dit-il, de qui que tu sois l'aïeul, je te mettrai sous verre et, en échange de CECI, je te donnerai un beau cadre doré. »

Ce disant, il laissa tomber sa main sur le tas d'or étalé devant lui ; son cœur précipita ses battements.

« Qu'en faire ? se demandait-il en le couvant du regard. Voilà ma vie assurée pour trois ans au moins. J'ai de quoi acheter des couleurs, payer mon dîner, mon thé, mon entretien, mon logement. Je puis m'enfermer dans mon atelier et y travailler tranquillement ; nul ne viendra plus m'importuner. Je vais faire l'emplette d'un excellent mannequin, me commander un torse de plâtre et y modeler des jambes, cela me fera une Vénus, acheter enfin des gravures d'après les meilleurs tableaux. Si je travaille trois ans sans me dépêcher, sans songer à la vente, je les enfoncerai tous et pourrai devenir un bon peintre. »

Voilà ce que lui dictait la raison, mais au fond de lui-même s'élevait une voix plus puissante. Et quand il eut jeté un nouveau regard sur le tas d'or, ses vingt-deux ans, son ardente jeunesse lui tinrent un bien autre langage. Tout ce qu'il avait contemplé jusqu'alors avec des yeux envieux, tout ce qu'il avait admiré de loin, l'eau à la bouche, se trouvait maintenant à sa portée. Ah, comme son cœur ardent se mit à battre dès que cette pensée lui vint! S'habiller à la dernière mode, faire bombance après ces longs jours de jeûne, louer un bel appartement, aller tout de suite au théâtre, au café, au… Il avait déjà sauté sur son or et se trouvait dans la rue.

Il entra tout d'abord chez un tailleur et une fois vêtu de neuf des pieds à la tête, ne cessa plus de s'admirer comme un enfant. Il loua sans marchander le premier appartement qui se trouva libre sur la Perspective, un appartement magnifique avec de grands trumeaux et des vitres d'un seul carreau. Il acheta des parfums, des pommades, une lorgnette fort coûteuse dont il n'avait que faire et beaucoup plus de cravates qu'il n'en avait besoin. Il se fit friser par un coiffeur, parcourut deux fois la ville en landau sans la moindre nécessité, se bourra de bonbons dans une confiserie, et s'en alla dîner chez un traiteur français, sur lequel il avait jusqu'alors des notions aussi vagues que sur l'empereur de Chine. Tout en dînant il se donnait de grands airs, regardait d'assez haut ses voisins, et réparait sans cesse le désordre de ses boucles en se mirant dans la glace qui lui faisait face. Il se commanda une bouteille de champagne, boisson qu'il ne connaissait que de réputation, et qui lui monta légèrement à la tête. Il se retrouva dans la rue de fort belle humeur et prit des allures de conquérant. Il déambula tout guilleret le long du trottoir en braquant sa lorgnette sur les passants. Il aperçut sur le pont son ancien maître et fila crânement devant lui, comme s'il ne l'avait pas vu : le bonhomme en demeura longtemps stupide, le visage transformé en point d'interrogation.

Le soir même, Tchartkov fit transporter son chevalet, ses toiles, ses tableaux, toutes ses affaires dans le superbe appartement. Après avoir disposé bien en vue ce qu'il avait de mieux et jeté le reste dans un coin, il se mit à arpenter les pièces en jetant de fréquentes œillades aux miroirs. Il sentait sourdre en lui le désir invincible de violenter la gloire et de faire voir à l'univers ce dont il était capable. Il croyait déjà entendre les cris : « Tchartkov ! Tchartkov ! Avez-vous vu le tableau de Tchartkov ? Quelle touche ferme et rapide ! Quel vigoureux talent ! » Une extase fébrile l'emportait Dieu sait où.

Le matin venu, il prit une dizaine de ducats, et s'en alla demander une aide généreuse au directeur d'un journal en vogue. Le directeur le reçut cordialement, lui donna du « cher maître », lui pressa les deux mains, s'enquit par le menu de ses nom, prénoms et domicile. Et dès le lendemain, le journal publiait, à la suite d'une annonce vantant les qualités d'une nouvelle chandelle, un article intitulé : « L'extraordinaire talent de Tchartkov ».

« Hâtons-nous de complimenter les habitants éclairés de notre capitale – ils viennent de faire une acquisition qu'on nous permettra de qualifier de magnifique à tous les points de vue. Chacun se plaît à reconnaître qu'on trouve chez nous un grand nombre de charmants visages et d'heureuses physionomies ; mais nous ne possédions pas encore le moyen de les faire passer à la postérité par l'entremise miraculeuse du pinceau. Cette lacune est désormais comblée : un peintre est apparu qui réunit en lui toutes les qualités nécessaires. Dorénavant nos beautés seront sûres de se voir rendues dans toute leur grâce exquise, aérienne, enchanteresse, semblable à celle des papillons qui voltigent parmi les fleurs printanières. Le respectable père de famille se verra entouré de tous les siens. Le négociant comme le militaire, l'homme d'État comme le simple citoyen, chacun continuera sa carrière avec un zèle redoublé. Hâtez-vous, hâtez-vous, entrez chez lui, au retour d'une promenade, d'une visite à un ami, à une cousine, à un beau magasin ; hâtez-vous d'y aller d'où que vous veniez. Vous verrez dans son magnifique atelier (Perspective Nevski, n°...) une multitude de portraits dignes des Van Dyck[5] et des Titien. On ne sait trop qu'admirer davantage en eux : la vigueur de la touche, l'éclat de la palette ou la ressemblance avec l'original. Soyez loué, ô peintre, vous avez tiré un bon numéro à la loterie ! Bravo, André Pétrovitch ! (Le journaliste aimait évidemment la familiarité.) Travaillez à votre gloire et à la nôtre. Nous savons vous apprécier. L'affluence du public et la fortune (encore que certains de nos confrères s'élèvent contre elle) seront votre récompense. »

Tchartkov lut et relut cette annonce avec un secret plaisir ; son visage rayonnait. Enfin la presse parlait de lui ! La comparaison avec Van Dyck et Titien le flatta énormément. L'exclamation « Bravo, André Pétrovitch ! » ne fut pas non plus pour lui déplaire : les journaux le nommaient familièrement par ses prénoms ; quel honneur insoupçonné ! Dans sa joie, il entreprit à travers l'atelier une promenade sans fin, en ébouriffant ses cheveux d'une main nerveuse ; tantôt il se laissait choir dans un fauteuil, puis bondissait et s'installait sur le canapé, essayant d'imaginer comment il allait recevoir les visiteurs et les visiteuses ; tantôt il s'approchait d'une toile, esquissant des gestes susceptibles de mettre en valeur tant le charme de sa main que la hardiesse de son pinceau.

Le lendemain, on sonna à sa porte ; il courut ouvrir. Une dame entra, suivie d'une jeune personne de dix-huit ans, sa fille ; un valet en manteau de livrée doublé de fourrure les accompagnait.

---

5. Van Dyck (1599-1641) : peintre et graveur flamand, célèbre pour ses portraits, très inspirés de ceux de Titien.

« Vous êtes bien M. Tchartkov ? » s'enquit la dame.

Le peintre s'inclina.

« On parle beaucoup de vous ; on prétend que vos portraits sont le comble de la perfection. »

Sans attendre de réponse, la dame, levant son face-à-main, s'en fut d'un pas léger examiner les murs ; mais comme elle les trouva vides :

« Où donc sont vos portraits ? demanda-t-elle.

– On les a emportés, dit le peintre quelque peu confus... Je viens d'emménager ici..., ils sont encore en route.

– Vous êtes allé en Italie ? demanda encore la dame en braquant vers lui son face-à-main, faute d'autre objet à lorgner.

– Non..., pas encore... J'en avais bien l'intention... mais j'ai remis mon voyage... Mais voici des fauteuils ; vous devez être fatiguées ?

– Merci, je suis longtemps restée assise en voiture... Ah, ah, je vois enfin de vos œuvres ! » s'écria la dame, dirigeant cette fois son face-à-main vers la paroi au pied de laquelle Tchartkov avait déposé ses études, ses portraits, ses essais de perspective. Elle y courut aussitôt. « *C'est charmant. Lise, Lise, venez ici.* Un intérieur à la manière de Téniers. Tu vois ? Du désordre, du désordre partout ; une table et un buste dessus, une main, une palette... et jusqu'à de la poussière... Tu vois, tu vois la poussière ? *C'est charmant...* Tiens, une femme qui se lave le visage ! *Quelle jolie figure !...* Ah, un moujik !... Lise, Lise, regarde : un petit moujik en blouse russe !... Je croyais que vous ne peigniez que des portraits ?

– Oh, tout cela n'est que bagatelles... Histoire de m'amuser... De simples études !

– Dites, que pensez-vous des portraitistes contemporains ? N'est-ce pas qu'aucun d'eux n'approche de Titien ? On ne trouve plus cette puissance de coloris, cette... Quel dommage que je ne puisse vous exprimer ma pensée en russe!» La dame, férue de peinture, avait parcouru avec son face-à-main toutes les galeries d'Italie... «Cependant M. Nol... Ah, celui-là comme il peint... Je trouve ses visages plus expressifs même que ceux de Titien!... Vous ne connaissez pas M. Nol?

– Qui est ce Nol?

– M. Nol! Ah, quel talent! Il a peint le portrait de Lise lorsqu'elle n'avait que douze ans... Il faut absolument que vous veniez le voir. Lise, montre-lui ton album. Vous savez que nous sommes ici pour que vous commenciez son portrait, séance tenante.

– Comment donc!... À l'instant même!...»

En un clin d'œil il avança son chevalet chargé d'une toile, prit sa palette, attacha son regard sur le pâle visage de la jeune fille. Tout connaisseur du cœur humain aurait aussitôt déchiffré sur ces traits : un engouement enfantin pour les bals; pas mal d'ennui et des plaintes sur la longueur du temps, avant comme après le dîner; un vif désir de faire voir ses robes neuves à la promenade; les lourdes traces d'une application indifférente à des arts divers, inspirée par sa mère en vue d'élever son âme. Tchartkov, lui, ne voyait sur cette figure délicate qu'une transparence de chair rappelant presque la porcelaine et bien faite pour tenter le pinceau; une molle langueur, le cou fin et blanc, la taille d'une sveltesse aristocratique le séduisaient. Il se préparait d'avance à triompher, à montrer l'éclat, la légèreté d'un pinceau qui n'avait eu jusqu'ici affaire qu'à de vils modèles aux traits heurtés, à de sévères antiques, à quelques copies de grands maîtres. Il voyait déjà ce gentil minois rendu par lui.

«Savez-vous quoi? fit la dame, dont le visage prit une expression quasi touchante. Je voudrais... Elle porte une robe... je préférerais, voyez-vous, ne pas la voir peinte dans la robe à laquelle nous sommes si habituées. J'aimerais qu'elle fût vêtue simplement, assise à l'ombre de verdures, au sein de quelque prairie... avec un troupeau ou des bois dans le lointain..., qu'elle n'eût pas l'air d'aller à un bal ou à une soirée à la mode. Les bals, je vous l'avoue, sont mortels pour nos âmes ; ils atrophient ce qui nous reste encore de sentiments... Il faudrait, voyez-vous, plus de simplicité. » (Les visages de cire de la mère et de la fille prouvaient, hélas, qu'elles avaient un peu trop fréquenté lesdits bals.)

Tchartkov se mit à l'ouvrage. Il installa son modèle, réfléchit quelques instants, prit ses points de repère en battant l'air du pinceau, cligna d'un œil, se recula pour mieux juger de l'effet. Au bout d'une heure, la préparation terminée à son gré, il commença de peindre. Tout entier à son œuvre, il en oublia jusqu'à la présence de ses aristocratiques clientes et céda bientôt à ses façons de rapin[6] : il chantonnait, poussait des exclamations, faisait sans la moindre cérémonie, d'un simple mouvement de pinceau, lever la tête à son modèle, qui finit par s'agiter et témoigner d'une fatigue extrême.

« Assez pour aujourd'hui, dit la mère.

– Encore quelques instants, supplia le peintre.

– Non, il est temps de partir... Trois heures déjà, Lise. Ah mon Dieu, qu'il est tard ! s'écria-t-elle en tirant une petite montre accrochée par une chaîne d'or à sa ceinture.

– Rien qu'une petite minute ! » implora Tchartkov, d'une voix naïve, enfantine.

Mais la dame ne paraissait nullement disposée à satisfaire, ce jour-là, les exigences artistiques de son peintre ; elle lui promit, en revanche, de rester davantage une autre fois.

---

6. Rapin : apprenti dans un atelier de peinture.

« C'est bien ennuyeux, se dit Tchartkov, ma main commençait à se dégourdir ! » Il se souvint que, dans son atelier de l'île Basile, personne n'interrompait son travail : Nikita gardait la pose indéfiniment et s'endormait même dans cette position. Il abandonna, tout dépité, son pinceau, sa palette, et se figea dans la contemplation de sa toile.

Un compliment de la grande dame le tira de cette rêverie. Il se précipita pour accompagner les visiteuses jusqu'à la porte de la maison ; sur l'escalier il fut autorisé à les venir voir, prié à dîner pour la semaine suivante. Il rentra chez lui tout rasséréné, entièrement captivé par les charmes de la grande dame. Jusqu'alors il avait jugé ces êtres-là inaccessibles, uniquement créés et mis au monde pour rouler dans de belles voitures, avec cochers et valets de pied de grand style, et n'accordant aux pauvres piétons que des regards indifférents. Et voilà qu'une de ces nobles créatures avait pénétré chez lui pour lui commander le portrait de sa fille et l'inviter dans son aristocratique demeure. Une joie délirante l'envahit ; pour fêter ce grand événement, il s'offrit un bon dîner, passa la soirée au spectacle et parcourut de nouveau la ville en landau, toujours sans la moindre nécessité.

Les jours suivants, il ne parvint pas à s'intéresser à ses travaux en cours. Il ne faisait que se préparer, qu'attendre le moment où l'on sonnerait à la porte. Enfin la grande dame et sa pâle enfant arrivèrent. Il les fit asseoir, avança la toile – avec adresse cette fois et des prétentions à l'élégance – et se mit à peindre. La journée ensoleillée, le vif éclairage lui permirent d'apercevoir sur son fragile modèle certains détails qui, traduits sur la toile, donneraient une grande valeur au portrait. Il comprit que, s'il arrivait à les reproduire avec la même perfection que les lui offrait la nature, il ferait quelque chose d'extraordinaire. Son cœur commença même à battre légèrement quand il sentit qu'il allait exprimer ce dont nul avant lui ne s'était encore aperçu. Tout à son art, il oublia de nouveau la noble origine de son modèle. À voir si bien rendus par son pinceau ces traits délicats, cette chair exquise, quasi diaphane, il se sentait défaillir. Il tâchait de saisir la moindre nuance, un léger reflet jaune, une tache bleuâtre à peine visible sous les yeux et copiait déjà un petit bouton poussé sur le front, quand il entendit au-dessus de lui la voix de la maman :

« Eh non, voyons… Pourquoi cela ? C'est inutile… Et puis il me semble qu'à certains endroits vous avez fait… un peu jaune… Et ici, tenez, on dirait de petites taches sombres. »

Le peintre voulut expliquer que précisément ces taches et ces reflets jaunes mettaient en valeur l'agréable et tendre coloris du visage. Il lui fut répondu qu'elles ne mettaient rien du tout en valeur, que c'était là une illusion de sa part.

« Permettez-moi pourtant une légère touche de jaune, une seule, ici tenez », insista le naïf Tchartkov.

On ne lui permit même pas cela. Il lui fut déclaré que Lise n'était pas très bien disposée ce jour-là, que d'habitude son visage, d'une fraîcheur surprenante, n'offrait pas la moindre trace de jaune.

Bon gré mal gré, Tchartkov dut effacer ce que son pinceau avait fait naître sur la toile. Bien des traits presque invisibles disparurent et avec eux s'évanouit une partie de la ressemblance. Il se mit à donner machinalement au tableau cette note uniforme qui se peint de mémoire et transforme les portraits d'êtres vivants en figures froidement irréelles, semblables à des modèles de dessin. Mais la disparition des tons déplaisants satisfit pleinement la noble dame. Elle marqua toutefois sa surprise de voir le travail traîner si longtemps : M. Tchartkov, lui avait-on dit, terminait ses portraits en deux séances.

L'artiste ne trouva rien à lui répondre. Il déposa son pinceau et, quand il eut accompagné ces dames jusqu'à la porte, demeura longtemps, immobile et songeur, devant sa toile.

Il revoyait avec une douleur stupide les nuances légères, les tons vaporeux qu'il avait saisis puis effacés d'un pinceau impitoyable. Plein de ces impressions, il écarta le portrait, alla chercher une tête de Psyché, qu'il avait naguère ébauchée puis abandonnée dans un coin. C'était une figure dessinée avec art, mais froide, banale, conventionnelle. Il la reprit maintenant dans le dessein d'y fixer les traits qu'il avait pu observer sur son aristocratique visiteuse, et qui se pressaient en foule dans sa mémoire. Il réussit en effet à les y transposer sous cette forme épurée que leur donnent les grands artistes, alors qu'imprégnés de la nature ils s'en éloignent pour la recréer. Psyché parut s'animer : ce qui n'était qu'une implacable abstraction se transforma peu à peu en un corps vivant ; les traits de la jeune mondaine lui furent involontairement communiqués et elle acquit de ce fait cette expression particulière qui donne à l'œuvre d'art un cachet d'indéniable originalité.

Tout en utilisant les détails, Tchartkov semblait avoir réussi à dégager le caractère général de son modèle. Son travail le passionnait ; il s'y consacra entièrement durant plusieurs jours et les deux dames l'y surprirent. Avant qu'il eût eu le temps d'éloigner son tableau, elles battirent des mains, poussèrent des cris joyeux.

« Lise, Lise, ah, que c'est ressemblant ! *Superbe, superbe !* Quelle bonne idée vous avez eue de l'habiller d'un costume grec ! Ah quelle surprise ! »

Le peintre ne savait comment les tirer de cette agréable erreur. Mal à l'aise, baissant les yeux, il murmura :

« C'est Psyché.

– Psyché ! *Ah ! charmant !* dit la mère en le gratifiant d'un sourire que la fille imita aussitôt. N'est-ce pas, Lise, tu ne saurais être mieux qu'en Psyché ? *Quelle idée délicieuse !* Mais quel art ! On dirait un Corrège[7]. J'ai beaucoup entendu parler de vous. J'ai lu bien des choses sur votre compte, mais, vous l'avouerai-je ? je ne vous savais pas un pareil talent. Allons, il faut que vous fassiez aussi mon portrait. »

Évidemment la bonne dame se voyait, elle aussi, sous les traits de quelque Psyché,

« Tant pis ! se dit Tchartkov. Puisqu'elles ne veulent pas être dissuadées, Psyché passera pour ce qu'elles désirent. »

« Ayez la bonté de vous asseoir un moment, proféra-t-il ; j'ai quelques retouches à faire.

– Ah, je crains que vous… Elle est si ressemblante ! »

Comprenant que leur appréhension avait surtout trait aux tons jaunes, le peintre s'empressa de rassurer ces dames : il voulait seulement souligner le brillant et l'expression des yeux. En réalité, il éprouvait une honte extrême et, de peur qu'on ne lui reprochât son impudence, il tenait à pousser la ressemblance aussi loin que possible. Bientôt en effet le visage de Psyché prit de plus en plus nettement les traits de la pâle jeune fille.

« Assez ! » dit la mère redoutant que la ressemblance ne devînt trop parfaite.

Un sourire, de l'argent, des compliments, une poignée de main fort cordiale, une invitation à dîner, bref mille récompenses flatteuses payèrent le peintre de ses peines.

Le portrait fit sensation. La dame le montra à ses amies : toutes admirèrent – non sans qu'une légère rougeur leur

---

7. Le Corrège (1489-1534) : un des grands maîtres italiens de la Renaissance, originaire de Parme.

montât au visage – l'art avec lequel le peintre avait su à la fois garder la ressemblance et mettre en valeur la beauté du modèle. Et Tchartkov fut soudain assailli de commandes ; toute la ville semblait vouloir se faire portraiturer par lui ; on sonnait à chaque instant à sa porte. Évidemment la diversité de toutes ces figures pouvait lui permettre d'acquérir une pratique extraordinaire. Par malheur, c'étaient des gens difficiles à satisfaire, des gens pressés, fort occupés, ou des mondains, c'est-à-dire encore plus occupés que les autres et par conséquent très impatients. Tous tenaient à un travail rapide et bien fait. Tchartkov comprit que dans ces conditions il ne pouvait rechercher le fini ; la prestesse du pinceau devait lui tenir lieu de toute autre qualité. Il suffisait de saisir l'ensemble, l'expression générale, sans vouloir approfondir les détails, poursuivre la nature jusqu'en son intime perfection. En outre, chacun – ou presque chacun – de ses modèles avait ses prétentions particulières. Les dames demandaient que le portrait rendît avant tout l'âme et le caractère, le reste devant être parfois complètement négligé ; que les angles fussent tous arrondis, les défauts atténués, voire supprimés ; bref, que le visage, s'il ne pouvait provoquer des coups de foudre, inspirât tout au moins l'admiration. Aussi prenaient-elles en s'installant pour la pose des expressions bien faites pour déconcerter Tchartkov : l'une jouait la rêveuse, l'autre la mélancolique ; pour amenuiser sa bouche, une troisième se pinçait les lèvres jusqu'à donner l'illusion d'un point gros comme une tête d'épingle. Elles ne laissaient pas pour autant d'exiger de lui la ressemblance, le naturel, l'absence d'apprêts.

Les hommes ne le cédaient en rien au sexe faible. Celui-ci voulait se voir rendu avec un port de tête énergique, celui-là avec les yeux levés au ciel d'un air inspiré. Un lieutenant de la garde désirait que son regard fît songer à Mars[8]; un fonctionnaire, que son visage exprimât au plus haut degré la noblesse jointe à la droiture; sa main devait s'appuyer sur un livre où s'inscriraient, très apparemment, ces mots : « J'ai toujours défendu la vérité. »

Au début ces exigences affolaient Tchartkov : impossible de les satisfaire sérieusement dans un laps de temps aussi court! Mais bientôt il comprit de quoi il retournait et cessa de se mettre martel en tête. Deux ou trois mots lui faisaient deviner les désirs du modèle. Celui qui se voulait en Mars l'était. À celui qui prétendait jouer les Byron[9], il octroyait une pose et un port de tête byroniens. Qu'une dame désirât être Corinne, Ondine, Aspasie ou Dieu sait quoi encore, il y consentait sur-le-champ. Il avait seulement soin d'ajouter une dose suffisante de beauté, de distinction, ce qui, chacun le sait, ne gâte jamais les choses et peut faire pardonner au peintre jusqu'au manque de ressemblance. L'étonnante prestesse de son pinceau finit par le surprendre lui-même. Quant à ses modèles, ils se déclaraient naturellement enchantés et proclamaient partout son génie.

Tchartkov devint alors, sous tous les rapports, un peintre à la mode. Il dînait à droite et à gauche, accompagnait les dames aux expositions, voire à la promenade, s'habillait en dandy, affirmait publiquement qu'un peintre appartient à la société et ne doit point déroger à son rang. Les artistes, à l'en croire, avaient grand tort de s'accoutrer comme des savetiers, d'ignorer les belles manières, de manquer totalement d'éducation. Il portait maintenant des jugements tranchants sur l'art et les artistes. À l'entendre on prônait trop les vieux

---

8. Mars : dieu romain de la guerre.
9. Byron (1788-1824) : écrivain et poète anglais, chef de file des romantiques.

maîtres : « Les préraphaélites [10] n'ont peint que des écorchés [11] ; la prétendue sainteté de leurs œuvres n'existe que dans l'imagination de ceux qui les contemplent ; Raphaël lui-même n'est pas toujours excellent, et seule une tradition bien enracinée assure la célébrité à bon nombre de ses tableaux ; Michel-Ange est entièrement dénué de grâce, ce fanfaron ne songe qu'à faire parade de sa science de l'anatomie, l'éclat, la puissance du pinceau et du coloris sont l'apanage exclusif de notre siècle. » Par une transition bien naturelle, Tchartkov arrivait alors à lui-même.

« Non, disait-il, je ne comprends pas ceux qui peinent et pâlissent sur leur travail. Quiconque traîne des mois sur une toile n'est qu'un artisan ; je ne croirai jamais qu'il a du talent ; le génie crée avec audace et rapidité. Tenez, moi, par exemple, j'ai peint ce portrait en deux jours, cette tête en un seul, ceci en quelques heures, cela en une heure au plus... Non, voyez-vous, je n'appelle pas art ce qui se fabrique au compte-gouttes ; c'est du métier, si vous voulez, mais de l'art, non pas ! »

Tels étaient les propos qu'il tenait à ses visiteurs ; ceux-ci à leur tour admiraient la hardiesse, la puissance de son pinceau ; cette rapidité d'exécution leur arrachait même des exclamations de surprise et ils se confiaient ensuite l'un à l'autre.

« C'est un homme de talent, de grand talent ! Écoutez-le parler, voyez comme ses yeux brillent. *Il y a quelque chose d'extraordinaire dans toute sa figure !* »

L'écho de ces louanges flattait Tchartkov. Quand les feuilles

---

10. Préraphaélites : on appelle ainsi les peintres anglais du XIXe siècle dont le projet fut de renouveler la peinture en s'inspirant des peintres italiens antérieurs à Raphaël.
11. Écorchés : statue ou dessin représentant le corps humain sans sa peau, utilisé par les étudiants des Beaux-Arts.

publiques le complimentaient, il se réjouissait comme un enfant, encore qu'il eût payé de sa poche ces beaux éloges. Il prenait une joie naïve à ces articles, les colportait partout, les montrait comme par hasard à ses amis et connaissances. Sa vogue grandissait, les commandes affluaient. Cependant ces portraits, ces personnages dont il connaissait par cœur les attitudes et les mouvements, commençaient à lui peser. Il les peignait sans grand plaisir, se bornant à esquisser tant bien que mal la tête et laissant ses élèves achever le reste. Au début il avait encore inventé des effets hardis, des poses originales ; maintenant cette recherche même lui semblait fastidieuse. Réfléchir, imaginer étaient pour son esprit de trop pénibles efforts, auxquels il n'avait d'ailleurs pas le temps de se livrer : son existence dissipée, le rôle d'homme du monde qu'il s'efforçait de jouer, tout cela l'emportait loin du travail et de la réflexion. Son pinceau perdait son brio, sa chaleur, se cantonnait placidement dans les poncifs les plus désuets. Les visages froids, monotones, toujours fermés, toujours boutonnés si l'on peut dire, des fonctionnaires, tant civils que militaires, ne lui offraient point un champ bien vaste : il en oubliait les somptueuses draperies, les gestes hardis, les passions. Il ne pouvait être question de grouper des personnages, de nouer quelque noble action dramatique. Tchartkov n'avait devant lui que des uniformes, des corsets, des habits noirs, tous objets bien propres à glacer l'artiste et à tuer l'inspiration. Aussi ses ouvrages étaient-ils maintenant dépourvus des qualités les plus ordinaires ; ils jouissaient toujours de la vogue, mais les vrais connaisseurs haussaient les épaules en les regardant. Certains d'entre eux, qui avaient connu Tchartkov autrefois, n'arrivaient pas à comprendre comment, à peine parvenu à son plein épanouissement, ce garçon bien doué avait soudain perdu un talent dont il avait donné dès ses débuts des preuves si manifestes.

Le peintre enivré ignorait ces critiques. Il avait acquis la gravité de l'âge et de l'esprit; il engraissait, s'épanouissait en largeur. Journaux et revues l'appelaient déjà «notre éminent André Pétrovitch», on lui offrait des postes honorifiques; on le nommait membre de jurys, de comités divers. Comme il est de règle à cet âge respectable, il prenait maintenant le parti de Raphaël et des vieux maîtres, non point qu'il se fût pleinement convaincu de leur valeur, mais pour s'en faire une arme contre ses jeunes confrères. Car, toujours comme de règle à cet âge, il reprochait à la jeunesse son immoralité, son mauvais esprit. Il commençait à croire que tout en ce bas monde s'accomplit aisément, à condition d'être rigoureusement soumis à la discipline de l'ordre et de l'uniformité; l'inspiration n'est qu'un vain mot. Bref, il atteignait le moment où l'homme sent mourir en lui tout élan, où l'archet inspiré n'exhale plus autour de son cœur que des sons languissants. Alors le contact de la beauté n'enflamme plus les forces vierges de son être. En revanche les sens émoussés deviennent plus attentifs au tintement de l'or, se laissent insensiblement endormir par sa musique fascinatrice. La gloire ne peut apporter de joie à qui l'a volée : elle ne fait palpiter que les cœurs dignes d'elle. Aussi tous ses sens, tous ses instincts s'orientèrent-ils vers l'or. L'or devient sa passion, son idéal, sa terreur, sa volupté, son but. Les billets s'amoncelaient dans ses coffres, et comme tous ceux à qui est départi cet effroyable lot, il devint triste, inaccessible, indifférent à tout ce qui n'était pas l'or, lésinant sans besoin, amassant sans méthode. Il allait bientôt se muer en l'un de ces êtres étranges, si nombreux dans notre univers insensible, que l'homme doué de cœur et de vie considère avec épouvante : ils lui semblent des tombeaux mouvants qui portent un cadavre en eux, un cadavre en place de cœur. Un événement imprévu devait cependant ébranler son inertie, réveiller toutes ses forces vives.

Un beau jour il trouva un billet sur sa table : l'Académie des Beaux-Arts le priait, en tant qu'un de ses membres les plus en vue, de venir donner son opinion sur une œuvre envoyée d'Italie par un peintre russe qui s'y perfectionnait dans son art. Ce peintre était un de ses anciens camarades : passionné depuis l'enfance pour la peinture, il s'y était consacré de toute son âme ardente ; abandonnant ses amis, sa famille, ses chères habitudes, il s'était précipité vers le pays où sous un ciel sans nuages mûrit la grandiose pépinière de l'art, cette superbe Rome dont le nom seul fait battre si violemment le grand cœur de l'artiste. Il y vécut en ermite, plongé dans un labeur sans trêve et sans merci. Peu lui importait que l'on critiquât son caractère, ses maladresses, son manque d'usage et que la modestie de son costume fît rougir ses confrères : il se souciait fort peu de leur opinion. Voué corps et âme à l'art, il méprisait tout le reste. Visiteur inlassable des musées, il passait des heures entières devant les œuvres des grands peintres, acharné à poursuivre le secret de leur pinceau. Il ne terminait rien sans s'être confié à ces maîtres, sans avoir tiré de leurs ouvrages un conseil éloquent encore que muet. Il se tenait à l'écart des discussions orageuses et ne prenait parti ni pour ni contre les puristes. Comme il ne s'attachait qu'aux qualités, il savait rendre justice à chacun, mais finalement il ne garda qu'un seul maître, le divin Raphaël – tel ce grand poète qui après avoir lu bien des ouvrages exquis ou grandioses, choisit comme livre de chevet la seule *Iliade*, pour avoir découvert qu'elle renferme tout ce qu'on peut désirer, que tout s'y trouve évoqué avec la plus sublime perfection.

Quand Tchartkov arriva à l'Académie, il trouva réunis devant le tableau une foule de curieux qui observaient un silence pénétré, fort insolite en pareille occurrence. Il s'empressa de prendre une mine grave de connaisseur et s'approcha de la toile. Dieu du ciel, quelle surprise l'attendait!

L'œuvre du peintre s'offrait à lui avec l'adorable pureté d'une fiancée. Innocente et divine comme le génie, elle planait au-dessus de tout. On eût dit que, surprises par tant de regards fixés sur elles, ces figures célestes baissaient modestement leurs paupières. L'étonnement béat des connaisseurs devant ce chef-d'œuvre d'un inconnu était pleinement justifié. Toutes les qualités semblaient ici réunies : si la noblesse hautaine des poses révélait l'étude approfondie de Raphaël et la perfection du pinceau, celle du Corrège, la puissance créatrice appartenait en propre à l'artiste et dominait le reste. Il avait approfondi le moindre détail, pénétré le sens secret, la norme et la règle de toutes choses, saisi partout l'harmonieuse fluidité de lignes qu'offre la nature et que seul aperçoit l'œil du peintre créateur, alors que le copiste la traduit en contours anguleux. On devinait que l'artiste avait tout d'abord enfermé en son âme ce qu'il tirait du monde ambiant, pour le faire ensuite jaillir de cette source intérieure en un seul chant harmonieux et solennel. Les profanes eux-mêmes devaient reconnaître qu'un abîme incommensurable sépare l'œuvre créatrice de la copie servile. Figés dans un silence impressionnant, que n'interrompait nul bruit, nul murmure, les spectateurs sentaient sous leurs yeux émerveillés l'œuvre devenir d'instant en instant plus hautaine, plus lumineuse, plus distante, jusqu'à sembler bientôt un simple éclair, fruit d'une inspiration d'en haut et que toute une vie humaine ne sert qu'à préparer. Tous les yeux étaient gros de larmes. Les goûts les plus divers aussi bien que les écarts les plus insolents du goût semblaient s'unir pour adresser un hymne muet à cet ouvrage divin.

LE PORTRAIT

Tchartkov demeurait, lui aussi, immobile et bouche bée. Au bout d'un long moment, curieux et connaisseurs osèrent enfin élever peu à peu la voix et discuter la valeur de l'œuvre ; comme ils lui demandaient son opinion, il retrouva enfin ses esprits. Il voulut prendre l'expression blasée qui lui était habituelle ; émettre un de ces jugements banals chers aux peintres à l'âme racornie : « Oui, évidemment, on ne peut nier le talent de ce peintre ; son tableau n'est pas sans mérite ; on voit qu'il a voulu exprimer quelque chose ; cependant l'essentiel... » ; puis décocher en guise de conclusion certains compliments qui laisseraient pantelant le meilleur des peintres. Mais des larmes, des sanglots lui coupèrent la voix et il s'enfuit comme un dément.

Il demeura quelque temps immobile, inerte au milieu de son magnifique atelier. Un instant avait suffi à réveiller tout son être ; sa jeunesse lui semblait rendue, les étincelles de son talent éteint prêtes à se rallumer. Le bandeau était tombé de ses yeux. Dieu ! perdre ainsi sans pitié ses meilleures années, détruire, éteindre ce feu qui couvait dans sa poitrine et qui, développé en tout son éclat, aurait peut-être lui aussi arraché des larmes de reconnaissance et d'émerveillement ! Et tuer tout cela, le tuer implacablement !...

Soudain et tous à la fois, les élans, les ardeurs qu'il avait connus autrefois parurent renaître en son tréfonds. Il saisit son pinceau, s'approcha d'une toile. La sueur de l'effort perla à son front. Une seule pensée l'animait, un seul désir l'enflammait : représenter l'ange déchu. Nul sujet n'eût mieux convenu à son état d'âme ; mais, hélas, ses personnages, ses poses, ses groupes, tout manquait d'aisance et d'harmonie. Trop longtemps son pinceau, son imagination s'étaient renfermés dans la banalité ; il avait trop dédaigné le chemin montueux des efforts progressifs, trop fait fi des lois primordiales de la grandeur future, pour que n'échouât point piteusement cette tentative de briser les chaînes qu'il s'était lui-même imposées. Exaspéré par cet insuccès, il fit emporter toutes ses œuvres récentes, les gravures de modes, les portraits de hussards, de dames, de conseillers d'État ; puis, après avoir donné l'ordre de n'y laisser entrer personne, il s'enferma dans son atelier et se replongea dans le travail. Mais il eut beau déployer le patient acharnement d'un jeune apprenti, tout ce qui naissait sous son pinceau était irrémédiablement manqué. À tout instant son ignorance des principes les plus élémentaires le paralysait ; le simple métier glaçait sa verve, opposait à son imagination une barrière infranchissable. Son pinceau revenait invariablement aux formes apprises, les mains se joignaient dans un geste familier, la tête se refusait à toute pose insolite, les plis des vêtements eux-mêmes ne voulaient point se draper sur des corps aux attitudes conventionnelles. Tout cela, Tchartkov ne le sentait, ne le voyait que trop.

« Ai-je jamais eu du talent ? finit-il par se dire. Ne me serais-je point trompé ? »

Voulant en avoir le cœur net, il alla droit à ses premiers ouvrages, ces tableaux qu'il avait peints avec tant d'amour et de désintéressement là-bas dans son misérable taudis de l'île Basile, loin des hommes, loin du luxe, loin de tout raffinement. Tandis qu'il les étudiait attentivement, sa pauvre vie d'autrefois ressuscitait devant lui. « Oui, décida-t-il avec désespoir, j'ai eu du talent ; on en voit partout les preuves et les traces ! »

Il s'arrêta soudain, tremblant de tout le corps : ses yeux venaient de croiser un regard immobile fixé sur lui. C'était le portrait extraordinaire, jadis acheté au Marché Chtchoukine et dont Tchartkov avait entre-temps perdu jusqu'au souvenir, enfoui qu'il était derrière d'autres toiles. Comme par un fait exprès, maintenant qu'on avait débarrassé l'atelier de tous les tableaux à la mode qui l'encombraient, le fatal portrait réapparaissait en même temps que ses ouvrages de jeunesse. Cette vieille histoire lui revint à la mémoire, et quand il se rappela que cette étrange effigie avait en quelque sorte causé sa transformation, que le trésor si miraculeusement reçu avait fait naître en lui ces vaines convoitises funestes à son talent, il céda à un transport de rage. Il eut beau faire aussitôt emporter l'odieuse peinture, son trouble ne s'apaisa point pour autant. Son être était bouleversé de fond en comble, et il connut cette affreuse torture qui ronge parfois les talents médiocres quand ils essaient vainement de dépasser leurs limites. Pareil tourment peut inspirer de grandes œuvres à la jeunesse, mais hélas ! pour quiconque a passé l'âge des rêves, il n'est qu'une soif stérile et peut mener l'homme au crime.

L'envie, une envie furieuse, s'était emparée de Tchartkov. Dès qu'il voyait une œuvre marquée au sceau du talent, le fiel lui montait au visage, il grinçait des dents et la dévorait d'un œil de basilic. Le projet le plus satanique qu'homme ait jamais conçu germa en son âme, et bientôt il l'exécuta avec une ardeur effroyable. Il se mit à acheter tout ce que l'art produisait de plus achevé. Quand il avait payé très cher un tableau, il l'apportait précautionneusement chez lui et se jetait dessus comme un tigre pour le lacérer, le mettre en pièces, le piétiner en riant de plaisir. Les grandes richesses qu'il avait amassées lui permettaient de satisfaire son infernale manie. Il ouvrit tous ses coffres, éventra tous ses sacs d'or. Jamais aucun monstre d'ignorance n'avait détruit autant de merveilles que ce féroce vengeur. Dès qu'il apparaissait à une vente publique, chacun désespérait de pouvoir acquérir la moindre œuvre d'art. Le ciel en courroux semblait avoir envoyé ce terrible fléau à l'univers dans le dessein de lui enlever toute beauté. Cette monstrueuse passion se reflétait en traits atroces sur son visage toujours empreint de fiel et de malédiction. Il semblait incarner l'épouvantable démon imaginé par Pouchkine. Sa bouche ne proférait que des paroles empoisonnées, que d'éternels anathèmes. Il faisait aux passants l'effet d'une harpie : du plus loin qu'ils l'apercevaient ses amis eux-mêmes évitaient une rencontre qui, à les entendre, eût empoisonné toute leur journée.

Fort heureusement pour l'art et pour le monde une existence si tendue ne pouvait se prolonger longtemps ; des passions maladives, exaspérées ont tôt fait de ruiner les faibles organismes. Les accès de rage devinrent de plus en plus fréquents. Bientôt une fièvre maligne se joignit à la phtisie galopante pour faire de lui une ombre en trois jours. Les symptômes d'une démence incurable vinrent s'ajouter à ces maux. Par moments, plusieurs personnes n'arrivaient pas à le tenir. Il croyait revoir les yeux depuis longtemps oubliés, les yeux vivants de l'extravagant portrait. Tous ceux qui entouraient son lit lui semblaient de terribles portraits. Chacun d'eux se dédoublait, se quadruplait à ses yeux, tous les murs se tapissaient de ces portraits qui le fixaient de leurs yeux immobiles et vivants ; du plafond au plancher ce n'étaient que regards effrayants, et, pour en contenir davantage, la pièce s'élargissait, se prolongeait à l'infini. Le médecin qui avait entrepris de le soigner et connaissait vaguement son étrange histoire, cherchait en vain quel lien secret ces hallucinations pouvaient avoir avec la vie de son malade. Mais le malheureux avait déjà perdu tout sentiment hormis celui de ses tortures et n'entrecoupait que de paroles décousues ses abominables lamentations. Enfin, dans un dernier accès, muet celui-là, sa vie se brisa, et il n'offrit plus qu'un cadavre épouvantable à voir. On ne découvrit rien de ses immenses richesses ; mais, quand on aperçut en lambeaux tant de superbes œuvres d'art dont la valeur dépassait plusieurs millions, on comprit quel monstrueux emploi il en avait fait.

SECONDE PARTIE

Toute une file de voitures – landaus, calèches, drojkis – stationnait devant l'immeuble où l'on vendait aux enchères les collections d'un de ces riches amateurs qui somnolaient toute leur vie parmi les *Zéphyrs* et les *Amours* et qui, pour jouir du titre de mécènes, dépensaient ingénument les millions amassés par leurs ancêtres, voire par eux-mêmes au temps de leur jeunesse. Comme nul ne l'ignore, ces mécènes-là ne sont plus qu'un souvenir et notre XIXe siècle a depuis longtemps pris la fâcheuse figure d'un banquier, qui ne jouit de ses millions que sous forme de chiffres alignés sur le papier. La longue salle était pleine d'une foule bigarrée accourue en ce lieu comme un vol d'oiseaux de proie s'abat sur un cadavre abandonné. Il y avait là toute une flottille de boutiquiers en redingote bleue à l'allemande, échappés tant du Bazar que du carreau des fripiers. Leur expression, plus assurée qu'à l'ordinaire, n'affectait plus cet empressement mielleux qui se lit sur le visage de tout marchand russe à son comptoir. Ici ils ne faisaient point de façons, bien qu'il se trouvât dans la salle bon nombre de ces aristocrates dont ils étaient prêts ailleurs à épousseter les bottes, à grands coups de chapeaux. Pour éprouver la qualité de la marchandise ils palpaient sans cérémonie les livres et les tableaux, et surenchérissaient hardiment sur les prix offerts par les nobles amateurs. Il y avait là des habitués assidus de ces ventes, à qui elles tiennent lieu de déjeuner ; d'aristocrates connaisseurs, qui, n'ayant rien de mieux à faire entre midi et une heure, ne laissent échapper aucune occasion d'enrichir leurs collections ; il y avait là, enfin, ces personnages désintéressés, dont la poche est aussi mal en point que l'habit et qui assistent tous les jours aux ventes à seule fin de voir le tour que prendront les choses, qui fera monter les enchères et qui finalement l'emportera. Bon nombre de tableaux gisaient pêle-mêle parmi les meubles et les livres marqués au chiffre de leur ancien possesseur, quoique celui-ci n'eût sans doute jamais eu la louable curiosité d'y jeter un coup d'œil. Les vases de Chine, les tables de marbre, les meubles neufs et anciens avec leurs lignes arquées, leurs griffes, leurs sphinx, leurs pattes de lions, les lustres dorés et sans dorures, les quinquets, tout cela, entassé pêle-mêle, formait comme un chaos d'œuvres d'art, bien différent de la stricte ordonnance des magasins. Toute vente publique inspire des pensées moroses ; on croit assister à des funérailles. La salle toujours obscure, car les fenêtres encombrées de meubles et de tableaux ne filtrent qu'une lumière parcimonieuse ; les visages taciturnes ; la voix mortuaire du commissaire-priseur célébrant, avec accompagnement de marteau, le service funèbre des arts infortunés, si étrangement réunis en ce lieu ; tout renforce la lugubre impression.

La vente battait son plein. Une foule de gens de bon ton se bousculaient, s'agitaient à l'envi. « Un rouble, un rouble, un rouble ! » jetait-on de toutes parts, et ce cri unanime empêchait le commissaire-priseur de répéter l'enchère, qui atteignait déjà le quadruple du prix demandé. C'était un portrait que se disputaient ces bonnes gens, et l'œuvre était vraiment de nature à retenir l'attention du moins avisé des connaisseurs. Bien que plusieurs fois restaurée, elle révélait dès l'abord un talent de premier ordre. Elle représentait un Asiatique vêtu d'un ample caftan. Ce qui frappait le plus dans ce visage au teint basané, à l'expression énigmatique, c'était la surprenante vivacité de ses yeux : plus on les regardait, plus ils plongeaient au tréfonds de votre être. Cette singularité, cette adresse de pinceau, provoquait la curiosité générale. Les enchères montèrent bientôt si haut que la plupart des amateurs se retirèrent, ne laissant aux prises que deux grands personnages qui ne voulaient à aucun prix renoncer à cette acquisition. Ils s'échauffaient et allaient faire atteindre au tableau un prix invraisemblable quand l'un des assistants, en train de l'examiner, leur dit soudain :

« Permettez-moi d'interrompre un instant votre dispute. J'ai peut-être plus que personne droit à ce portrait. »

L'attention générale se reporta sur l'interrupteur. C'était un homme d'environ trente-cinq ans, à la taille bien prise, aux longues boucles noires, et dont l'agréable physionomie, empreinte d'insouciance, révélait une âme étrangère aux vains soucis du monde. Son costume n'avait aucune prétention à la mode : tout dans sa tenue dénonçait un artiste. En effet, bon nombre des assistants reconnurent aussitôt en lui le peintre B***.

« Mes paroles vous semblent évidemment fort étranges, continua-t-il en voyant tous les regards tournés vers lui ; mais, si vous consentez à entendre une brève histoire, vous les trouverez peut-être justifiées. Tout me confirme que ce portrait est bien celui que je cherche. »

Une curiosité fort naturelle se peignit sur tous les visages ; le commissaire-priseur lui-même s'arrêta, bouche bée et marteau levé, et tendit l'oreille. Au début du récit, plusieurs des auditeurs se tournaient involontairement vers le portrait, mais bientôt, l'intérêt croissant, les yeux ne quittèrent plus le conteur.

« Vous connaissez, commença celui-ci, le quartier de Kolomna. Il ne ressemble à aucun des autres quartiers de Pétersbourg. Ce n'est ni la capitale ni la province. Dès qu'on y pénètre, tout désir, toute ardeur juvénile, vous abandonne. L'avenir ne pénètre point en ce lieu ; tout y est silence et retraite. C'est le refuge des "laissés-pour-compte" de la grande ville : fonctionnaires retraités, veuves, petites gens qui, entretenant d'agréables relations avec le Sénat, se condamnent à vivoter presque éternellement en ce lieu ; cuisinières en rupture de fourneaux, qui, après avoir, à longueur de journée, musé dans tous les marchés et bavardé avec tous les garçons épiciers, rapportent chaque soir chez elles pour cinq kopeks de café et pour quatre de sucre ; enfin toute une catégorie d'individus qu'on peut qualifier de "cendreux", car leur costume, leur visage, leur chevelure, leurs yeux ont un aspect trouble et gris, comme ces journées incertaines, ni orageuses ni ensoleillées, où les contours des objets s'estompent dans la brume. À cette catégorie appartiennent les gagistes de théâtre à la retraite ; les conseillers titulaires dans le même cas ; les anciens disciples de Mars à l'œil crevé ou à la lèvre enflée. Ce sont là des êtres totalement apathiques, qui marchent sans jamais lever les yeux, ne soufflent jamais mot et ne pensent jamais à rien. Leur chambre n'est jamais encombrée ; parfois même elle ne recèle qu'un flacon d'eau-de-vie qu'ils sirotent tout doucement du matin au soir ; cette lente absorption leur épargne l'ivresse tapageuse que de trop brusques libations dominicales provoquent chez les apprentis allemands, ces étudiants de la rue Bourgeoise, rois incontestés du trottoir après minuit sonné.

« Quel quartier béni pour les piétons que ce Kolomna ! Il est bien rare qu'une voiture de maître s'y aventure ; seule la patache des comédiens trouble de son tintamarre le silence général. Quelques fiacres s'y traînent paresseusement, le plus souvent à vide ou chargés de foin à l'intention de la rosse barbue qui les tire. On peut y trouver un appartement pour cinq roubles par mois, y compris même le café du matin. Les veuves titulaires d'une pension constituent l'aristocratie du lieu : elles ont une conduite fort décente, balaient soigneusement leur chambre, déplorent avec leurs amies la cherté du bœuf et des choux ; elles sont souvent pourvues d'une toute jeune fille, créature effacée, muette, mais parfois agréable à voir, d'un affreux toutou et d'une pendule dont le balancier va et vient avec mélancolie. Viennent ensuite les comédiens, que la modicité de leur traitement confine en cette thébaïde. Indépendants comme tous les artistes, ils savent jouir de la vie : drapés dans leur robe de chambre, ils réparent des pistolets, fabriquent toutes sortes d'objets en carton fort utiles dans les ménages, jouent aux cartes ou aux échecs avec l'ami qui vient les voir ; ils passent ainsi la matinée, et la soirée presque de même, sauf qu'ils ajoutent parfois un punch à ces agréables occupations.

« Après les gros bonnets, le menu fretin. Il est aussi difficile de l'énumérer que de dénombrer les innombrables insectes qui pullulent dans du vieux vinaigre. Il y a là des vieilles qui prient, des vieilles qui s'enivrent ; d'autres qui prient et s'enivrent à la fois ; des vieilles enfin qui joignent Dieu sait comment les deux bouts : on les voit traîner, comme des fourmis, d'infâmes guenilles du pont Kalinkine jusqu'au carreau des fripiers, où elles ont grand-peine à en tirer quinze kopeks. Bref, la lie de l'humanité grouille en ce quartier, une lie si marmiteuse que le plus charitable des économistes renoncerait à en améliorer la situation.

« Excusez-moi de m'être appesanti sur de pareilles gens : je voulais vous faire comprendre la nécessité où ils se trouvent bien souvent de chercher un secours subit et de recourir aux emprunts ; voilà pourquoi s'installent parmi eux des usuriers d'une espèce particulière, qui leur prêtent sur gages de petites sommes à gros intérêts. Ces usuriers-là sont encore bien plus insensibles que leurs grands confrères : ils surgissent dans la pauvreté, parmi les haillons étalés au grand jour, spectacle qu'ignore l'usurier riche, dont les clients roulent carrosse ; aussi tout sentiment humain meurt-il prématurément dans leur cœur. Parmi ces usuriers il y en avait un…, mais il faut vous dire que les choses se passaient au siècle dernier, plus exactement sous le règne de la défunte impératrice Catherine. Vous comprendrez sans peine que depuis lors les us et coutumes de Kolomna et jusqu'à son aspect extérieur se soient sensiblement modifiés. Il y avait donc parmi ces usuriers un personnage en tout point énigmatique. Depuis longtemps installé dans ce quartier, il portait un ample costume asiatique et son teint basané révélait une origine méridionale. Mais à quelle nationalité appartenait-il au juste ? Était-il Hindou, Grec ou Persan ? Nul n'aurait su le dire. Sa taille quasi gigantesque, son visage hâve, noiraud, calciné, d'une couleur hideuse, indescriptible, ses grands yeux, animés d'un feu extraordinaire, ses sourcils touffus le distinguaient nettement des cendreux habitants du quartier. Son logis lui-même ne ressemblait guère aux maisonnettes de bois d'alentour : ce bâtiment de pierre aux fenêtres irrégulières, aux volets et aux verrous de fer, rappelait ceux qu'édifiaient jadis en quantité les négociants génois. Bien différent en ceci de ses confrères, mon usurier pouvait avancer n'importe quelle somme et satisfaire tout le monde depuis la vieille mendiante jusqu'au courtisan prodigue. De luxueux carrosses stationnaient souvent à sa porte et l'on distinguait parfois derrière leurs vitres la tête altière d'une grande dame. La renommée répandait le bruit que ses coffres étaient pleins à craquer d'argent, de pierres précieuses, de diamants, des gages les plus divers, sans qu'il montrât pourtant la rapacité habituelle aux gens de son espèce. Il déliait volontiers les cordons de sa bourse, fixait des échéances que l'emprunteur jugeait fort avantageuses, mais faisait, par d'étranges opérations arithmétiques, monter les intérêts à des sommes fabuleuses. C'est du moins ce que prétendait la rumeur publique. Cependant – trait encore plus surprenant et qui ne manquait point de confondre beaucoup de monde – une fatale destinée attendait ceux qui avaient recours à ses bons offices : tous terminaient tragiquement leur vie. Étaient-ce là de superstitieux radotages ou des bruits répandus à dessein ? On ne le sut jamais au juste. Mais certains faits, survenus à peu d'intervalle au su et au vu de tout le monde, ne laissaient guère de place au doute.

« Parmi l'aristocratie de l'époque, un jeune homme de grande famille eut tôt fait d'attirer sur lui l'attention. En dépit de son âge tendre, il se distinguait au service de l'État, se montrait ardent zélateur du vrai et du bien, s'enflammait pour tous les ouvrages de l'art et de l'esprit, et promettait de devenir un véritable mécène. L'impératrice elle-même le distingua, lui confia un poste important, tout à fait conforme à ses aspirations, et qui lui permettait de se rendre fort utile à la science et en général au bien. Le jeune seigneur s'entoura d'artistes, de poètes, de savants : il brûlait d'encourager tout le monde. Il entreprit d'éditer à ses frais de nombreux ouvrages, fit beaucoup de commandes, fonda toutes sortes de prix. Ces générosités compromirent sa fortune ; mais, dans sa noble ardeur, il ne voulut point pour autant abandonner son œuvre. Il chercha partout des fonds et finit par s'adresser au fameux usurier. À peine celui-ci lui eut-il avancé une somme considérable que notre homme se métamorphosa du tout au tout et devint bientôt le persécuteur des talents naissants. Il se mit à démasquer les défauts de chaque ouvrage, à en interpréter faussement la moindre phrase. Et comme, par malheur, la Révolution française éclata sur ces entrefaites, elle lui servit de prétexte à toutes les vilenies. Il voyait partout des tendances, des allusions subversives. Il devint soupçonneux, au point de se méfier de lui-même, d'ajouter foi aux plus odieuses dénonciations, de faire d'innombrables victimes. La nouvelle d'une telle conduite devait nécessairement parvenir jusqu'aux marches du trône. Notre magnanime impératrice fut saisie d'horreur. Cédant à cette noblesse d'âme qui pare si bien les têtes couronnées, elle prononça des paroles, dont le sens profond se grava en bien des cœurs, encore qu'elles n'aient pu nous atteindre dans toute leur précision. "Ce n'est point, fit-elle remarquer, sous les régimes monarchiques que se voient refrénés les généreux élans de l'âme ni méprisés les ouvrages de l'esprit, de la poésie, de l'art. Bien au contraire, seuls les monarques en ont été les protecteurs : les Shakespeare, les Molière se sont épanouis, grâce à leur appui bienveillant, tandis que Dante ne pouvait trouver dans sa patrie républicaine un coin où reposer sa tête. Les véritables génies se produisent au moment où les souverains et les États sont dans toute leur puissance, et non pas dans l'abomination des luttes intestines ni de la terreur républicaine, qui jusqu'à présent n'ont donné au monde aucun génie. Il faut récompenser les vrais poètes, car loin de fomenter le trouble et la révolte, ils font régner dans les âmes une paix souveraine. Les savants, les écrivains, les artistes sont les perles et les diamants de la couronne impériale ; le règne de tout grand monarque s'en pare et en tire un plus grand éclat." Tandis qu'elle prononçait ces paroles, l'impératrice resplendissait, paraît-il, d'une beauté divine ; les vieillards ne pouvaient évoquer ce souvenir sans verser des larmes. Chacun prit l'affaire à cœur : soit dit à notre honneur, tout Russe se range volontiers du côté du faible. Le seigneur qui avait trompé la confiance placée en lui fut puni de façon exemplaire et destitué de sa charge ; le mépris absolu qu'il pouvait lire dans les yeux de ses compatriotes lui parut un châtiment bien plus terrible encore. Les souffrances de cette âme vaniteuse ne se peuvent exprimer : l'orgueil, l'ambition déçue, les espoirs brisés, tout s'unissait pour le torturer, et sa vie se termina dans d'effroyables accès de folie furieuse.

« Un second fait, de notoriété non moins générale, vint renforcer la sinistre rumeur. Parmi les nombreuses beautés dont s'enorgueillissait alors à bon droit notre capitale, il y en avait une devant qui pâlissaient toutes les autres. Prodige bien rare, la beauté du Nord s'unissait admirablement en elle à la beauté du Midi. Mon père avouait n'avoir plus jamais rencontré semblable merveille. Tout lui avait été donné en partage : la richesse, l'esprit, le charme moral. Parmi la foule de ses soupirants se faisait avantageusement remarquer le prince R***, le plus noble, le plus beau, le plus chevaleresque des jeunes gens, le type accompli du héros de roman, un vrai Grandisson sous tous les rapports. Follement amoureux, le prince R*** se vit payé de retour ; mais les parents de la jeune fille jugèrent le parti insuffisant. Les domaines héréditaires du prince avaient depuis longtemps cessé de lui appartenir, sa famille était mal vue à la Cour ; nul n'ignorait le mauvais état de ses affaires. Soudain, après une courte absence motivée par le désir de rétablir sa fortune, le prince s'entoura d'un luxe, d'un faste inouïs. Des bals, des fêtes magnifiques le firent connaître en haut lieu. Le père de la belle jeune fille lui devint favorable et bientôt les noces furent célébrées avec un grand éclat. D'où provenait ce brusque revirement de fortune ? Personne n'en savait rien, mais on allait chuchotant que le fiancé avait conclu un pacte avec le mystérieux usurier et obtenu de lui un emprunt. Ce mariage occupa la ville entière, les deux fiancés furent l'objet de l'envie générale. Tout le monde connaissait la constance de leur amour, les obstacles qui s'étaient mis au travers, leurs mérites réciproques. Les femmes passionnées se représentaient d'avance les délices paradisiaques dont allaient jouir les jeunes époux. Mais il en alla tout autrement. En quelques mois le mari devint méconnaissable. La jalousie, l'intolérance, des caprices incessants empoisonnèrent son caractère jusqu'alors excellent. Il se fit le tyran, le bourreau de sa femme ; chose qu'on n'eût jamais attendue de lui, il recourut aux procédés les plus inhumains et même aux voies de fait. Au bout d'un an nul ne pouvait reconnaître la femme qui naguère brillait d'un si vif éclat et traînait après elle un cortège d'adorateurs soumis. Bientôt, incapable de supporter plus longtemps son amère destinée, elle parla la première de divorce. Le mari aussitôt d'entrer en fureur, de se précipiter un couteau à la main dans l'appartement de la malheureuse ; si on ne l'avait retenu, il l'eût certainement égorgée. Alors, fou de rage, il tourna l'arme contre lui-même et termina sa vie en proie à d'horribles souffrances.

« Outre ces deux cas, dont toute la société avait été témoin, on en contait une foule d'autres, arrivés dans les classes inférieures et presque tous plus ou moins tragiques. Ici, un brave homme, fort sobre jusqu'alors, s'était soudain adonné à l'ivrognerie ; là un intègre commis de boutique s'était mis à voler son patron ; après avoir de longues années voituré le monde de fort honnête façon, un cocher de fiacre avait tué son client pour un liard.

«De pareils faits, plus ou moins amplifiés en passant de bouche en bouche, semaient évidemment la terreur parmi les paisibles habitants de Kolomna. À en croire la rumeur publique le sinistre usurier devait être possédé du démon : il posait à ses clients des conditions à faire se dresser les cheveux sur la tête ; les malheureux n'osaient les révéler à personne ; l'argent qu'il prêtait avait un pouvoir incendiaire, il s'enflammait tout seul, portait des signes cabalistiques. Bref les bruits les plus absurdes couraient sur le personnage. Et, chose digne de remarque, toute la population de Kolomna, tout cet univers de pauvres vieilles, de petits employés, de petits artistes, toute cette menuaille que j'ai fait rapidement passer sous vos yeux, aimait mieux supporter la plus grande gêne que recourir au terrible usurier ; on trouvait même des vieilles mortes de faim, qui s'étaient laissées périr plutôt que de risquer la damnation. Quiconque le rencontrait dans la rue éprouvait un effroi involontaire ; le piéton s'écartait prudemment pour suivre ensuite longuement des yeux cette forme gigantesque qui disparaissait au loin. Son aspect hétéroclite aurait suffi à lui faire attribuer par chacun une existence surnaturelle. Ces traits forts, creusés plus profondément que sur tout autre visage, ce teint de bronze en fusion, ces sourcils démesurément touffus, ces yeux effrayants, ce regard insoutenable, les larges plis même de son costume asiatique, tout semblait dire que devant les passions qui bouillonnaient en ce corps celles des autres hommes devaient forcément pâlir.

«Chaque fois qu'il le rencontrait, mon père s'arrêtait net et ne pouvait se défendre de murmurer : "C'est le diable, le diable incarné !" Mais il est grand temps de vous faire connaître mon père, le véritable héros de mon récit, soit dit entre parenthèses. C'était un homme remarquable sous bien des rapports ; un artiste comme il y en a peu ; un de ces phénomènes comme seule la Russie en fait sortir de son sein encore vierge ; un autodidacte qui, animé par l'unique désir du perfectionnement, était parvenu, sans maître, en dehors de toute école, à trouver en lui-même ses règles et ses lois et suivait, pour des raisons peut-être insoupçonnées, la voie que lui traçait son cœur ; un de ces prodiges spontanés que leurs contemporains traitent souvent d'ignorants, mais qui jusque dans les échecs et les railleries savent puiser de nouvelles forces et s'élèvent rapidement au-dessus des œuvres qui leur avaient valu cette peu flatteuse épithète. Un noble instinct lui faisait sentir dans chaque objet la présence d'une pensée. Il découvrit tout seul le sens exact de cette expression : "la peinture d'histoire". Il devina pourquoi on peut donner ce nom à un portrait, à une simple tête de Raphaël, de Léonard, de Titien ou du Corrège, tandis qu'une immense toile au sujet tiré de l'histoire demeure cependant un *tableau de genre*, malgré toutes les prétentions du peintre à un art historique. Ses convictions, son sens intime orientèrent son pinceau vers les sujets religieux, ce degré suprême du sublime. Ni ambitieux, ni irritable, à l'encontre de beaucoup d'artistes, c'était un homme ferme, intègre, droit et même fruste, recouvert d'une carapace un peu rugueuse, non dénué d'une certaine fierté intérieure, et qui parlait de ses semblables avec un mélange d'indulgence et d'âpreté. "Je me soucie bien de ces gens-là ! avait-il coutume de dire. Ce n'est point pour eux que je travaille. Je ne porterai pas mes œuvres dans les salons. Qui me comprendra me remerciera ; qui ne me comprendra pas élèvera quand même son âme vers Dieu. On ne saurait reprocher à un homme du monde de ne pas se connaître en peinture : les cartes, les vins, les chevaux, n'ont pas de secret pour lui, cela suffit. Qu'il s'en aille goûter à ceci et à cela, il voudra faire le malin et l'on ne pourra plus vivre tranquille ! À chacun son métier. Je préfère l'homme qui avoue son ignorance à celui qui joue l'entendu et ne réussit qu'à tout gâter." Il se contentait d'un gain minime, tout juste suffisant pour entretenir sa famille et poursuivre sa carrière. Toujours secourable au prochain, il obligeait volontiers ses confrères malheureux. En outre, il gardait la foi ardente et naïve de ses ancêtres ; voilà pourquoi sans doute apparaissait spontanément sur les visages qu'il peignait la sublime expression que cherchaient en vain les plus brillants talents. Par son labeur patient, par sa fermeté à suivre la route qu'il s'était tracée, il acquit enfin l'estime de ceux mêmes qui l'avaient traité d'ignorant et de rustre. On lui commandait sans cesse des tableaux d'église. L'un d'eux l'absorba particulièrement ; sur cette toile, dont le sujet exact m'échappe à l'heure actuelle, devait figurer l'Esprit des ténèbres. Désireux de personnifier en cet Esprit tout ce qui accable, oppresse l'humanité, mon père réfléchit longtemps à la forme qu'il lui donnerait. L'image du mystérieux usurier hanta plus d'une fois ses songeries. "Voilà, se disait-il, involontairement, celui que je devrais prendre pour modèle du diable !" Jugez donc de sa stupéfaction quand, un jour qu'il travaillait dans son atelier, il entendit frapper à la porte et vit entrer l'effarant personnage. Il ne put retenir un frisson.

« – Tu es peintre ? demanda l'autre tout de go.

« – Je le suis, répondit mon père, curieux du tour que prendrait l'entretien.

« – Bon, fais mon portrait. Je mourrai peut-être bientôt et je n'ai point d'enfants. Mais je ne veux pas mourir entièrement, je veux vivre. Peux-tu peindre un portrait qui paraisse absolument vivant ?

« "Tout va pour le mieux, se dit mon père : il se propose lui-même pour faire le diable dans mon tableau !"

LE PORTRAIT

« Ils convinrent de l'heure, du prix, et dès le lendemain, mon père, emportant sa palette et ses pinceaux, se rendit chez l'usurier. La cour aux grands murs, les chiens, les portes en fer et leurs verrous, les fenêtres cintrées, les coffres recouverts de curieux tapis, le maître du logis surtout, assis immobile devant lui, tout cela produisit sur mon père une forte impression. Masquées, encombrées comme à dessein, les fenêtres ne laissaient passer le jour que par en haut. "Diantre, se dit-il, son visage est bien éclairé en ce moment !" Et il se mit à peindre rageusement comme s'il redoutait de voir disparaître cet heureux éclairage. "Quelle force diabolique ! se répétait mon père. Si j'arrive à la rendre, ne fût-ce qu'à moitié, tous mes saints, tous mes anges pâliront devant ce visage. Pourvu que je sois, au moins en partie, fidèle à la nature, il va tout simplement sortir de la toile. Quels traits extraordinaires !"
Il travaillait avec tant d'ardeur que déjà certains de ces traits se reproduisaient sur sa toile ; mais, à mesure qu'il les saisissait, un malaise indéfinissable s'emparait de son cœur. Malgré cela, il s'imposa de copier scrupuleusement jusqu'aux expressions quasi imperceptibles. Il s'occupa d'abord de parfaire les yeux. Vouloir traduire le feu, l'éclat qui les animaient semblait une folle gageure. Il décida cependant d'en poursuivre les nuances les plus fugitives ; mais à peine commençait-il à pénétrer leur secret qu'une angoisse sans nom le contraignit à lâcher son pinceau. C'est en vain qu'il voulut plusieurs fois le reprendre : les yeux s'enfonçaient en son âme, y soulevaient un grand tumulte. Il dut abandonner la partie. Le lendemain, le surlendemain, l'atroce sensation se fit encore plus poignante. Finalement mon père épouvanté jeta son pinceau, déclara tout net qu'il en resterait là. Il aurait fallu voir à ces mots se transformer le terrible usurier. Il se jeta aux pieds de mon père et le supplia d'achever son

portrait : son sort, son existence en dépendaient ; le peintre avait déjà saisi ses traits ; s'il les reproduisait exactement, sa vie allait être fixée à jamais sur la toile par une force surnaturelle ; grâce à cela il ne mourrait point entièrement ; il voulait coûte que coûte demeurer en ce monde... Cet effarant discours terrifia mon père ; abandonnant et pinceaux et palette, il se précipita comme un fou hors de la pièce, et toute la journée, toute la nuit, l'inquiétante aventure obséda son esprit.

« Le lendemain matin, une femme, le seul être que l'usurier eût à son service, lui apporta le portrait : son maître, déclara-t-elle, le refusait, n'en donnait pas un sou. Le soir de ce même jour, mon père apprit que son client était mort et qu'on se préparait à le porter en terre suivant les rites de sa religion. Il chercha en vain le sens de ce bizarre événement. Cependant un grand changement se fit depuis lors dans son caractère : un grand désarroi, dont il ne parvenait pas à s'expliquer la cause, bouleversait tout son être ; et bientôt il accomplit un acte que personne n'aurait attendu de sa part.

« Depuis quelque temps l'attention d'un petit groupe de connaisseurs se portait sur les œuvres d'un de ses élèves, dont mon père avait dès le premier jour deviné le talent et qu'il prisait entre tous. Soudain l'envie s'insinua dans son cœur : les éloges qu'on décernait à ce jeune homme lui devinrent insupportables. Et quand il apprit qu'on avait commandé à son élève un tableau destiné à une riche église récemment édifiée, son dépit ne connut plus de bornes. "Non, disait-il, je ne laisserai pas triompher ce blanc-bec. Ah, ah, tu songes déjà à jeter les vieux par-dessus bord ; tu t'y prends trop tôt, mon garçon ! Dieu merci, je ne suis pas encore une mazette, et nous allons voir qui de nous deux fera baisser pavillon à l'autre !" Et cet homme droit, ce cœur pur, cet ennemi de la brigue intrigua si bien que le tableau fut mis au concours. Alors il s'enferma dans sa chambre pour y travailler avec une farouche ardeur. Il semblait vouloir se mettre tout entier dans son œuvre, et il y réussit pleinement. Quand les concurrents exposèrent leurs toiles, toutes, auprès de la sienne, furent comme la nuit devant le jour. Nul ne doutait de lui voir remporter la palme. Mais soudain un membre du jury, un ecclésiastique, si j'ai bonne mémoire, fit une remarque qui surprit tout le monde. "Ce tableau, dit-il, dénote à coup sûr un grand talent, mais les visages ne respirent aucune sainteté ; au contraire il y a dans les yeux je ne sais quoi de satanique ; on dirait qu'un vil sentiment a guidé la main du peintre."

«Tous les assistants s'étant tournés vers la toile, le bien-fondé de cette critique apparut évident à chacun. Mon père, qui la trouvait fort blessante, se précipita pour en vérifier la justesse et constata avec stupeur qu'il avait donné à presque toutes ses figures les yeux de l'usurier ; ces yeux luisaient d'un éclat si haineux, si diabolique qu'il en frissonna d'horreur. Son tableau fut refusé et il dut, à son inexprimable dépit, entendre décerner la palme à son élève. Je renonce à vous décrire dans quel état de fureur il rentra chez lui. Il faillit battre ma mère, chassa tous les enfants, brisa ses pinceaux, son chevalet, s'empara du portrait de l'usurier, réclama un couteau et fit allumer du feu afin de le couper en morceaux et de le livrer aux flammes. Un de ses confrères et amis le surprit dans ces lugubres préparatifs ; c'était un bon garçon, toujours content de lui, qui ne s'embarrassait point d'aspirations trop éthérées, s'attaquait gaiement à n'importe quelle besogne et plus gaiement encore à un bon dîner.

«– Qu'y a-t-il ? Que te prépares-tu à brûler ? dit-il en s'approchant du portrait. Miséricorde, mais c'est un de tes meilleurs tableaux ! Je reconnais l'usurier récemment défunt ;

tu l'as vraiment saisi sur le vif et même mieux que sur le vif, car de son vivant, jamais ses yeux n'ont regardé de la sorte.

«– Eh bien, je vais voir quel regard ils auront dans le feu, dit mon père, prêt à jeter sa toile dans la cheminée.

«– Arrête, pour l'amour de Dieu!... Donne-le-moi plutôt s'il t'offusque à ce point la vue.»

«Après s'être quelque temps entêté dans son dessein, mon père finit par céder; et, tandis que, fort satisfait de l'acquisition, son jovial ami emportait la toile, il se sentit soudain plus calme: l'angoisse qui lui pesait sur la poitrine semblait avoir disparu avec le portrait. Il s'étonna fort de ses mauvais sentiments, de son envie, du changement manifeste de son caractère. Quand il eut examiné son acte, il en prit une profonde affliction. "C'est Dieu qui m'a puni, se dit-il avec tristesse. Mon tableau a subi un affront mérité. Je l'avais conçu dans le dessein d'humilier un frère. L'envie ayant guidé mon pinceau, ce sentiment infernal devait nécessairement apparaître sur la toile." Il se mit en quête de son ancien élève, le serra bien fort dans ses bras, lui demanda pardon, chercha de toute manière à réparer sa faute. Et bientôt il reprit paisiblement le cours de ses occupations. Cependant il semblait de plus en plus rêveur, taciturne, priait davantage, jugeait les gens avec moins d'âpreté; la rude écorce de son caractère s'adoucissait. Un événement imprévu vint encore renforcer cet état d'esprit.

«Depuis un certain temps le camarade qui avait emporté le portrait ne lui donnait plus signe de vie; mon père se disposait à l'aller voir quand l'autre entra soudain dans sa chambre et dit, après un bref échange de politesses:

«– Eh bien, mon cher, tu n'avais pas tort de vouloir brûler le portrait. Nom d'un tonnerre, j'ai beau ne pas croire aux sorcières, ce tableau-là me fait peur! Crois-moi si tu veux, le malin doit y avoir établi sa résidence!...

« – Vraiment ? fit mon père.

« – Sans aucun doute. À peine l'avais-je accroché dans mon atelier que j'ai sombré dans le noir : pour un peu j'aurais égorgé quelqu'un ! Moi qui avais toujours ignoré l'insomnie, non seulement je l'ai connue, mais j'ai eu de ces rêves !... Étaient-ce des rêves ou autre chose, je n'en sais trop rien : un esprit essayait de m'étrangler et je croyais tout le temps voir le maudit vieillard ! Bref, je ne puis te décrire mon état ; jamais rien de pareil ne m'était arrivé. J'ai erré comme un fou pendant plusieurs jours : j'éprouvais sans cesse je ne sais quelle terreur, quelle angoissante appréhension ; je ne pouvais dire à personne une parole joyeuse, sincère, je croyais toujours avoir un espion à mes côtés. Enfin lorsque sur sa demande j'eus cédé le portrait à mon neveu, j'ai senti comme une lourde pierre tomber de mes épaules. Et comme tu le vois, j'ai du même coup retrouvé ma gaieté. Eh bien, mon vieux, tu peux te vanter d'avoir fabriqué là un beau diable !

« – Et le portrait est toujours chez ton neveu ? demanda mon père qui l'avait écouté avec une attention soutenue.

« – Ah bien oui, chez mon neveu ! Il n'a pu y tenir ! répondit le joyeux compère. L'âme du bonhomme est passée dans le portrait, faut croire. Il sort du cadre, il se promène par la pièce ! Ce que raconte mon neveu est proprement inconcevable, et je l'aurais pris pour un fou si je n'avais pas éprouvé quelque chose de ce genre. Il a vendu ton tableau à je ne sais quel collectionneur, mais celui-ci non plus n'a pu y tenir et il s'en est défait à son tour.

« Ce récit produisit une forte impression sur mon père. À force d'y rêver il tomba dans l'hypocondrie[12] et se persuada

---

12. Hypocondrie : maladie psychiatrique qui consiste à se croire affecté de toutes sortes de pathologies (rappelez-vous *Le Malade imaginaire*).

que son pinceau avait servi d'arme au démon, que la vie de l'usurier avait été, tout au moins partiellement, transmise au portrait : elle jetait maintenant le trouble parmi les hommes, leur inspirant des impulsions diaboliques, les livrant aux tortures de l'envie, écartant les artistes de leur vraie voie, etc. Trois malheurs survenus après cet événement, les trois morts subites de sa femme, de sa fille, d'un fils en bas âge, lui parurent un châtiment du ciel et il se résolut à quitter le monde. À peine eus-je atteint mes neuf ans qu'il me fit entrer à l'École des Beaux-Arts, paya ses créanciers et se réfugia dans un cloître à l'écart, où il prit bientôt l'habit. L'austérité de sa vie, son observance rigoureuse des règles édifièrent tous les religieux. Le supérieur, ayant appris quel habile artiste était mon père, lui demanda instamment de peindre le principal tableau de leur église. Mais l'humble moine déclara tout franc qu'ayant profané son pinceau, il était pour l'instant indigne d'y toucher ; avant d'entreprendre une telle œuvre il devait purifier son âme par le travail et les mortifications. On ne voulut point le contraindre. Bien qu'il s'ingéniât à augmenter les rigueurs de la règle, elle finit par lui paraître trop facile. Avec l'autorisation du supérieur, il se retira dans un lieu solitaire et s'y bâtit une cahute avec des branches d'arbres. Là, se nourrissant uniquement de racines crues, il transportait des pierres d'un endroit à l'autre ou demeurait en prières de l'aurore au coucher du soleil, immobile et les bras levés au ciel. Bref il recherchait les pratiques les plus dures, les austérités extraordinaires dont on ne trouve guère d'exemples que dans la vie des saints. Et durant plusieurs années il macéra de la sorte son corps tout en le fortifiant par la prière. Un jour enfin il revint au monastère et dit d'un ton ferme au supérieur : "Me voici prêt : s'il plaît à Dieu, je mènerai mon œuvre à bien."

« Il choisit pour sujet la *Nativité de Notre-Seigneur*. Il s'enferma de longs mois dans sa cellule, ne prenant qu'une grossière nourriture, œuvrant et priant sans cesse. Au bout d'un an le tableau était terminé. Et c'était vraiment un miracle du pinceau. Encore que ni les moines ni le supérieur ne fussent grands connaisseurs en peinture, l'extraordinaire sainteté des personnages les stupéfia. La douceur, la résignation surnaturelles empreintes sur le visage de la sainte Vierge penchée sur son divin Fils ; la sublime raison qui animait les yeux, déjà ouverts sur l'avenir, de l'Enfant-Dieu ; le silence solennel des Rois mages prosternés, confondus par le grand mystère ; la sainte, l'indescriptible paix qui enveloppait le tableau ; cette sereine beauté, cette grandiose harmonie produisaient un effet magique. Toute la communauté tomba à genoux devant la nouvelle image sainte, et, dans son attendrissement, le supérieur s'écria :

« – Non, l'homme ne peut créer une pareille œuvre avec le seul secours de l'art humain ! Une force sainte a guidé ton pinceau, le Ciel a béni tes labeurs.

« Je venais précisément de terminer mes études ; la médaille d'or obtenue à l'École des Beaux-Arts m'ouvrait l'agréable perspective d'un voyage en Italie, le plus beau rêve pour un peintre de vingt ans. Il ne me restait plus qu'à prendre congé de mon père ; je ne l'avais pas revu depuis douze ans et j'avoue que son image même s'était effacée de ma mémoire. Vaguement instruit de ses austérités, je m'attendais à lui trouver le rude aspect d'un ascète, étranger à tout au monde, sauf à sa cellule et à la prière, desséché, épuisé par le jeûne et les veilles. Quelle ne fut pas ma stupéfaction quand je me trouvai en présence d'un vieillard très beau, presque divin ! Une joie céleste illuminait son visage, où l'épuisement n'avait point marqué sa flétrissure. Sa barbe de neige, sa chevelure légère, quasi aérienne, du même ton argenté, se répandaient pittoresquement sur ses épaules, sur les plis de son froc noir, et tombaient jusqu'à la corde qui ceignait son pauvre habit monastique. Mais ce qui me surprit le plus, ce fut de l'entendre prononcer des paroles, émettre des pensées sur l'art qui se sont à jamais gravées dans ma mémoire et dont je voudrais voir chacun de mes confrères tirer profit à son tour.

« – Je t'attendais, mon fils, me dit-il quand je m'inclinai pour recevoir sa bénédiction. Voici que s'ouvre devant toi la route où ta vie va désormais s'engager. C'est une noble voie, ne t'en écarte pas. Tu as du talent; le talent est le don le plus précieux du ciel; ne le dilapide point. Scrute, étudie tout ce que tu verras, soumets tout à ton pinceau; mais sache trouver le sens profond des choses, essaie de pénétrer le grand secret de la création. Heureux l'élu qui le possède : pour lui il n'est plus rien de vulgaire dans la nature. L'artiste créateur est aussi grand dans les sujets infimes que dans les sujets les plus élevés; ce qui fut vil ne l'est plus grâce à lui, car sa belle âme transparaît à travers l'objet bas, et pour avoir été purifié en passant par elle, cet objet acquiert une noble expression... Si l'art est au-dessus de tout, c'est que l'homme trouve en lui comme un avant-goût du Paradis. La création l'emporte mille et mille fois sur la destruction, une noble sérénité sur les vaines agitations du monde; par la seule innocence de son âme radieuse un ange domine les orgueilleuses, les incalculables légions de Satan; de même l'œuvre d'art surpasse de beaucoup toutes les choses d'ici-bas. Sacrifie tout à l'art; aime-le passionnément, mais d'une passion tranquille, éthérée, dégagée des concupiscences terrestres; sans elle, en effet, l'homme ne peut s'élever au-dessus de la terre, ni faire entendre les sons merveilleux qui apportent l'apaisement. Or c'est pour apaiser, pour pacifier, qu'une grande œuvre d'art se manifeste à l'univers ; elle ne saurait faire sourdre dans les âmes le murmure de la révolte ; c'est une prière harmonieuse qui tend toujours vers le ciel. Cependant il est des minutes, de tristes minutes…

« Il s'interrompit et je vis comme une ombre passer sur son clair visage.

« – Oui, reprit-il, il y a eu dans ma vie un événement… Je me demande encore qui était celui dont j'ai peint l'image. Il semblait vraiment une incarnation du diable. Je le sais, le monde nie l'existence du démon. Je me tairai donc sur son compte. Je dirai seulement que je l'ai peint avec horreur ; mais je voulus coûte que coûte surmonter ma répulsion et, étouffant tout sentiment, me montrer fidèle à la nature. Ce ne fut point une œuvre d'art que ce portrait : tous ceux qui le regardent éprouvent un violent saisissement, la révolte gronde en eux ; un pareil désarroi n'est point un effet de l'art, car l'art respire la paix jusque dans l'agitation. On m'a dit que le tableau passe de main en main, causant partout de cruels ravages, livrant l'artiste aux sombres fureurs de l'envie, de la haine, lui inspirant la soif cruelle d'humilier, d'opprimer son prochain. Daigne le Très-Haut te préserver de ces passions, il n'en est point de plus cruelles ! Mieux vaut souffrir mille et mille persécutions qu'infliger à autrui l'ombre d'une amertume. Sauve la pureté de ton âme. Celui en qui réside le talent doit être plus pur que les autres : à ceux-ci il sera beaucoup pardonné, mais à lui rien. Qu'une voiture lance la moindre éclaboussure sur un homme paré de clairs habits de fête, aussitôt la foule l'entoure, le montre du doigt, commente sa négligence ; cependant cette même foule ne remarque même pas les taches nombreuses des autres passants vêtus d'habits ordinaires, car sur ces vêtements sombres les taches ne sont point visibles.

« Il me bénit, m'attira sur son cœur. Je n'avais jamais connu une si noble émotion. C'est avec une vénération plus que filiale que je me pressai contre sa poitrine, que je baisai ses cheveux argentés, librement épandus. Une larme brilla dans ses yeux.

« – Exauce, mon fils, une prière que je vais t'adresser, me dit-il au moment des adieux. Peut-être découvriras-tu quelque part le portrait dont je t'ai parlé. Tu le reconnaîtras aussitôt à ses yeux extraordinaires et à leur regard surnaturel. Détruis-le aussitôt.

« Jugez vous-mêmes si je pouvais ne point m'engager par serment à exaucer un tel vœu. Depuis quinze ans il ne m'est jamais advenu de rencontrer quelque chose qui ressemblât, si peu que ce fût, à la description de mon père. Et voici que soudain, à cette vente... »

Sans achever sa phrase, le peintre se tourna vers le fatal portrait; ses auditeurs l'imitèrent. Quelle ne fut pas leur surprise quand ils s'aperçurent qu'il avait disparu ! Un murmure étouffé passa à travers la foule, puis on entendit clairement ce mot : « Volé ! » Tandis que l'attention unanime était suspendue aux lèvres du narrateur, quelqu'un avait sans doute réussi à le dérober. Les assistants demeurèrent un bon moment stupides, hébétés, ne sachant trop s'ils avaient réellement vu ces yeux extraordinaires ou si leurs propres yeux, lassés par la contemplation de tant de vieux tableaux, avaient été le jouet d'une vaine illusion.

Arrêt sur lecture 2

Des artistes, des fous... et le diable

Tous les **personnages** qui peuplent ce récit, exceptés les personnages secondaires, sont des artistes. Vous vous souvenez sûrement du héros malheureux de *La Perspective Nevski*, le peintre Piskariov. Il semble que ce personnage soit décliné dans de nombreuses figures du récit que nous étudions maintenant.

Tchartkov et Piskariov
Le peintre Tchartkov est comparable, par bien des aspects, au jeune Piskariov. Comme lui, son apparence est misérable :

> Son vieux manteau, son costume plus que modeste décelaient le travailleur acharné pour qui l'élégance n'a point cet attrait fascinateur qu'elle exerce d'ordinaire sur les jeunes hommes (p. 88).

Comme lui, il vit dans une modeste chambre où s'entassent esquisses et matériel de peinture. La comparaison des deux descriptions de l'atelier de ces peintres est frappante, car elle montre combien les similitudes sont nombreuses entre ces deux artistes et la façon dont Gogol les décrit. Voici la description de l'atelier de Piskariov :

> Ils dessinent la perspective de leur atelier, où l'on voit tout un bric-à-brac d'artiste – des bras et jambes de plâtre qui ont pris, avec le temps et la poussière, la teinte du café, des chevalets brisés, une palette jetée de côté... (p. 31).

Et voici celle de l'atelier de Tchartkov :

> [...] il pénétra dans son atelier, vaste pièce carrée mais basse de plafond, aux vitres gelées, encombrée de tout un bric-à-brac artistique : fragments de bras en plâtre, toiles encadrées, esquisses abandonnées, draperies suspendues aux chaises (p. 93).

On voit que le terme « bric-à-brac » revient dans les deux passages, ainsi que l'allusion aux membres de plâtre. Par ces similitudes, Gogol invite à comparer les destins de ces deux personnages.

Le point de départ de ces étranges destins se trouve dans ces caractéristiques communes : misère profonde, dénuement, talent certain encore que peu accompli, désir de réussite sociale et de richesse. Leur fin est également similaire : la folie gagne les deux personnages, qui meurent tous deux de façon violente. Seulement, là où Piskariov termine sa vie aussi misérablement qu'il l'avait commencée, n'ayant pour toute fortune que des rêves de grandeur vite évanouis, Tchartkov, lui, connaît la réussite, la richesse et la respectabilité.

En fait, avec *Le Portrait*, un pas a été franchi : le pacte avec le diable. Ce qui était esquissé dans la *Perspective*, à savoir l'apparence trompeuse (la beauté d'une prostituée) que prend le Malin pour séduire ses victimes, trouve une illustration achevée dans la figure mystérieuse de l'homme représenté sur le tableau. Cet homme n'est autre qu'une incarnation du démon, figure récurrente des récits de Saint-Pétersbourg. Il fascine Gogol, lui qui fut toute sa vie profondément mystique.

La première victime

Parmi les autres personnages d'artistes , il y a d'abord le narrateur de l'histoire enchâssée, laquelle occupe une grande part de la deuxième partie du *Portrait*. Ce jeune homme, dont le nom nous est inconnu, nous est présenté comme le peintre B***. Ce peintre, jumeau par bien des aspects de Piskariov et de Tchartkov, est, à y réfléchir, l'image de ce qu'ils auraient pu devenir s'ils n'avaient pas rencontré le démon. Ayant échappé à cette rencontre funeste, il a pu dès lors mettre son art au service du beau et du vrai ; il n'a pas cédé aux sirènes de l'argent et du pouvoir : en un mot, il n'a pas vendu son âme au diable. Il a accompli ce qu'aucun des deux autres n'a pu faire, ce voyage en Italie qui, au dire de Gogol, est indispensable à l'accomplissement d'un véritable talent artistique :

> […] la médaille d'or obtenue à l'École des Beaux-Arts m'ouvrait l'agréable perspective d'un voyage en Italie, le plus beau rêve pour un peintre de vingt ans (p. 149).

Peintre accompli, le jeune B*** n'est pourtant pas à proprement parler le héros de cette histoire racontée dans la deuxième partie du *Portrait*. Il le souligne lui-même : « [s]on père est le véritable héros de [s]on récit ». Ce père, pas plus nommé que son fils, est comme le double de Tchartkov. En réalité, il est à l'origine de l'étrange aventure dont celui-ci est le héros, dans la mesure où c'est lui qui a peint le portrait du vieillard diabolique. Comme Tchartkov, il passe par une phase de violence et de folie :

> Il faillit battre ma mère, chassa tous les enfants, brisa ses pinceaux, son chevalet, s'empara du portrait de l'usurier, réclama un couteau et fit allumer du feu afin de le couper en morceaux et de le livrer aux flammes (p. 145).

Comme Tchartkov, il jalouse un de ses confrères plus doué que lui et veut l'évincer d'une compétition :

> Soudain l'envie s'insinua dans son cœur : les éloges qu'on décernait à ce jeune homme lui devinrent insupportables (p. 144).

Ce passage est à rapprocher de celui-ci, où l'on découvre la jalousie de Tchartkov :

> L'envie, une envie furieuse, s'était emparée de Tchartkov. Dès qu'il voyait une œuvre marquée au sceau du talent, le fiel lui montait

au visage, il grinçait des dents et la dévorait d'un œil de basilic (p. 127).

Cependant, la comparaison s'arrête là : le père du jeune B***, contrairement à Tchartkov, a connu le repentir : il a su se libérer du démon, faire pénitence, et en a été récompensé lorsqu'il a peint pour les moines une fresque religieuse, tout empreinte de sainteté et contrepoint parfait à son premier tableau où le diable avait pris corps. Ainsi le héros de la deuxième histoire (chronologiquement la première) a trouvé dans la religion l'antidote à la possession démoniaque. Là encore le mysticisme de Gogol a laissé des traces…

Le diable

La figure du diable a un rôle de premier plan dans ce récit. *La Perspective Nevski*, vous vous en souvenez, s'achevait sur l'évocation du démon :

> Elle ment à longueur de temps, cette Perspective Nevski, mais surtout […] quand le démon lui-même allume les lampes uniquement pour faire voir les choses autres qu'elles ne sont (p. 67).

Dans *Le Portrait*, le diable est omniprésent : il s'incarne dans plusieurs personnages, les possède, que ce soit Tchartkov ou le père du peintre B***. On peut rappeler à cet égard que *Tchert* en russe signifie diable (dans une première version du *Portrait*, Gogol avait, encore plus explicitement qu'ici, nommé son héros Tchertkov). Le diable se cache ainsi en différents endroits du texte, comme dans cette phrase où Tchartkov dévore son rival « d'un œil de basilic ». Cette expression est une autre allusion au démon : pour les Anciens, le basilic était un reptile qui avait le pouvoir de tuer par son seul regard. Cela nous ramène directement au vieillard du tableau, incarnation du diable, puisque son regard perçant fascine chaque fois ses admirateurs (« Il regarde, il regarde avec des yeux humains ! ») et mène à la folie, voire à la mort, ceux qui viennent à entrer en contact avec lui.

Par ailleurs, la figure du diable permet d'établir un lien direct entre les thèmes de l'art et de l'argent, ainsi qu'entre ceux de l'art et de l'éternité.

L'art est-il si désintéressé qu'on le dit, vraiment un symbole du Bien ? Ou bien est-il gâché par l'appât du gain ? L'usurier, immoral puisque vénal, entretient un rapport ambigu à l'art, tandis que Tchartkov est bien plus explicitement corrompu que lui. De même, il est étonnant que le diable ait ici besoin de la main de l'homme (rappelez-vous combien l'usurier est pressant à l'égard du père de B***), fût-elle celle, divinement habile, d'un artiste, pour que se transmette son pouvoir.

Les figurants

Il faut évoquer tout ce petit peuple de Saint-Pétersbourg, qui, comme dans les tableaux de Bruegel l'Ancien au XVIe siècle, anime en arrière-plan le récit et donne aux nouvelles pétersbourgeoises leur note pittoresque. Comme c'était déjà le cas dans *La Perspective Nevski*, le petit peuple est évoqué par Gogol en ouverture du récit, comme un élément de décor : des valets, des militaires en retraite, des domestiques et des vieilles femmes déambulent sur la Perspective ou constituent la troupe de badauds qui s'arrête devant la vitrine du marchand de tableaux. Badauds, oisifs et curieux sont présents tout au long du récit :

> La longue salle était pleine d'une foule bigarrée accourue en ce lieu comme un vol d'oiseaux de proie s'abat sur un cadavre abandonné (p. 130).

Ils constituent un spectacle à eux seuls et sont les premiers spectateurs des aventures étranges qui arrivent aux personnages.

Un diptyque déconcertant

Comment l'**intrigue** est-elle menée ? À l'instar de *La Perspective Nevski*, les récits s'enchaînent au sein de la nouvelle. Si l'on schématise, la nouvelle, divisée par Gogol lui-même en deux parties distinctes, se décompose en trois récits : d'abord l'histoire de Tchartkov, puis le récit de la vente de tableaux, enfin le récit du peintre B***.

Par cette structure, l'étrange aventure du peintre Tchartkov trouve son explication de manière rétrospective dans le récit de B***. Le lecteur est ainsi confronté à l'étrangeté, au fantastique*, bien avant d'être éclairé sur les fondements de cette aventure. Cette construction, où le deuxième récit explique le premier, apparente cette nouvelle à un récit d'enquête, voire à un récit policier. Par ce dévoilement rétrospectif, le lecteur est transporté dans un univers étrange et fascinant, et surtout Gogol peut maintenir intact l'intérêt de son lecteur jusqu'à la dernière page.

Par ailleurs, la nouvelle se construit autour de nombreux jeux d'échos : l'histoire de Tchartkov et celle du père du peintre B*** se répondent, ce qui accentue le mystère et renforce l'impression que la possession démoniaque est contagieuse.

L'art de la nouvelle

Gogol et Hoffmann
Il nous faut dire un mot ici des sources du *Portrait* pour approcher le **style** de l'auteur. L'inspiration hoffmannienne est plus présente dans ce récit que dans les autres textes du recueil. Hoffmann, écrivain allemand du XIXe siècle, maître de la littérature fantastique dans *Les Élixirs du diable* ou *Les Aventures de la nuit de la Saint-Sylvestre*, a exercé sur Gogol ainsi que sur Dostoïevski une influence durable et profonde. Le personnage de *La Perspective Nevski* qui porte le nom de Hoffmann ne fait maintenant plus mystère…

Si vous lisez *Le Conseiller Krespel*, vous verrez que l'acharnement de Tchartkov à détruire les tableaux peints par les artistes qu'il envie se retrouve dans la façon dont Krespel ouvre et dissèque des violons de luthiers renommés.

L'art de la chute
Gogol excelle à tenir son lecteur en haleine en tirant parti des ressources que lui offre la forme de la nouvelle. L'art du conteur s'allie ici à l'art de

l'écrivain : Gogol sait jouer avec les réactions de son lecteur et le faire adhérer à son récit. Pour cela, il multiplie les fausses fins qui sont autant de manières de préserver l'intérêt de son lecteur.

Ainsi, au moment où s'achève l'histoire de Tchartkov, le lecteur peut penser qu'il est parvenu à la fin du récit du *Portrait*. Comme vous le savez, il n'en est rien, car l'histoire rebondit dans la deuxième partie : à la fin du récit du peintre B*** concernant son père, on assiste à une nouvelle chute, presque un coup de théâtre, avec la disparition du tableau mystérieux. Là encore, il s'agit d'une fausse fin puisque l'histoire se prolonge pour ne s'achever qu'avec la morale finale qui, cette fois, est une chute véritable. Et quelle chute ! Employant un procédé similaire à celui dont il a usé dans *La Perspective Nevski*, Gogol ne fait rien de moins que prétendre que rien n'est arrivé…

> Les assistants demeurèrent un bon moment stupides, hébétés, ne sachant trop s'ils avaient réellement vu ces yeux extraordinaires ou si leurs propres yeux, lassés par la contemplation de tant de vieux tableaux, avaient été le jouet d'une vaine illusion (p. 152).

Par là, l'auteur s'affirme comme le maître des illusions, le démiurge régnant sur sa création, seul orchestrateur des fantasmagories qui se déroulent devant les yeux du lecteur, qui demeure lui aussi abasourdi devant tant de maîtrise.

Lecture méthodique

Le passage étudié va de « L'image du mystérieux usurier » (p. 142) à « l'inquiétante aventure obséda son esprit » (p. 144).

Introduction

Ce texte du *Portrait* donne à lire la préhistoire du récit, c'est-à-dire le moment où le père du peintre B*** peint le fameux portrait. À travers cet épisode, le lecteur découvre le caractère diabolique du vieil usurier et la malédiction qui risque de s'attacher à ceux qui sont en rapport avec lui. Le passage se développe en trois temps : le prologue dans lequel le décor est planté, le deuxième temps constitue le corps du récit consacré à la séance de peinture proprement dite, l'épilogue souligne l'effroi du peintre. Ici, Gogol invite le lecteur dans l'atelier du peintre, avant de l'inviter à entrer dans le fantastique.

Développement : les axes de lecture

<u>1 – L'art comme objet de narration</u>
Rappelons que l'art joue un rôle de premier plan dans cette nouvelle, centrée autour de figures d'artistes et parcourue d'œuvres d'art. De manière significative, d'ailleurs, le texte s'ouvre sur la description de la vitrine d'un marchand de tableaux qui plonge le lecteur dans cette atmosphère artistique. L'art est ce par quoi se manifeste l'opposition entre les apparences et la réalité, thème récurrent dans toute la nouvelle. De plus, il existe un lien très fort entre l'art et la religion, comme le souligne cette remarque du peintre :

> Quelle force diabolique ! [...] Si j'arrive à la rendre, ne fût-ce qu'à moitié, tous mes saints, tous mes anges, pâliront devant ce visage (p. 143).

Mais peindre le diable, comme le peintre s'en aperçoit plus tard, équivaut à un blasphème, le peintre se faisant le complice du diable. Et il est intéressant de noter qu'en antidote à ce tableau diabolique il peindra à la fin de sa vie une fresque religieuse qui le rachète de son blasphème.

On assiste ici à la création d'un portrait. Ce portrait a un trait bien particulier : il représente la personne vivante, il l'incarne, comme le souligne l'usurier :

> Mais je ne veux pas mourir entièrement, je veux vivre. Peux-tu peindre un portrait qui paraisse absolument vivant ? (p. 142).

Le portrait, à l'instar du livre pour son auteur, est un monument laissé à la postérité, comme le dit Horace à la fin de ses *Odes* : « *Exegi monumentum aere perennius* » (« J'ai achevé une œuvre plus durable que l'airain »).

Ce portrait est un trompe-l'œil : il restitue la réalité de façon illusionniste. L'un des buts de la peinture peut être de reproduire la nature à l'identique, de façon mimétique*. Le peintre devient alors un rival de Dieu, il reproduit l'acte de la Création à tel point que l'art finit par être animé, c'est-à-dire doué d'une âme.

Un tel phénomène demeure d'ailleurs un mystère : par quels secrets le peintre parvient-il à incarner ses modèles ? Gogol se penche sur la technique picturale du peintre, les mouvements de son pinceau sur la toile représentant des jeux de lumière sur la peau et les moindres mouvements de l'âme qui s'y reflètent. N'est-ce pas être démiurge, comme un écrivain peut l'être en donnant vie à des créatures ? Démiurge, c'est-à-dire autant Dieu que diable…

<u>2 – L'entrée dans le fantastique</u>
Elle se manifeste avant tout par l'effroi du peintre : à la vue de « l'effarant personnage », le peintre ne peut retenir « un frisson ». La frayeur qu'éprouve le peintre est celle que l'homme ressent face au diable :

> […] mais à peine commençait-il à pénétrer leur secret qu'une angoisse sans nom le contraignit à lâcher son pinceau (p. 143).

Le peintre éprouve l'effroi du surnaturel, et il semble que ce soit une force surnaturelle qui l'empêche pour son propre salut de finir le portrait. Surnaturelle elle aussi, la force, qui selon l'usurier rendra son portrait vivant :

> […] le peintre avait déjà saisi ses traits ; s'il les reproduisait exactement, sa vie allait être fixée à jamais sur la toile par une force surnaturelle (p. 144).

Ainsi, la peinture s'anime, par l'effet d'un maléfice. On a vu avec Tchartkov que la prédiction de l'usurier s'est réalisée.

Le fantastique* vient aussi de la confrontation du personnage avec le diable, figure traditionnelle de la littérature fantastique. Par le pacte qu'il a conclu avec le diable en acceptant de faire son portrait, le peintre s'expose à la malédiction.

Enfin, le fantastique se traduit ici par le sentiment d'une malédiction qui va rendre le peintre à moitié fou, comme elle l'a déjà fait pour Tchartkov :

> Cet effarant discours terrifia mon père ; abandonnant et pinceaux et palette, il se précipita comme un fou hors de la pièce, et toute la journée, toute la nuit, l'inquiétante aventure obséda son esprit (p. 144).

Conclusion
On a donc ici affaire à un texte mixte, qui mêle une approche réaliste de l'art du peintre et un traitement fantastique d'un épisode qui s'apparente à un pacte avec le diable.

Quand l'art restitue la vie

Le Portrait de Dorian Gray (1891), célèbre roman de l'écrivain anglais Oscar Wilde (1854-1900), présente bien des points communs avec *Le Portrait*. Le peintre Basil Hallward fait le portrait de son ami Dorian Gray, jeune homme dont la beauté est aussi saisissante que sa vie est dépravée. Le tableau est d'une ressemblance étonnante. Dorian Gray formule alors le vœu de ne jamais vieillir : que seule son image subisse les atteintes de l'âge et des vicissitudes de la vie. Son souhait est exaucé. Mais il n'a pas mesuré le degré de ressemblance de ce portrait : le visage peint dévoile l'âme de son possesseur, et la débauche devient transparente…

« – Je suis jaloux de toute chose dont la beauté ne meurt pas. Je suis jaloux de mon portrait !… Pourquoi gardera-t-il ce que moi je perdrai ?

Chaque moment qui passe me prend quelque chose, et embellit ceci. Oh ! si cela pouvait changer ! Si ce portrait pouvait vieillir ! Si je pouvais rester tel que je suis !… Pourquoi avez-vous peint cela ? Quelle ironie, un jour ! Quelle terrible ironie !

Des larmes brûlantes emplissaient ses yeux… Il se tordait les mains. Soudain il se précipita sur le divan et ensevelit sa face dans les coussins, à genoux comme s'il priait…

– Voilà votre œuvre, Harry, dit le peintre amèrement.

Lord Henry leva les épaules.

– Voilà le vrai Dorian Gray vous voulez dire !…

– Ce n'est pas…

– Si ce n'est pas, comment cela me regarde-t-il alors ?…

– Vous auriez dû vous en aller quand je vous le demandais, souffla-t-il.

– Je suis resté parce que vous me l'avez demandé, riposta Lord Henry.

– Harry, je ne veux pas me quereller maintenant avec mes deux meilleurs amis, mais par votre faute à tous les deux, vous me faites détester ce que j'ai jamais fait de mieux et je vais l'anéantir. Qu'est-ce après tout qu'une toile et des couleurs ? Je ne veux point que ceci puisse abîmer nos trois vies. **»**

Le Portrait de Dorian Gray, Éditions Albert Savine, 1895.

à vous...

1 – Compréhension – Où retrouve-t-on le portrait de l'usurier dans la deuxième partie du récit ?

2 – Compréhension – Où Tchartkov trouve-t-il l'argent providentiel ?

3 – Explication linéaire – Le passage qui va de « Psyché parut s'animer » à « indéniable originalité » (p. 116) est intéressant à suivre de façon linéaire. Vous vous attacherez à analyser la manière dont Gogol donne à voir le peintre en action, aux prises avec sa création.

4 – Commentaire composé – Dans l'extrait qui va de « Son cœur se glaça » (p. 99) à « se réveilla » (p. 100), vous pourrez vous appuyer sur la tonalité fantastique* de ce cauchemar pour organiser votre commentaire composé.

5 – Commentaire comparé – Comparez le passage du *Portrait* qui va de « Comme il disait ces mots » (p. 96) à « avec des yeux humains » (p. 97) avec celui du *Portrait de Dorian Gray* reproduit p. 163.

6 – BAC. Question sur un point précis – Quelle est selon vous la fonction de la représentation artistique dans ce texte ? Est-elle mimétique* ou fantastique* ?

7 – Imagination – Rédigez la lettre que le père de B*** aurait pu écrire à son fils pour le mettre en garde contre les dangers qui guettent l'artiste.

Le Journal d'un fou

Le 3 octobre.

Il m'est arrivé aujourd'hui une aventure étrange. Je me suis levé assez tard, et quand Mavra m'a apporté mes bottes cirées, je lui ai demandé l'heure. Quand elle m'a dit qu'il était dix heures bien sonnées, je me suis dépêché de m'habiller. J'avoue que je ne serais jamais allé au ministère, si j'avais su d'avance quelle mine revêche ferait notre chef de section. Voilà déjà un bout de temps qu'il me dit : « Comment se fait-il que tu aies toujours un pareil brouillamini dans la cervelle, frère ? Certains jours, tu te démènes comme un possédé, tu fais un tel gâchis que le diable lui-même n'y retrouverait pas son bien, tu écris un titre en petites lettres, tu n'indiques ni la date ni le numéro. » Le vilain oiseau ! Il est sûrement jaloux de moi, parce que je travaille dans le cabinet du directeur et que je taille les plumes de Son Excellence… Bref, je ne serais pas allé au ministère, si je n'avais pas eu l'espoir de voir le caissier et de soutirer à ce juif fût-ce la plus petite avance sur ma paie. Quel être encore que celui-ci ! Le Jugement Dernier sera là avant qu'il vous fasse jamais une avance sur votre mois, Seigneur ! Tu peux supplier, te mettre en quatre, même si tu es dans la misère, il ne te donnera rien, le vieux démon ! Et quand on pense que, chez lui, sa cuisinière lui donne des gifles ! Tout le monde sait cela.

Je ne vois pas l'intérêt qu'il y a à travailler dans un ministère. Cela ne rapporte absolument rien. À la régence de la province, à la chambre civile ou à la chambre des finances, c'est une autre paire de manches : on en voit là-bas qui sont blottis dans les coins à griffonner. Ils portent des vestons malpropres, ils ont une trogne [1] telle qu'on a envie de cracher, mais il faut voir les villas qu'ils habitent ! Pas question de leur offrir des tasses de porcelaine dorée : ils vous répondront : « Ça c'est un cadeau pour un docteur », mais une paire de trotteurs, une calèche, ou un manteau de castor dans les trois cents roubles, cela oui, on peut y aller ! À les voir, ils ont une mine paisible, et ils s'expriment d'une manière si raffinée : « Veuillez me permettre de tailler votre plume avec mon canif » ; et ensuite ils étrillent si bien le solliciteur qu'il ne lui reste plus que sa chemise. Il est vrai que chez nous, par contre, le service est distingué : partout une propreté telle qu'on n'en verra jamais de semblable à la régence de la province : des tables d'acajou, et tous les chefs se disent « vous ». Oui, j'en conviens, si ce n'était la distinction du service, il y a longtemps que j'aurais quitté le ministère.

J'avais mis ma vieille capote [2] et emporté mon parapluie car il pleuvait à verse. Personne dans les rues : je n'ai rencontré que des femmes qui se protégeaient avec le pan de leur robe, des marchands russes sous leur parapluie et des cochers. Comme noble, il y avait juste un fonctionnaire comme moi qui traînait. Je l'ai aperçu au carrefour. Dès que je l'ai vu, je me suis dit : « Hé ! hé ! mon cher, tu ne te rends pas au minis-

---

1. Trogne : visage (argot).
2. Capote : manteau à capuche.

tère, tu presses le pas derrière celle qui court là-bas et tu regardes ses jambes. » Quels fripons nous sommes, nous autres, fonctionnaires ! Ma parole, nous rendrions des points à n'importe quel officier ! Qu'une dame en chapeau montre seulement le bout de son nez, et nous passons infailliblement à l'attaque !

Tandis que je réfléchissais ainsi, j'ai aperçu une calèche qui s'arrêtait devant le magasin dont je longeais la devanture. Je l'ai reconnue sur-le-champ : c'était la calèche de notre directeur. « Mais il n'a que faire dans ce magasin, me suis-je dit, c'est sans doute sa fille. » Je me suis effacé contre la muraille. Le valet a ouvert la portière et elle s'est envolée de la voiture comme un oiseau. Elle a jeté un coup d'œil à droite, à gauche, j'ai distingué dans un éclair ses yeux, ses sourcils… Seigneur mon Dieu ! j'étais perdu, perdu ! Quelle idée de sortir par une pluie pareille ! Allez soutenir maintenant que les femmes n'ont pas la passion de tous ces chiffons. Elle ne m'a pas reconnu et d'ailleurs je m'efforçais de me dissimuler du mieux que je pouvais car ma capote était très sale et, qui plus est, d'une coupe démodée. Aujourd'hui, on porte des manteaux à grand col, tandis que j'en avais deux petits l'un sur l'autre ; et puis, c'est du drap mal décati.

Sa petite chienne, qui n'avait pas réussi à franchir le seuil du magasin, était restée dans la rue. Je connais cette petite chienne. Elle s'appelle Medji. Il ne s'était pas écoulé une minute que j'ai entendu soudain une voix fluette : « Bonjour, Medji ! » En voilà bien d'une autre ! Qui disait cela ? J'ai regardé autour de moi et j'ai vu deux dames qui passaient sous un parapluie : l'une vieille, l'autre toute jeune ; mais elles m'avaient déjà dépassé et, à côté de moi, la voix a retenti de nouveau : « Tu n'as pas honte, Medji ! » Quelle diablerie ! je vois Medji flairer le chien qui suivait les dames. « Hé ! hé !

me suis-je dit, mais est-ce que je ne serais pas saoul ! »
Pourtant cela m'arrive rarement. « Non, Fidèle, tu te trompes
(j'ai vu de mes yeux Medji prononcer ces mots), j'ai été,
ouah ! ouah ! j'ai été, ouah ! ouah ! ouah ! très malade. »
Voyez-moi un peu ce chien ! J'avoue que j'ai été stupéfait en
l'entendant parler comme les hommes. Mais plus tard, après
avoir bien réfléchi à tout cela, j'ai cessé de m'étonner.

En effet, on a déjà observé ici-bas un grand nombre
d'exemples analogues. Il paraît qu'en Angleterre on a vu
sortir de l'eau un poisson qui a dit deux mots dans une
langue si étrange que depuis trois ans déjà les savants se
penchent sur le problème sans avoir encore rien découvert.
J'ai lu aussi dans les journaux que deux vaches étaient
entrées dans une boutique pour acheter une livre de thé.
Mais je reconnais que j'ai été beaucoup plus surpris, quand
Medji a dit : « Je t'ai écrit, Fidèle ; sans doute Centaure ne
t'a-t-il pas apporté ma lettre ! » Je veux bien qu'on me supprime ma paie, si de ma vie j'ai entendu dire qu'un chien
pouvait écrire ! Un noble seul peut écrire correctement. Bien
sûr, il y a aussi des commis de magasin et même des serfs
qui sont capables de gribouiller de temps à autre en noir sur
blanc : mais leur écriture est le plus souvent machinale ; ni
virgules, ni points, ni style.

Je fus donc étonné. J'avoue que, depuis quelque temps, il
m'arrive parfois d'entendre et de voir des choses que personne n'a jamais vues ni entendues. « Allons, me suis-je dit,
je vais suivre cette chienne et je saurai qui elle est et ce
qu'elle pense. » J'ai ouvert mon parapluie et emboîté le pas
aux deux dames. Elles ont pris la rue aux Pois, tourné à la rue
des Bourgeois, puis à la rue des Menuisiers dans la direction
du pont Kokouchkine et se sont arrêtées devant une grande
maison.

« Je connais cette maison, ai-je pensé, c'est la maison Zverkov. » C'est une véritable caserne ! Il y vit toutes espèces de gens : des cuisiniers, des voyageurs ! Et les fonctionnaires de mon espèce y sont entassés les uns sur les autres comme des chiens ! J'y ai aussi un ami qui joue gentiment de la trompette. Les dames sont donc montées au quatrième étage. « C'est bon, me suis-je dit, pour aujourd'hui, j'en reste là, mais je retiens l'endroit et ne manquerai pas d'en profiter à l'occasion. »

4 octobre.

C'est aujourd'hui mercredi, aussi me suis-je rendu dans le cabinet de notre chef. J'ai fait exprès d'arriver en avance ; je me suis installé et je lui ai taillé toutes ses plumes.

Notre directeur est certainement un homme très intelligent. Tout son cabinet est garni de bibliothèques pleines de livres. J'ai lu les titres de certains d'entre eux : tout cela, c'est de l'instruction, mais une instruction qui n'est pas à la portée d'hommes de mon acabit : toujours de l'allemand ou du français. Et quand on le regarde : quelle gravité brille dans ses yeux ! Je ne l'ai jamais entendu prononcer une parole inutile. C'est tout juste si, quand on lui remet un papier, il vous demande :

« Quel temps fait-il ?
– Humide, Votre Excellence ! »

Ah ! il n'est pas de la même pâte que nous. C'est un homme d'État. Je remarque, toutefois, qu'il a pour moi une affection particulière. Si sa fille, elle aussi… Eh ! canaillerie… C'est bon, c'est bon… Je me tais !

J'ai lu *L'Abeille du Nord*. Quels imbéciles que ces Français ! Qu'est-ce qu'ils veulent donc ? Ma parole, je les ferais tous arrêter et passer aux verges ! J'ai lu aussi dans le journal le compte rendu d'un bal, décrit avec grâce par un propriétaire de Koursk. Les propriétaires de Koursk écrivent bien. Après cela, j'ai vu qu'il était midi et demi passé et que notre chef ne sortait toujours pas de sa chambre. Mais vers une heure et demie il s'est produit un incident qu'aucune plume ne peut dépeindre. La porte s'est ouverte : j'ai cru que c'était le directeur et me suis levé aussitôt, mes papiers à la main. Or c'était elle, elle-même ! Saints du paradis, comme elle était bien habillée ! Elle portait une robe blanche comme du duvet de cygne : une splendeur ! Et le coup d'œil qu'elle m'a jeté ! Un soleil, par Dieu, un vrai soleil !

Elle m'a adressé un petit salut, et m'a dit : « Papa n'est pas là ? » Aïe ! Aïe ! Aïe ! quelle voix ! un canari, aussi vrai que je suis là, un canari ! « Votre Excellence, ai-je voulu dire, ne me punissez pas, mais si c'est là votre bon plaisir, châtiez-moi de votre auguste petite main. » Oui, mais, le diable m'emporte, ma langue s'est embarrassée, et je lui ai répondu seulement : « N... non. »

Elle a posé son regard sur moi, puis sur les livres et a laissé tomber son mouchoir. Je me suis précipité, ai glissé sur ce maudit parquet et peu s'en est fallu que je me décolle le nez ; mais je me suis rattrapé et j'ai ramassé le mouchoir. Saints anges, quel mouchoir ! en batiste[3] la plus fine... de l'ambre, il n'y a pas d'autre mot ! Sans mentir, il sentait le généralat ! Elle m'a remercié d'un léger sourire qui a à peine entrouvert ses douces lèvres et elle a quitté la pièce.

Je suis resté là encore une heure. Soudain, un valet est venu me dire : « Rentrez chez vous, Auxence Ivanovitch, le maître est déjà parti ! » Je ne peux pas souffrir la société des valets :

---

3. Batiste : toile de lin très fine.

ils sont toujours à se vautrer dans les antichambres et ils ne daigneraient même pas vous faire un signe de tête. Et si ce n'était que cela ! Un jour, une de ces brutes s'est avisée de m'offrir du tabac, sans bouger de sa place ! Sais-tu bien, esclave stupide, que je suis un fonctionnaire de noble origine ? Quoi qu'il en soit, j'ai pris mon chapeau, j'ai endossé moi-même ma capote, car ces messieurs ne vous la tendent jamais, et je suis sorti.

Chez moi, je suis resté couché sur mon lit, presque toute la journée. Puis j'ai recopié de très jolis vers :

> Une heure passée loin de ma mie
> Me dure autant qu'une année.
> Si je dois haïr ma vie,
> La mort m'est plus douce, ai-je clamé.

C'est sans doute Pouchkine qui a écrit cela.

Sur le soir, enveloppé dans ma capote, je suis allé jusqu'au perron de Son Excellence et j'ai fait le guet un long moment : si elle sortait pour monter en voiture, je pourrais la regarder encore une petite fois… mais non, elle ne s'est pas montrée.

6 novembre.

Notre chef de section est déchaîné. Quand je suis arrivé au ministère, il m'a fait appeler et a commencé ainsi :

« Dis-moi, je te prie, ce que tu fais.

– Comment cela ? Je ne fais rien, ai-je répondu.

– Allons, réfléchis bien. Tu as passé la quarantaine, n'est-ce pas ? Il serait temps de rassembler tes esprits. Qu'est-ce que tu t'imagines ? Crois-tu que je ne suis pas au courant de toutes tes gamineries ? Voilà que tu tournes autour de la fille du directeur maintenant ? Mais regarde-toi, songe une minute à ce que tu es ! Un zéro, rien de plus. Et tu n'as pas un sou vaillant. Regarde-toi un peu dans la glace, tu ne manques pas de prétention ! »

Sapristi ! Sa figure, à lui, tient de la fiole d'apothicaire ; il a sur le sommet du crâne une touffe de cheveux bouclée en toupet, il la fait tenir en l'air, l'enduit d'une espèce de pommade à la rose, et il se figure qu'il n'y a qu'à lui que tout est permis ! Je comprends fort bien pourquoi il m'en veut. Il est jaloux ; il a peut-être surpris les marques de bienveillance toutes particulières qu'on m'a octroyées. Mais je crache sur lui ! La belle affaire qu'un conseiller aulique ! Il accroche une chaîne d'or à sa montre, il se commande des bottes à trente roubles… et après ?… que le diable le patafiole ! Et moi, est-ce que mon père était roturier, tailleur, ou sous-officier ? Je suis noble. Je peux monter en grade, moi aussi. Pourquoi pas ? Je n'ai que quarante-deux ans : à notre époque, c'est l'âge où l'on commence à peine sa carrière. Attends, mon ami ! Nous aussi, nous deviendrons colonel, et même peut-être quelque chose de mieux, si Dieu le permet. Nous nous ferons une réputation encore plus flatteuse que la tienne. Alors, tu t'es fourré dans la tête qu'il n'existait pas un seul homme convenable en dehors de toi ? Qu'on me donne seulement un habit de chez Routch, que je mette une cravate comme la tienne, et tu ne m'arriveras pas à la cheville. Je n'ai pas d'argent, c'est là le malheur.

8 novembre.

Je suis allé au théâtre. On jouait *Filatka*, le nigaud russe. J'ai beaucoup ri. Il y avait aussi un vaudeville avec des vers amusants sur les avoués, et en particulier sur un enregistreur de collège ; ces vers étaient vraiment très libres et j'ai été étonné que la censure les ait laissés passer; quant aux marchands, on dit franchement qu'ils trompent les gens et que leurs fils s'adonnent à la débauche et se faufilent parmi les nobles. Il y a aussi un couplet fort comique sur les journalistes; on y dit qu'ils aiment déblatérer sur tout, et l'auteur demande la protection du public. Les écrivains sortent aujourd'hui des pièces bien divertissantes.

J'aime aller au théâtre. Dès que j'ai un sou en poche, je ne peux pas me retenir d'y aller. Eh bien, parmi mes pareils, les fonctionnaires, il y a de véritables cochons qui ne mettraient pas le pied au théâtre pour un empire : les rustres ! C'est à peine s'ils se dérangeraient si on leur donnait un billet gratis ! Il y avait une actrice qui chantait à ravir. J'ai pensé à l'autre… Eh ! canaillerie !… C'est bon, c'est bon… je me tais.

9 novembre.

À huit heures, je suis allé au ministère. Notre chef de section a fait mine de ne pas remarquer mon arrivée. De mon côté, j'ai fait comme s'il n'y avait rien eu entre nous. J'ai revu et vérifié les paperasses. Je suis sorti à quatre heures. J'ai passé devant l'appartement du directeur, mais il n'y avait personne en vue. Après le dîner, je suis resté étendu sur mon lit presque tout l'après-midi.

11 novembre.

Aujourd'hui, je me suis installé dans le cabinet du directeur et j'ai taillé pour lui vingt-trois plumes, et, pour elle…, ah !… pour «Son» Excellence, quatre plumes. Il aime beaucoup avoir un grand nombre de plumes à sa disposition. Oh ! c'est un cerveau, pour sûr ! Il n'ouvre pas la bouche, mais je suppose qu'il soupèse tout dans sa tête. Je voudrais savoir à quoi il pense le plus souvent, ce qui se trame dans cette cervelle. J'aimerais observer de plus près la vie de ces messieurs. Toutes ces équivoques, ces manèges de courtisans, comment ils se conduisent, ce qu'ils font dans leur monde... Voilà ce que je désirerais apprendre !

J'ai essayé plusieurs fois d'engager la conversation avec Son Excellence, mais, sacrebleu, ma langue m'a refusé tout service : j'ai juste dit qu'il faisait froid ou chaud dehors, et je n'ai positivement rien pu sortir d'autre ! J'aimerais jeter un coup d'œil dans son salon, dont la porte est quelquefois ouverte, et dans la pièce qui est derrière. Ah ! quel riche mobilier ! quels beaux miroirs ! quelle fine porcelaine ! J'aimerais entrer une seconde là-bas, dans le coin où demeure « Son » Excellence, voilà où je désirerais pénétrer : dans son boudoir. Comment sont disposés tous ces vases et tous ces flacons, ces fleurs qu'on a peur de flétrir avec son haleine, ses vêtements en désordre, plus semblables à de l'air qu'à des vêtements ? Je voudrais jeter un coup d'œil dans sa chambre à coucher... Là, j'imagine des prodiges, un paradis tel qu'il ne s'en trouve même pas de pareil dans les cieux. Regarder l'escabeau où elle pose son petit pied au saut du lit, la voir gainer ce petit pied d'un bas léger blanc comme neige... Aïe ! aïe ! aïe !... c'est bon, c'est bon... je me tais.

Aujourd'hui, par ailleurs, j'ai eu comme une illumination : je me suis rappelé cette conversation que j'ai surprise entre deux chiens sur la Perspective Nevski. « C'est bon, me suis-je dit, maintenant, je saurai tout. Il faut intercepter la correspondance qu'entretiennent ces sales cabots. Alors, j'apprendrai sûrement quelque chose. » J'avoue qu'une fois même, j'ai appelé Medji et lui ai dit :

« Écoute, Medji, nous sommes seuls, tu le vois ; si tu veux, je peux aussi fermer la porte, ainsi personne ne nous verra. Dis-moi tout ce que tu sais de ta maîtresse. Que fait-elle ? Qui est-elle ? Je te jure de ne rien dire à personne. »

Mais ce rusé animal a serré sa queue entre ses jambes, s'est ramassé de plus belle et a gagné la porte comme s'il n'avait rien entendu.

Il y a longtemps que je soupçonne que le chien est beaucoup plus intelligent que l'homme. Je suis même persuadé qu'il peut parler mais qu'il y a en lui une espèce d'obstination. C'est un remarquable politique : il observe tout, les moindres pas de l'homme. Oui, coûte que coûte, j'irai dès demain à la maison Zverkov ; j'interrogerai Fidèle et, si j'en trouve le moyen, je saisirai toutes les lettres que lui a écrites Medji.

12 novembre.

À deux heures de l'après-midi, je suis sorti de chez moi, dans l'intention bien arrêtée de trouver Fidèle et de l'interroger. Je ne peux pas supporter cette odeur de chou qui se dégage de toutes les petites boutiques de la rue des Bourgeois ; de plus, il vous parvenait de chaque porte cochère une telle puanteur que je me suis sauvé à toutes jambes en me bouchant le nez. Et puis, ces coquins d'artisans laissent échapper de leurs ateliers une si grande quantité de suie et de fumée qu'il est décidément impossible de se promener par ici.

Arrivé au cinquième étage, j'ai sonné. Une jeune fille m'a ouvert la porte : pas mal faite, avec des petites taches de rousseur. Je l'ai reconnue : c'était celle-là même qui marchait à côté de la vieille. Elle a rougi légèrement, et j'ai tout de suite vu de quoi il retournait : Toi, ma belle, tu as envie d'un fiancé. »

« Vous désirez ? m'a-t-elle dit.
– J'ai besoin de parler à votre chienne. »

Que cette fille était sotte ! J'ai compris immédiatement qu'elle était sotte ! À ce moment, la chienne a accouru en aboyant ; j'ai voulu l'attraper, mais cet ignoble animal a manqué refermer ses mâchoires sur mon nez ! J'ai malgré tout aperçu sa corbeille dans un coin. Hé ! voilà ce qu'il me faut ! Je m'en suis approché. J'ai retourné la paille du panier et, à mon extrême satisfaction, en ai retiré une mince liasse de petits papiers. Cette sale chienne, en voyant cela, m'a tout d'abord mordu au mollet, puis, quand elle a senti que j'avais pris les lettres, elle s'est mise à glapir et à me faire des caresses : « Non, ma chère, adieu ! » et je suis parti bien vite.

Je crois que la jeune fille m'a pris pour un fou car elle a semblé extrêmement effrayée. Rentré chez moi, j'ai voulu sur l'heure me mettre au travail et déchiffrer ces lettres, car je n'y vois pas très bien à la lumière de la bougie. Mais Mavra s'était avisée de laver le plancher. Ces idiotes de Finnoises ont toujours des idées de propreté au mauvais moment ! Alors, je suis parti faire un tour et méditer sur l'événement. Ce coup-ci, enfin, je vais savoir toutes ses actions et ses pensées, tous ses mobiles, je vais enfin démêler tout cela. Ce sont ces lettres qui vont m'en donner la clef. Les chiens sont des gens intelligents, au fait de toutes les relations politiques, et sans doute vais-je trouver tout là-dedans : le portrait et les moindres actions de cet homme. Et il y sera bien fait aussi une petite allusion à celle qui… c'est bon, je me tais ! Je suis rentré chez moi à la fin de l'après-midi. Je suis resté couché sur mon lit une bonne partie de la soirée.

13 novembre.

Eh bien, voyons : cette lettre est calligraphiée assez lisiblement. Pourtant, il y a un je ne sais quoi de canin dans ces caractères. Lisons :

« Chère Fidèle,
Je ne peux décidément pas m'habituer à ce nom bourgeois. Comme s'ils ne pouvaient pas t'en donner un plus élégant ! Fidèle, Rose, comme c'est vulgaire ! Mais laissons cela. Je suis très contente que nous ayons décidé de nous écrire. »

Cette lettre est écrite très correctement. La ponctuation et les accents sont toujours à leur place. À parler franchement, notre chef de section lui-même n'écrit pas aussi bien, quoiqu'il nous rebatte les oreilles de l'université où il a fait ses études. Voyons la suite :

« Il me semble que partager ses pensées, ses sentiments et ses impressions avec autrui est un des plus grands bonheurs sur cette terre. »

Hum ! Cette réflexion est puisée dans un ouvrage traduit de l'allemand. J'en ai oublié le titre.

« Je dis cela par expérience, quoique je n'aie pas couru le monde au-delà de la porte cochère de notre maison. Ma vie ne s'écoule-t-elle pas dans le bien-être ? Ma maîtresse, que papa appelle Sophie, m'aime à la folie. »

Aïe ! aïe !… C'est bon, c'est bon, je me tais.

« Papa lui aussi me caresse très souvent. Je bois du thé et du café avec de la crème. Ah ! ma chère, je dois te dire que je ne trouve aucun agrément à ces énormes os rongés que dévore à la cuisine notre Centaure. Il n'y a que les os de gibier qui sont savoureux, surtout quand personne n'en a encore sucé la moelle. J'aime beaucoup qu'on mélange plusieurs sauces, mais sans câpres et sans herbes potagères ; je ne sais rien de pire que l'habitude de donner aux chiens des boulettes de pain. Un quelconque monsieur assis à table et dont les mains ont tripoté toutes sortes de saletés se met à pétrir de la mie de pain avec ces mêmes mains, vous appelle et vous fourre sa boulette dans la gueule ! Et c'est impoli de refuser, alors on la mange : avec dégoût, mais on la mange tout de même… »

Le diable sait ce que cela veut dire ! Quelle absurdité ! Comme s'il n'y avait pas de sujets plus intéressants à traiter ! Voyons la page suivante. Peut-être y trouverons-nous quelque chose de plus sensé.

« … Je me ferai un plaisir de te tenir au courant de tous les événements qui se produisent chez nous. Je t'ai déjà donné quelques détails sur le personnage principal que Sophie appelle Papa. C'est un homme très étrange. »

Ah ! enfin ! Oui, je sais : ils ont des vues politiques sur tous les sujets. Voyons ce qui concerne Papa :

« … un homme très étrange. Il se tait le plus souvent. Il ouvre rarement la bouche, mais, il y a huit jours, il n'arrêtait pas de répéter tout seul : "Est-ce qu'on me le donnera, oui ou non ?" Il prenait une feuille de papier à la main, en pliait une autre, vide, et disait : "Est-ce qu'on me le donnera, oui ou non ?" Un jour même, il s'est tourné vers moi et m'a demandé : "Qu'en penses-tu, Medji ? Est-ce qu'on me le donnera, oui ou non ?" Je n'y ai compris goutte ; j'ai reniflé ses bottes et me suis éloignée. Puis, ma chère, une semaine plus tard, Papa est rentré tout joyeux. Toute la matinée, des messieurs en uniforme sont venus le féliciter. À table, il était plus gai que jamais et ne tarissait pas d'anecdotes. Après le dîner, il m'a soulevée jusqu'à son cou et m'a dit : "Regarde, Medji ? Qu'est-ce que c'est que cela ?" J'ai vu un ruban. Je l'ai reniflé mais ne lui ai trouvé aucun arôme ; enfin, je lui ai donné un coup de langue, sans me faire voir… c'était un peu salé. »

Hum ! Il me semble que cette chienne est par trop… Elle mérite le fouet ! Ainsi, notre homme est un ambitieux ! Il faut en prendre bonne note.

«… Adieu, ma chère ! Je me sauve, etc., etc. Je terminerai ma lettre demain. »
« Bonjour ! nous voici de nouveau réunies. Aujourd'hui, ma maîtresse Sophie… »

Ah ! Voyons ce que fait Sophie ! Eh, canaillerie !… C'est bon… c'est bon… poursuivons.

«… ma maîtresse Sophie était dans tous ses états. Elle se préparait à partir au bal et je me suis réjouie de pouvoir t'écrire en son absence. Ma Sophie est toujours ravie d'aller au bal, quoiqu'elle se mette toujours très en colère en faisant sa toilette. Je ne comprends nullement, ma chère, le plaisir d'aller au bal. Sophie revient vers six heures du matin et, presque chaque fois, je devine, à son pauvre visage pâle, qu'on ne lui a rien donné à manger là-bas, la malheureuse enfant ! Je ne pourrais jamais vivre ainsi, je l'avoue. Si on ne me donnait pas de ces gelinottes en sauce, ou une aile de poulet… je ne sais ce que je deviendrais. La bouillie à la sauce est bonne aussi. Mais les carottes, les navets, ou les artichauts… ce n'est jamais bon… »

Style extrêmement inégal. On voit tout de suite que ce n'est pas un homme qui a écrit cela. Cela commence comme il faut, puis cela finit à la manière chien. Regardons encore un de ces billets. C'est un peu longuet. Hum ! la date n'est même pas indiquée !

« Ah ! ma chère comme l'approche du printemps se fait sentir ! Mon cœur bat à tout propos, comme s'il attendait quelque chose. Mes oreilles bourdonnent sans cesse. Parfois, je reste plusieurs minutes de suite, une patte en l'air, à écouter aux portes. Je ne te cacherai pas que j'ai beaucoup de galants. Souvent je les observe, assise derrière la fenêtre. Ah ! si tu savais quels monstres on voit parmi eux ! Il y a un mâtin taillé à la hache, effroyablement bête, sa bêtise est écrite sur son visage ; il se promène dans la rue avec des airs supérieurs et il s'imagine qu'il est un personnage considérable, il croit qu'on n'a d'yeux que pour lui, ma parole ! Il n'en est rien ! Je ne fais pas plus attention à lui que si je ne le voyais pas. Et cet horrible dogue qui stationne devant ma fenêtre ! S'il se dressait sur ses pattes de derrière (ce qu'il est certainement incapable de faire, le rustre !), il dépasserait de toute la tête le Papa de ma Sophie, qui est déjà d'une taille et d'une corpulence respectables. Ce malotru est visiblement d'une impudence sans pareille. J'ai grogné une ou deux fois après lui, mais c'est le cadet de ses soucis ! Il ne sourcille même pas ! Il fixe ma croisée, les oreilles basses, la langue pendante… un vrai paysan ! Mais tu penses bien, ma chère, que mon cœur ne reste pas indifférent à toutes les sollicitations… loin de là !… Si tu voyais ce cavalier qui escalade la clôture de la maison voisine, et qui a nom Trésor ! Ah ! ma chère, la jolie frimousse que la sienne ! »

Pouah ! Au diable !… Quelle abomination ! Et comment peut-on remplir une lettre de semblables inepties ! Qu'on m'amène un homme ! Je veux voir un homme ; je réclame une nourriture dont mon âme se repaisse et se délecte ; tandis que ces niaiseries… Tournons la page, ce sera peut-être mieux :

«… Sophie cousait, assise près d'un guéridon. Je regardais par la fenêtre, car j'aime surveiller les passants. Tout à coup, un valet est entré et a annoncé : "Tieplov ! – Introduis-le !" s'est écriée Sophie et elle s'est jetée vers moi pour m'embrasser. "Ah ! Medji, Medji, si tu savais qui c'est : il est brun, gentilhomme de la chambre, et il a des yeux noirs et étincelants comme la braise !" Et Sophie s'est sauvée dans ses appartements. Une minute plus tard, est entré un jeune gentilhomme de la chambre avec des favoris noirs ; il s'est approché de la glace, a rectifié sa coiffure et a fait le tour de la pièce. J'ai poussé un petit grognement et me suis tapie dans mon coin. Sophie est arrivée peu après et a répondu joyeusement à sa révérence ; moi, je continuais tranquillement à regarder par la fenêtre comme si de rien n'était ; mais j'ai penché légèrement la tête et me suis efforcée de comprendre de quoi ils s'entretenaient. Ah ! ma chère, quelles sottises ils disaient ! Ils racontaient qu'une dame, au milieu d'une danse, avait exécuté telle figure au lieu de telle autre ; ou qu'un certain Bobov, qui ressemblait à s'y méprendre à une cigogne avec son jabot, avait failli tomber. Qu'une dame Lidina s'imaginait avoir les yeux bleus, alors qu'elle les avait verts... et tout à l'avenant. Il ferait beau voir comparer ce gentilhomme à Trésor! me suis-je dit en moi-même. Ciel! quelle différence! Premièrement, ce monsieur a un visage large et absolument plat avec des favoris autour, comme s'il l'avait enveloppé d'un fichu noir, tandis que Trésor a des traits fins et une tache blanche juste sur le front. Quant à la taille de Trésor, il n'est même pas besoin de la comparer à celle du gentilhomme de la chambre. Et les yeux, les manières, l'allure sont tout à fait autres. Oh! quelle différence! Je ne sais pas, ma chère, ce qu'elle trouve à son Tieplov. Pourquoi en est-elle tellement entichée?...»

Il me semble aussi qu'il y a là quelque chose qui cloche. Il est impossible que Tieplov ait pu la charmer à ce point. Voyons plus loin :

«Si ce jeune homme trouve grâce à ses yeux, je ne vois pas pourquoi il n'en irait pas bientôt de même de ce fonctionnaire qui travaille dans le cabinet de Papa. Ah! ma chère, si tu voyais cet avorton!...»

Qui cela peut-il être?...

«Il a un nom de famille très bizarre. Il reste assis toute la journée à tailler des plumes. Ses cheveux ressemblent à du foin. Papa l'emploie toujours pour faire les commissions...»

On dirait que c'est à moi que ce vilain chien fait allusion. Où prend-il que mes cheveux ressemblent à du foin?

« Sophie ne peut se retenir de rire quand elle le regarde. »

Tu mens, maudit cabot ! L'abominable langage ! Comme si je ne savais pas que c'est là l'ouvrage de la jalousie ! Comme si je ne savais pas de qui c'est le fait. Ce sont les menées de mon chef de section. Cet homme m'a juré une haine implacable et il s'acharne à me faire tort à chaque pas. Lisons encore une de ces lettres. Peut-être tout cela va-t-il s'éclairer de soi-même.

« Ma chère Fidèle,
Tu m'excuseras d'être restée si longtemps sans t'écrire. J'ai vécu dans une parfaite ivresse. C'est avec raison qu'un écrivain a dit que l'amour était une seconde vie. Et puis, il y a maintenant de grands changements chez nous. Le gentilhomme de la chambre vient nous voir tous les jours. Sophie l'aime à la folie. Papa est très gai. J'ai même entendu dire à notre Grégoire, qui parle presque toujours tout seul en balayant les parquets, que le mariage aurait lieu bientôt, car Papa veut absolument voir Sophie mariée soit à un général, soit à un gentilhomme de la chambre, soit à un colonel… »

Malédiction ! Je ne peux pas en lire davantage… C'est toujours un gentilhomme de la chambre ou un général. Tout ce qu'il y a de meilleur au monde échoit toujours aux gentilshommes de la chambre ou aux généraux. On se procure une modeste aisance, on croit l'atteindre, et un gentilhomme de la chambre ou un général vous l'arrache sous le nez. Nom d'un chien ! Ce n'était pas pour obtenir sa main et autres choses de ce genre que je voulais devenir général. Non, si je voulais être général c'était pour les voir s'empresser autour de moi, se livrer à tous ces manèges et équivoques de courtisans, et leur dire ensuite : « Vous deux, je vous crache dessus ! » Sapristi ! comme c'est vexant ! J'ai déchiré en petits morceaux les lettres de cette chienne stupide !

3 décembre.

C'est impossible, cela ne tient pas debout. Ce mariage ne se fera pas ! Il est gentilhomme de la chambre, et après ? Ce n'est qu'une distinction : ce n'est pas une chose visible qu'on puisse prendre dans ses mains. Ce n'est pas parce qu'il est gentilhomme de la chambre qu'il lui viendra un troisième œil au milieu du front. Son nez n'est pas en or, que je sache, mais tout pareil au mien, au nez de n'importe qui ; il lui sert à priser[4], et non à manger, à éternuer, et non à tousser. J'ai déjà plusieurs fois essayé de démêler l'origine de toutes ces différences. Pourquoi suis-je conseiller titulaire, et à quel propos ? Peut-être que je suis comte ou général et que j'ai seulement l'air comme ça d'être un conseiller titulaire ? Peut-être que j'ignore moi-même qui je suis. Il y en a de nombreux exemples dans l'histoire : un homme ordinaire, sans parler d'un noble, un simple bourgeois ou un paysan, découvre subitement qu'il est un grand seigneur, ou un baron ou quelque chose d'approchant. Si un si illustre personnage peut sortir d'un moujik, que sera-ce s'il s'agit d'un noble ! Si, par exemple, je descendais dans la rue en uniforme de général : une épaulette sur l'épaule droite, une autre sur l'épaule gauche et un ruban bleu ciel en écharpe ? Sur quel ton chanterait alors ma dame ? Et que dirait Papa, notre directeur ? Oh ! c'est un grand ambitieux ! Un franc-maçon, sans aucun doute ; bien qu'il fasse semblant d'être ceci et cela, j'ai tout

---

4. Priser : inhaler du tabac.

de suite deviné qu'il était franc-maçon : quand il tend la main à quelqu'un, il n'avance que deux doigts. Est-ce que je ne peux pas, à l'instant même…, être promu général-gouverneur ou intendant, ou quelque chose de ce genre ? Je voudrais savoir pourquoi je suis conseiller titulaire ? Pourquoi précisément conseiller titulaire ?

5 décembre.

Aujourd'hui, j'ai lu les journaux toute la matinée. Il se passe de drôles de choses en Espagne. Je ne comprends même pas très bien. On dit que le trône est vacant, que les dignitaires sont embarrassés pour choisir un héritier, et que cela provoque des émeutes. Cela me paraît tout à fait étrange. Comment le trône peut-il être vacant ? On dit qu'une certaine doña doit monter sur le trône. Une doña ne peut pas monter sur le trône. En aucune façon. Sur le trône, il faut un roi. Mais ils disent qu'il n'y a pas de roi ; il est impossible qu'il n'y ait pas de roi. Un État ne peut exister sans roi. Il y en a un, mais on ignore où il se trouve. Il est même peut-être là-bas, mais des raisons de famille ou des craintes du côté des puissances voisines, à savoir la France et les autres pays, l'obligent à se cacher ; ou peut-être y a-t-il là d'autres motifs.

8 décembre.

J'étais tout à fait décidé à me rendre au ministère, mais différentes raisons et réflexions m'en ont empêché. Les affaires d'Espagne ne peuvent toujours pas me sortir de l'esprit. Comment se peut-il qu'une doña devienne reine ? On ne le permettra pas. Et d'abord, l'Angleterre s'y opposera. Et puis, il y a la situation politique de toute l'Europe : l'empereur d'Autriche, notre empereur... J'avoue que ces événements m'ont tellement abattu, ébranlé que je n'ai absolument rien pu faire de toute la journée. Mavra m'a fait remarquer que j'étais très distrait à table. En effet, j'ai, par distraction sans doute, jeté deux assiettes sur le plancher : elles ont aussitôt volé en éclats. Après le dîner, je suis allé me promener aux montagnes russes. Je n'ai rien pu en tirer d'instructif. Je suis demeuré sur mon lit le reste du temps, à réfléchir aux affaires d'Espagne.

An 2000. 43e jour d'avril.

Aujourd'hui est un jour de grande solennité ! L'Espagne a un roi. On l'a trouvé. Ce roi, c'est moi. Ce n'est qu'aujourd'hui que je l'ai appris. J'avoue que j'ai été brusquement comme inondé de lumière. Je ne comprends pas comment j'ai pu penser, m'imaginer que j'étais conseiller titulaire. Comment cette pensée extravagante a-t-elle pu pénétrer dans mon cerveau ? Il est encore heureux que personne n'ait songé alors à me faire enfermer dans une maison de santé. Maintenant, tout m'est révélé. Maintenant, tout est clair... Avant, je ne comprenais pas, avant, tout était devant moi dans une espèce de brouillard.

Tout ceci vient, je crois, de ce que les gens se figurent que le cerveau de l'homme est logé dans son crâne ; pas du tout : il est apporté par un vent qui souffle de la mer Caspienne. J'ai tout de suite révélé à Mavra qui j'étais. Quand elle a appris qu'elle avait devant elle le roi d'Espagne, elle s'est frappé les mains l'une contre l'autre et a failli mourir de frayeur. Cette sotte n'avait encore jamais vu de roi d'Espagne ! Je me suis malgré tout efforcé de la tranquilliser et de l'assurer, en termes gracieux, de ma bienveillance ; je lui ai dit que je ne lui gardais pas la moindre rancune d'avoir quelquefois mal ciré mes bottes. Ces gens sont ignorants. On ne peut pas les entretenir de sujets élevés. Elle a pris peur parce qu'elle était convaincue que tous les rois d'Espagne ressemblent à Philippe II ! Mais je lui ai expliqué qu'il n'y avait rien de commun entre Philippe et moi.

Je ne suis pas allé au ministère. Le diable les emporte ! Non, mes amis, maintenant vous ne m'y prendrez plus ; je ne vais pas continuer à recopier vos sales paperasses !

86ᵉ jour de Martobre. Entre le jour et la nuit.

Aujourd'hui, l'huissier est venu me dire de me rendre au ministère, car il y avait plus de trois semaines que je n'assurais plus mon service.

Je suis allé au ministère pour rire. Notre chef de section pensait que j'allais lui faire des révérences et lui adresser des excuses, mais je l'ai regardé d'un air indifférent, ni trop courroucé ni trop bienveillant, et je me suis assis à ma place, comme si je ne remarquais rien... J'ai regardé toute cette vermine administrative et me suis dit : « Si vous saviez qui est assis parmi vous, que se passerait-il ? » Seigneur Dieu ! quel tohu-bohu cela soulèverait ! Le chef de section lui-même me ferait un salut jusqu'à la ceinture, comme il fait maintenant pour le directeur. On a placé des papiers devant moi, afin que j'en fasse un résumé. Mais je ne les ai même pas effleurés du bout des doigts.

Quelques minutes plus tard, tout le monde s'est mis à s'agiter. On avait dit que le directeur allait venir. Beaucoup de fonctionnaires ont couru, à qui se présenterait le plus vite devant lui. Mais je n'ai pas bougé. Quand il a traversé notre bureau, tous ont boutonné leurs habits ; moi, j'ai fait comme si de rien n'était ! Qu'est-ce que c'est qu'un directeur ? Que je me lève devant lui ? Jamais ! Quel directeur est-ce là ? C'est un bouchon, pas un directeur. Un bouchon ordinaire, un simple bouchon, rien de plus. Comme ceux qui servent à boucher les bouteilles.

Ce qui m'a amusé plus que tout, c'est quand ils m'ont glissé des papiers, pour que je les signe. Ils s'imaginaient que j'allais écrire tout en bas de la feuille : chef de bureau un tel. Allons donc ! J'ai gribouillé, bien en vue, là où signe le directeur du département : « Ferdinand VIII. » Il fallait voir le silence respectueux qui a régné alors ! Mais j'ai fait seulement un petit geste de la main, en disant : « Je ne veux aucun témoignage de soumission ! » et je suis sorti.

Du bureau, je me suis rendu tout droit à l'appartement du directeur. Il n'était pas chez lui. Le valet a voulu m'empêcher d'entrer, mais je lui ai dit deux mots : les bras lui en sont tombés. J'ai gagné directement le cabinet de toilette. Elle était assise devant son miroir : elle s'est levée brusquement et a fait un pas en arrière. Mais je ne lui ai pas dit que j'étais le roi d'Espagne. Je lui ai dit seulement qu'elle ne pouvait même pas s'imaginer le bonheur qui l'attendait, et que nous serions réunis, malgré les machinations de nos ennemis. Je n'ai rien voulu ajouter de plus et j'ai quitté la pièce.

Oh ! quelle créature rusée que la femme ! C'est seulement maintenant que j'ai compris ce qu'est la femme. Jusqu'à présent, personne ne savait de qui elle est amoureuse : je suis le premier à l'avoir découvert. La femme est amoureuse du diable. Oui, sans plaisanter. Les physiciens écrivent des absurdités, qu'elle est ceci, cela... Elle n'aime que le diable. Voyez là-bas, celle qui braque ses jumelles de la loge du second rang. Vous croyez qu'elle regarde ce personnage bedonnant décoré d'une plaque ? Vous n'y êtes pas, elle regarde le diable qui se tient debout derrière lui. Tenez, le voilà qui se dissimule sous son habit. Il lui fait signe du doigt ! Et elle l'épousera. Elle l'épousera !

Et tous ceux que vous voyez là, tous ces pères de famille gradés, tous ces hommes qui font des pirouettes dans toutes les directions et qui prennent la Cour d'assaut, en disant qu'ils sont patriotes, et patati et patata : des fermes, des fermes, voilà ce que veulent ces patriotes ! Leur père, leur mère, Dieu lui-même ils le vendraient pour de l'argent, les ambitieux, les Judas ! Et cette ambition illimitée provient de ce qu'ils ont sous la luette une vésicule qui contient un vermisseau de la grosseur d'une tête d'épingle ; c'est un barbier de la rue aux Pois qui fait tout cela. J'ai oublié son nom ; mais on sait de source certaine qu'il veut, avec l'aide d'une sage-femme, répandre le mahométisme dans le monde entier, et on dit que c'est pour cela que la plus grande partie du peuple français confesse la foi de Mahomet.

Pas de date. Ce jour-là était sans date.

Je me suis promené incognito sur la Perspective Nevski. Sa Majesté l'Empereur a passé en voiture. Toute la ville a ôté ses bonnets et j'ai fait de même ; pourtant, je n'ai nullement laissé voir que j'étais le roi d'Espagne. J'ai jugé inconvenant de me faire connaître aussitôt devant tout le monde ; car il faut avant tout que je me présente à la Cour. Ce qui m'a arrêté, c'est que je n'ai pas encore le costume national espagnol. Si je pouvais au moins me procurer une cape. Je voulais en commander une à un tailleur, mais ce sont de véritables ânes ; de plus, ils négligent totalement leur travail : ils se sont lancés dans la spéculation et, le plus souvent, ils pavent les chaussées. J'ai eu l'idée de me faire une cape dans mon uniforme neuf que je n'ai porté que deux fois en tout et pour tout. Mais pour que ces vauriens ne me la massacrent pas, j'ai décidé de la faire moi-même, en fermant la porte à clef pour n'être vu de personne. Je l'ai tailladé de bout en bout avec mes ciseaux, car la coupe doit être tout autre.

> J'ai oublié la date. Il n'y a pas eu de mois non plus. C'était le diable sait quoi.

Ma cape est achevée et cousue. Mavra a poussé un cri quand je l'ai mise. Pourtant, je ne me décide pas encore à me présenter à la Cour. La députation d'Espagne n'est toujours pas là. Sans députés, ce n'est pas convenable. Cela enlèverait tout poids à ma dignité. Je les attends d'un instant à l'autre.

> Le 1er.

Cette lenteur des députés m'étonne prodigieusement. Quelles sont les raisons qui ont pu les retarder ? La France, peut-être ? Oui, c'est la nation la moins bien disposée. Je suis allé demander à la poste si les députés espagnols n'étaient pas arrivés, mais le directeur, qui est parfaitement stupide, ne sait rien. Il m'a dit : « Non, il n'y a aucun député espagnol, mais si vous voulez écrire des lettres, nous les prendrons au cours fixé. » Qu'il aille se faire pendre ! Qu'est-ce qu'une lettre ? Une absurdité. Ce sont les apothicaires qui écrivent des lettres…

> Madrid, 30 février.

Voilà, je suis en Espagne ; cela s'est fait si rapidement que j'ai à peine eu le temps de m'y reconnaître. Ce matin, les députés espagnols se sont présentés chez moi, et je suis monté en voiture avec eux. Cette extraordinaire précipitation m'a paru étrange. Nous avons marché à un tel train que nous avions atteint la frontière d'Espagne une demi-heure plus tard. D'ailleurs, il est vrai que maintenant il y a des chemins de fer dans toute l'Europe et que les bateaux à vapeur vont extrêmement vite.

Curieux pays que l'Espagne : quand nous sommes entrés dans la première pièce, j'y ai aperçu une foule d'hommes à la tête rasée. Mais j'ai deviné que cela devait être ou des grands ou des soldats, car ils se rasent la tête. Ce qui m'a paru extrêmement bizarre, c'est la conduite du chancelier d'Empire : il m'a pris par le bras, m'a poussé dans une petite chambre, et m'a dit : « Reste là, et si tu racontes que tu es le roi Ferdinand, je te ferai passer cette envie. » Sachant que ce n'était qu'une épreuve, j'ai répondu négativement. Alors le chancelier m'a donné deux coups de bâton sur le dos, si douloureux que j'ai failli pousser un cri, mais je me suis dominé, me rappelant que c'était un rite de la chevalerie, lors de l'entrée en charge d'un haut dignitaire : en Espagne, ils observent encore les coutumes de la chevalerie.

Resté seul, j'ai voulu m'occuper des affaires de l'État. J'ai découvert que la Chine et l'Espagne ne sont qu'une seule et même terre et que c'est seulement par ignorance qu'on les considère comme des pays différents. Je conseille à tout le monde d'écrire « Espagne » sur un papier ; cela donnera : « Chine ». Mais j'ai été profondément affligé d'un événement qui doit se produire demain. Demain, à sept heures, s'accomplira un étrange phénomène : la terre s'assiéra sur la lune. Le célèbre chimiste anglais Wellington lui-même en parle. J'avoue que j'ai ressenti une vive inquiétude lorsque je me suis imaginé la délicatesse et la fragilité extraordinaire de la lune. On sait que la lune se fait habituellement à Hambourg, et d'une façon abominable. Je m'étonne que l'Angleterre n'y fasse pas attention. C'est un tonnelier boiteux qui la fabrique et il est clair que cet imbécile n'a aucune notion de la lune. Il y met un câble goudronné et une mesure d'huile d'olive ; il se répand alors sur toute la terre une telle puanteur qu'il faut se boucher le nez. De là vient que la lune elle-même est une sphère si délicate et que les hommes ne peuvent y vivre. Pour l'instant elle n'est habitée que par des nez. Et voilà pourquoi nous ne pouvons voir nos nez : ils se trouvent tous dans la lune.

Quand j'ai pensé que la terre, matière pesante, pouvait réduire nos nez en poudre en s'asseyant dessus, j'ai été saisi d'une angoisse telle que j'ai enfilé mes bas et mes chaussures et me suis rendu en hâte dans la salle du conseil d'État pour donner ordre à la police d'empêcher la terre de s'asseoir sur la lune. Les grands à tête rasée que j'avais aperçus en nombre dans la salle du conseil d'État sont des gens très intelligents. Quand je leur ai dit : « Messieurs, sauvons la lune, car la terre veut s'asseoir dessus », ils se sont tous précipités à l'instant pour exécuter ma volonté souveraine et beaucoup ont grimpé aux murs pour attraper la lune ; mais à ce moment est entré le grand chancelier. En le voyant, tous se sont enfuis. Comme je suis le roi, je suis resté seul. Mais le chancelier, à ma stupéfaction, m'a donné un coup de bâton et m'a reconduit de force dans ma chambre. Si grand est le pouvoir des coutumes populaires en Espagne !

> Janvier de la même année, qui a succédé à février.

Je ne peux arriver à comprendre quel pays est l'Espagne. Les usages populaires et les règles de l'étiquette de la Cour y sont tout à fait extraordinaires. Je ne comprends pas, décidément je n'y comprends rien. Aujourd'hui, on m'a tondu, bien que j'aie crié de toutes mes forces que je ne voulais pas être moine. Mais je ne peux même plus me rappeler ce qu'il est advenu de moi lorsqu'ils ont commencé à me verser de l'eau froide sur le crâne. Je n'avais encore jamais enduré un pareil enfer. Pour un peu je devenais enragé, et c'est à peine s'ils ont pu me retenir. Je ne comprends pas du tout la signification de cette étrange coutume. C'est un usage stupide, absurde. La légèreté des rois qui ne l'ont pas encore aboli me semble inconcevable.

Je suppose, selon toute vraisemblance, que je suis tombé entre les mains de l'Inquisition, et celui que j'ai pris pour le chancelier est sans doute le Grand Inquisiteur en personne. Mais je ne peux toujours pas comprendre comment il est possible qu'un roi soit soumis à l'Inquisition. Il est vrai que c'est possible de la part de la France et surtout de Polignac. Oh! ce coquin de Polignac! Il a juré de me faire du mal jusqu'à ma mort. Il me harcèle et me persécute. Mais, je sais, mon ami, que c'est l'Anglais qui te mène. L'Anglais est un grand politique. Il essaie de se faufiler partout. Tout le monde sait que, quand l'Angleterre prise, la France éternue.

Le 25.

Aujourd'hui, le Grand Inquisiteur est venu dans ma chambre, mais je m'étais caché sous ma chaise en entendant son pas. Voyant que je n'étais pas là, il s'est mis à m'appeler. Tout d'abord, il a crié « Poprichtchine ! » mais je n'ai pipé mot. Ensuite « Auxence Ivanov ! Conseiller titulaire ! Gentilhomme ! » J'ai gardé le silence. « Ferdinand VIII ! » J'ai voulu sortir la tête, mais je me suis dit : « Non, frère, tu ne me donneras pas le change ! Nous te connaissons : tu vas encore me verser de l'eau froide sur la tête. » Enfin, il m'a vu et m'a fait sortir de dessous la chaise à coups de bâton. Ce maudit bâton vous fait un mal horrible.

Mais la révélation que je viens d'avoir m'a dédommagé de tout cela : j'ai découvert que tous les coqs ont une Espagne ; elle se trouve sous leurs plumes. Le Grand Inquisiteur est sorti de chez moi furibond en me menaçant de je ne sais quel châtiment. Mais j'ai méprisé totalement sa malice impuissante, car je sais qu'il agit comme une machine, comme un instrument de l'Anglais.

Jo 34e ur Ms nnaée. ʀǝᴉʌéɟ 349.

Non, je n'ai plus la force d'endurer cela ! Mon Dieu ! que font-ils de moi ! Ils me versent de l'eau froide sur la tête. Ils ne m'écoutent pas, ne me voient pas, ne m'entendent pas. Que leur ai-je fait ? Pourquoi me tourmentent-ils ? Que veulent-ils de moi, malheureux ? Que puis-je leur donner ? Je n'ai rien.

Je suis à bout, je ne peux plus supporter leurs tortures ; ma tête brûle, et tout tourne devant moi. Sauvez-moi ! Emmenez-moi ! Donnez-moi une troïka de coursiers rapides comme la bourrasque ! Monte en selle, postillon, tinte, ma clochette ! Coursiers, foncez vers les nues et emportez-moi loin de ce monde ! Plus loin, plus loin, qu'on ne voie rien, plus rien. Là-bas, le ciel tournoie devant mes yeux : une petite étoile scintille dans les profondeurs ; une forêt vogue avec ses arbres sombres, accompagnée de la lune ; un brouillard gris s'étire sous mes pieds ; une corde résonne dans le brouillard ; d'un côté la mer, de l'autre l'Italie ; tout là-bas, on distingue même les isbas russes. Est-ce ma maison, cette tache bleue dans le lointain ? Est-ce ma mère qui est assise devant la fenêtre ? Maman ! Sauve ton malheureux fils ! Laisse tomber une petite larme sur sa tête douloureuse ! Regarde comme on le tourmente ! Serre le pauvre orphelin contre ta poitrine ! Il n'a pas sa place sur la terre ! On le pourchasse ! Maman ! Prends en pitié ton petit enfant malade !… Hé, savez-vous que le dey[5] d'Alger a une verrue juste en dessous du nez ?

---

5. Dey : chef du gouvernement d'Alger.

Arrêt sur lecture 3

Le Journal d'un fou est la seule des nouvelles* à être écrite à la première personne. Pour la première fois, Gogol quitte le monde extérieur pour explorer l'intérieur de l'homme et approfondir sa psychologie. Ce qu'il y trouve n'est autre que la folie.

De la folie douce à la folie furieuse

Poprichtchine, le héros de ce récit, est l'un de ces petits fonctionnaires (il est conseiller titulaire) auxquels le lecteur des récits de Gogol est maintenant habitué. Seulement, les choses se compliquent ici : Poprichtchine ne veut plus être fonctionnaire ; il ne se contente plus de tailler les plumes de ses supérieurs hiérarchiques, il veut parvenir à séduire la fille de son chef par son pouvoir et sa notoriété. Et c'est là que la folie s'insinue en lui, folie douce d'abord puis de plus en plus forcenée.

Crise d'identité

Le thème de la folie n'est pas nouveau dans les récits de Saint-Pétersbourg : ce qui est nouveau, c'est à la fois la cause de cette folie

François Perrot et Roger Coggio ont mis en scène *Le Journal d'un fou* au Théâtre des Mathurins (Paris) en 1962. Que pensez-vous de l'élément scénique mis en place pour adapter ce journal intime au théâtre ?

et son ampleur. En effet, alors que dans *La Perspective Nevski* ou dans *Le Portrait*, la folie était pour les personnages d'artiste la conséquence d'une impossibilité à réaliser un idéal, elle naît ici d'une crise d'identité.

Cependant, à la source de cette crise d'identité qui conduit Poprichtchine à se prendre pour le roi d'Espagne, se trouve un profond sentiment d'infériorité. Il souffre de n'être que conseiller titulaire, ce qui correspond dans la hiérarchie administrative au huitième échelon. Poprichtchine se trouve à une charnière : son rang hiérarchique lui confère la qualité sociale de noble ; celle-ci devient héréditaire si l'on passe au grade supérieur d'assesseur de collège. Il souffre donc à la fois d'une crise d'identité et d'une crise de statut. À cet égard, notons qu'en russe *poprichtch* signifie carrière : comme souvent chez Gogol, les noms sont codés et permettent d'avoir un aperçu de la psychologie du personnage.

Folle écriture

La folie de Poprichtchine est étroitement associée à l'écriture. Son travail consiste à copier ou rédiger des documents, ce en quoi il n'excelle pas comme le prouve cette remarque de son supérieur hiérarchique :

> Certains jours, tu te démènes comme un possédé, tu fais un tel gâchis que le diable lui-même n'y retrouverait pas son bien, tu écris un titre en petites lettres, tu n'indiques ni la date ni le numéro (p. 167).

Ainsi sa folie s'exprime-t-elle dans l'écriture, comme lorsqu'il signe un document officiel du nom de Ferdinand VIII. Plus loin, vous avez peut-être été décontenancés par cette remarque pour le moins énigmatique de Poprichtchine :

> J'ai découvert que la Chine et l'Espagne ne sont qu'une seule et même terre et que c'est seulement par ignorance qu'on les considère comme des pays différents. Je conseille à tout le monde d'écrire « Espagne » sur un papier ; cela donnera « Chine » (p. 193).

Là encore, Gogol invite à un travail de détection de son texte codé : si l'on inverse le terme russe signifiant Espagne, *Ispaniya*, on n'obtient certes pas *Kitay*, Chine, mais on peut trouver *pisanyia* qui signifie écriture.

Diagnostic

La folie de Poprichtchine prend une ampleur différente de celle de Piskariov. Le plus remarquable est que l'on assiste au cours du récit à un traitement presque clinique de la folie, comme si les évolutions de la folie de Poprichtchine constituaient autant de chapitres d'un manuel de psychiatrie.

Pour commencer, on découvre qu'il souffre de délire de persécution, en d'autres termes de paranoïa. Il soupçonne tout le monde de le jalouser, et d'abord un de ses collègues :

> Il est jaloux ; il a peut-être surpris les marques de bienveillance toutes particulières qu'on m'a octroyées (p. 174).

Puis il accuse un chien :

> Tu mens, maudit cabot ! L'abominable langage ! Comme si je ne savais pas que c'est là l'ouvrage de la jalousie ! Comme si je ne savais pas de qui c'est le fait (p. 185).

Il finit par croire à l'existence d'un complot contre lui :

> Ce sont les menées de mon chef de section. Cet homme m'a juré une haine implacable et il s'acharne à me faire tort à chaque pas (p. 185).

Le délire prend ensuite une dimension inquiétante lorsque Poprichtchine croit surprendre entre deux chiens une conversation relative à Sophie, la fille de son supérieur :

> Voyez-moi un peu ce chien ! J'avoue que j'ai été stupéfait en l'entendant parler comme les hommes… (p. 170).

Il s'imagine découvrir une correspondance entre ces deux chiens. Les réflexions qui s'ensuivent indiquent clairement sa démence :

> J'avoue que, depuis quelque temps, il m'arrive parfois d'entendre et de voir des choses que personne n'a jamais vues ni entendues (p. 170).

Celle-ci culmine enfin dans un délire de personnalité qui le fait se prendre pour le roi d'Espagne :

> Ce roi, c'est moi (p. 188).

Délire de personnalité et mégalomanie se combinent alors pour conduire Poprichtchine vers ce qu'il croit être l'Espagne. Les étranges coutumes des Espagnols et les traitements qu'ils lui font subir s'expliquent d'eux-mêmes. Poprichtchine n'est pas soumis à de mystérieux rites initatiques, mais au traitement médical réservé aux forcenés :

> Je ne comprends pas, décidément je n'y comprends rien. Aujourd'hui, on m'a tondu […]. Mais je ne peux même plus me rappeler ce qu'il est advenu de moi lorsqu'ils ont commencé à me verser de l'eau froide sur le crâne. Je n'avais encore jamais enduré un pareil enfer. Pour un peu je devenais enragé, et c'est à peine s'ils ont pu me retenir. Je ne comprends pas du tout la signification de cette étrange coutume (p. 195).

Cette dernière phrase nous donne un bon exemple de la façon dont Gogol soumet son héros au filtre de l'ironie : ses aventures sont grotesques* et non pas tragiques. Cet aveuglement du personnage sur son propre sort contribue bien sûr à renforcer le pathos inhérent à celles-ci, puisqu'il dresse entre le personnage et le monde extérieur un mur d'incompréhension. Mais il contribue également à les faire apparaître sous un jour grotesque.

L'écriture du diariste

Définition

La forme du journal* utilisée ici par Gogol est la plus à même de faire pénétrer le lecteur dans la psychologie de Poprichtchine. Le journal appartient à la catégorie littéraire de l'autobiographie. Il se définit comme une suite de textes enchaînés chronologiquement, précédés d'une date et écrits à la première personne. L'enchaînement se doit normalement de respecter l'ordre chronologique des événements, afin de donner au lecteur l'illusion d'une simultanéité entre le temps de l'écriture et le temps de la lecture, simultanéité qui renforce alors la proximité entre le lecteur et le personnage.

Parmi les différents types de journaux, on peut citer, entre autres, le journal intime, par exemple ceux de Stendhal, des frères Goncourt, de Gide, ou encore le journal de voyage, comme le *Journal de voyage en Italie* de Goethe.

Un voyage en marge du réel

Cette forme permet à Gogol de traduire au jour le jour ou presque les progrès de la folie chez Poprichtchine. Surtout, plus le journal avance, plus les hésitations de la chronologie font apparaître les égarements d'un personnage qui, gagné progressivement par la folie, en vient à perdre le sens du temps et de l'espace. Ainsi, une des entrées du journal donne Madrid comme indication de lieu, signe que Poprichtchine a commencé un voyage intérieur en marge du réel, voyage qui le mène, *in fine*, à l'asile, exil final de ce voyageur d'un autre type.

De plus, vous aurez remarqué que les dates deviennent au cours du récit de plus en plus fantaisistes : dans les premières pages, la chronologie est respectée (3 octobre, 4 octobre, 6 novembre, 8 novembre, etc.), tandis que les dernières pages indiquent un dérèglement complet. L'entrée du journal qui coïncide avec les débuts du délire de personnalité porte la date suivante : « An 2000. 43e jour d'avril ». Pour nous, qui sommes à quelques centaines de jours de l'an 2000, cette date ne semble pas extravagante ; mais pour Poprichtchine, elle est aberrante. Les dates deviennent de plus en plus anarchiques, tels ce « Pas de date », ou ce « 86e jour de Martobre. Entre le jour et la nuit ». Bien sûr, on peut s'amuser à retrouver une cohérence dans ces dates, à voir par exemple que Martobre correspond à la contraction de mars et d'octobre, et que la mention « entre le jour et la nuit » correspond à un moment particulièrement solennel, voire mystique (c'est la même mention ou presque qui apparaît dans le *Mémorial* de Blaise Pascal, texte mystique de ce philosophe français du XVIIe siècle). L'important reste que ces indications délirantes, qui pervertissent l'essence même du journal, révèlent les progrès d'une folie que rien désormais ne peut entraver.

Le texte se termine d'ailleurs sur un pied de nez, au sens propre comme au sens figuré, avec cette curieuse apostrophe de Poprichtchine :

> Hé, savez-vous que le dey d'Alger a une verrue juste en dessous du nez ? (p. 196).

Pied de nez que cette remarque gratuite et sans rapport apparent avec ce qui précède. Pied de nez que cette date apparemment absurde donnée en tête ; mais elle est plus que cela. Car elle peut se lire comme un dernier défi de Gogol à la perspicacité de son lecteur qui, en reconstituant les éléments dissociés, peut obtenir une date relativement cohérente : 34e jour, mois février, année 349. Pied de nez enfin de Gogol qui prélude à cette autre entorse aux conventions qu'est le récit suivant, *Le Nez*.

L'écriture de la folie

Le style, autant que la forme littéraire choisie par Gogol, font pénétrer le lecteur dans la psychologie déréglée du héros. « Le plus grand poète en prose » (Dostoïevski) de la Russie manifeste ici avec éclat sa maîtrise des nuances de la langue : de petites touches l'aident à dresser le portrait de son fou.

La folie au quotidien

Le recours à la première personne permet de suivre au plus près les évolutions de la folie de Poprichtchine. Vous pouvez voir par exemple comment il se construit un monde imaginaire au cours du texte, afin de faire cadrer les êtres et les choses qui l'entourent avec la vision dénatu-

Le monde verbal de Poprichtchine a-t-il le même statut dans le texte de Gogol que dans un monologue de théâtre ? Quels éléments du texte légitiment, selon vous, une transposition scénique ?

rée qu'il en a. Il imagine ainsi cet épisode de correspondance entre les deux chiens à la seule fin de construire de toutes pièces sa romance avec Sophie.

De plus, la première personne permet de nous faire entendre en direct, serait-on tenté de dire, la voix de Poprichtchine, ses errances et ses délires. Ce monologue d'un fou est restitué de la manière la plus vivante possible.

« Je est un autre »

Surtout, Gogol a fréquemment recours à une structure dialogique (lorsque le personnage se parle à lui-même ou semble s'adresser à d'autres personnes) qui contribue à renforcer l'effet de présence du personnage. Ainsi, une expression récurrente vient ponctuer à trois reprises le récit de Poprichtchine (« C'est bon, c'est bon, je me tais »), et donner l'impression qu'il s'adresse à quelqu'un, alors qu'il est seul. Bien sûr, parler tout seul ne constitue pas en soi un signe de folie, mais, ajouté aux autres symptômes, ce trait renforce notre intuition de sa folie. On peut rappeler qu'un des indices textuels de la folie de Goliadkine, personnage du roman *Le Double* (1846) de Dostoïevski, est justement cette structure dialogique par laquelle le héros se parle à lui-même.

La vraie solitude

Le thème de la folie n'exclut pas, bien au contraire, l'humour ou l'ironie. En le rendant grotesque*, Gogol se détache par là de son personnage. Pourquoi Poprichtchine est-il autant pathétique* que ridicule ?

> Il est encore heureux que personne n'ait songé alors à me faire enfermer dans une maison de santé (p. 188).

Son ignorance, conjuguée au savoir que nous, lecteurs, avons de son état, rend perceptible l'ironie de Gogol dans cette phrase – et cette ironie concourt à renforcer l'isolement de Poprichtchine.

Lecture méthodique

La lecture méthodique porte sur la dernière page du journal de Poprichtchine, de la mention de la date (« Jo 34e ur Ms... », p. 196) à la fin (p. 197).

Introduction

La folie du personnage est à son acmé*. C'est un texte extrême, tant en raison de son style que du délire qui s'y manifeste.

Le texte se divise en trois mouvements : le refus des mauvais traitements, puis une série d'hallucinations et enfin un pathétique* appel au secours.

Nous verrons d'abord que ce texte est un monologue lyrique, puis nous étudierons comment s'y manifeste une folie furieuse.

Développement : les axes de lecture

1 – Un monologue lyrique

La forme du monologue, empruntée au théâtre où elle a de puissants effets dramatiques, n'est pas surprenante dans un journal écrit à la première personne. Ici, elle renforce le pathétique du personnage de Poprichtchine.

Signe de la folie, ce monologue montre que Poprichtchine a pris l'habitude de parler tout seul et de se créer par la parole un monde imaginaire et fantasmatique. On remarquera l'art oratoire* qui se manifeste dans ce passage. On trouve de nombreuses exclamations, mais aussi des questions rhétoriques :

> Que veulent-ils de moi, malheureux ? Que puis-je leur donner ? (p. 196).

Le monologue se peuple ainsi de personnages évoqués par la voix pathétique de Poprichtchine (les coursiers rapides, sa mère, etc.).

Ces yeux de fou sur un visage de pierre sont ceux de l'acteur russe M. Andréef-Bourlak, dans une mise en scène de la fin du XIXe siècle.

2 – La folie à son acmé

La folie de Poprichtchine contribue au pathétique de ce passage. Pathétiques les supplications d'un être à la torture, pathétiques ses hallucinations, pathétique encore l'appel à sa mère, lequel fait du fou un petit enfant perdu, un orphelin.

La folie apparaît également à travers les évocations détournées de l'asile, par le biais des mauvais traitements que Poprichtchine subit :

> Mon Dieu ! que font-ils de moi ! Ils me versent de l'eau froide sur la tête (p. 196).

Qu'est-ce donc que la folie sinon une subjectivité qui tourne mal ? Tout ce qui lui est extérieur (les autres, la réalité) acquiert ainsi un statut décalé. Poprichtchine, coupé du monde en raison de son délire, perçoit malgré tout son isolement :

> Ils ne m'écoutent pas, ne me voient pas, ne m'entendent pas (p. 196).

Ses hallucinations, visuelles ou auditives, sont effectivement le signe qu'il s'est réfugié dans son imaginaire :

> Là-bas, le ciel tournoie devant mes yeux : une petite étoile scintille dans les profondeurs ; une forêt vogue avec ses arbres sombres, accompagnée de la lune (p. 196).
> […] une corde résonne dans le brouillard… (p. 196).

Conclusion
Ce texte est bouleversant par le pathétique* et le lyrisme* qui s'en dégagent et constitue le point culminant de la folie du personnage. Il précède la mort de Poprichtchine à lui-même et sa descente aux enfers de la déraison.

« Je ne suis plus rien en moi »

Le Horla (1887), conte fantastique de Guy de Maupassant, raconte l'histoire d'un homme hanté par une créature étrange, le Horla, et mené à la folie puis au suicide. En voici un extrait.

« *14 août.–* Je suis perdu ! Quelqu'un possède mon âme et la gouverne ! Quelqu'un ordonne tous mes actes, tous mes mouvements, toutes mes pensées. Je ne suis plus rien en moi, rien qu'un spectateur esclave et terrifié de toutes les choses que j'accomplis. Je désire sortir. Je ne peux pas. Il ne veut pas ; et je reste, éperdu, tremblant, dans le fauteuil où il me tient assis. Je désire seulement me lever, me soulever, afin de me croire encore maître de moi. Je ne peux pas ! Je suis rivé à mon siège ; et mon siège adhère au sol, de telle sorte qu'aucune force ne nous soulèverait.

Puis, tout d'un coup, il faut, il faut, il faut que j'aille au fond de mon jardin cueillir des fraises et les manger. Et j'y vais. Je cueille des fraises et je les mange ! Oh ! mon Dieu ! Mon Dieu ! Mon Dieu ! Est-il un Dieu ? S'il en est un, délivrez-moi, sauvez-moi ! secourez-moi ! Pardon ! Pitié ! Grâce ! Sauvez-moi ! Oh ! quelle souffrance ! quelle torture ! quelle horreur ! »

à vous…

1 – Compréhension – Que s'imagine être Poprichtchine ?

2 – Compréhension – Où est-il amené à la fin du récit ?

3 – Explication linéaire – Expliquez ligne à ligne la page de journal* annoncée par la mention « Le 25 » (p. 195). Analysez en particulier l'ambiguïté de ce passage qui oscille entre illusion et vérité, entre folie et raison.

4 – Commentaire composé – Commentez la page de journal* annoncée par « An 2000. 43e jour d'avril » (p. 188). Regardez bien comment la folie donne ici une impression de pathétique* et montrez le lyrisme* de ce passage.

5 – Commentaire comparé – Comparez l'expression de la folie dans le passage qui va de « Non je n'ai plus la force » à « rien, plus rien » (p. 196) et l'extrait du *Horla* reproduit ci-dessus.

6 – BAC. Question sur un point précis – Pourquoi l'usage de la forme littéraire du journal* donne-t-elle plus de force à l'expression de la folie de Poprichtchine ?

7 – Imagination – Racontez comment Mavra pourrait rapporter à une amie l'étrange comportement de son maître.

Le Nez

I

Ce jour-là, 25 mars dernier, Pétersbourg fut le théâtre d'une aventure des plus étranges. Le barbier Ivan Yakovlévitch, domicilié avenue de l'Ascension (son nom de famille est perdu et son enseigne ne porte que l'inscription : *On pratique aussi les saignées*, au-dessous d'un monsieur à la joue barbouillée de savon), le barbier Ivan Yakovlévitch se réveilla d'assez bonne heure et perçut une odeur de pain chaud. S'étant mis sur son séant, il vit que son épouse – personne plutôt respectable et qui prisait fort le café – défournait des pains tout frais cuits.

« Aujourd'hui, Prascovie Ossipovna, je ne prendrai pas de café, déclara Ivan Yakovlévitch ; je préfère grignoter un bon pain chaud avec de la ciboule. »

À la vérité, Ivan Yakovlévitch aurait bien voulu et pain et café, mais il jugeait impossible de demander les deux choses à la fois, Prascovie Ossipovna ne tolérant pas de semblables caprices.

« Tant mieux, se dit la respectable épouse en jetant un pain sur la table. Que mon nigaud s'empiffre de pain ! Il me restera davantage de café. »

Respectueux des convenances, Ivan Yakovlévitch passa son

habit par-dessus sa chemise et se mit en devoir de déjeuner. Il posa devant lui une pincée de sel, nettoya deux oignons, prit son couteau et, la mine grave, coupa son pain en deux. Il aperçut alors, à sa grande surprise, un objet blanchâtre au beau milieu ; il le tâta précautionneusement du couteau, le palpa du doigt... « Qu'est-ce que cela peut bien être ? » se dit-il en éprouvant de la résistance.

Il fourra alors ses doigts dans le pain et en retira... un nez ! Les bras lui en tombèrent. Il se frotta les yeux, palpa l'objet de nouveau : un nez, c'était bien un nez, et même, semblait-il, un nez de connaissance ! L'effroi se peignit sur les traits d'Ivan Yakovlévitch. Mais cet effroi n'était rien, comparé à l'indignation qui s'empara de sa respectable épouse.

« Où as-tu bien pu couper ce nez, bougre d'animal ? s'exclama-t-elle. Ivrogne ! filou ! coquin ! Je vais aller de ce pas te dénoncer à la police, brigand que tu es ! J'ai déjà entendu dire à trois personnes qu'en leur faisant la barbe tu tirailles le nez des gens à le leur arracher ! »

Cependant Ivan Yakovlévitch était plus mort que vif : il venait de reconnaître le nez de M. Kovaliov, assesseur de collège, qu'il avait l'honneur de raser le mercredi et le dimanche.

« Minute, Prascovie Ossipovna ! Je m'en vais l'envelopper dans un chiffon et le poser dans ce coin, en attendant ; je l'emporterai plus tard.

– Il ne manquait plus que cela ! Crois-tu, par hasard, que je vais garder ici un nez coupé ? Espèce de vieux croûton ! tu ne sais plus que repasser ton rasoir ! Tu ne seras bientôt plus capable de raser les gens comme il faut ! Ah ! le maudit coureur, ah ! la brute, ah ! le malappris ! Et il faudrait encore que je réponde pour lui à la police ! Emporte-le tout de suite, saligaud ! Emporte-le où tu voudras, et que je n'en entende plus parler ! »

Ivan Yakovlévitch demeurait pétrifié de surprise. Il avait beau réfléchir, il ne savait que penser.

« Comment diantre cela est-il arrivé ? proféra-t-il enfin en se grattant derrière l'oreille. Étais-je plein quand je suis rentré hier soir ? Je ne m'en souviens plus… Et puis, vraiment, l'aventure tient de l'invraisemblable… Qu'est-ce que ce nez est venu faire dans ce pain ? Non, je n'y comprends goutte ! »

Ivan Yakovlévitch se tut. À la pensée que les gens de police pourraient le trouver en possession de ce nez et l'accuser d'un crime, il perdit définitivement ses esprits. Il crut voir apparaître une épée, un collet rouge vif brodé d'argent…, et se prit à trembler de tout le corps. Enfin, il enfila son pantalon et ses bottes, enveloppa le nez dans un chiffon et se précipita dehors, accompagné des imprécations de Prascovie Ossipovna.

Il avait l'intention de jeter son paquet dans un trou de borne sous quelque portail, ou de le laisser choir comme par hasard au coin d'une venelle. Par malheur, il se heurtait sans cesse à des personnes de connaissance, qui lui demandaient dès l'abord : « Où cours-tu comme ça ? » ou bien : « Qui t'en vas-tu barbifier de si bonne heure ? » Il ne parvenait pas à saisir l'instant propice. Une fois pourtant, il crut s'être débarrassé de son paquet, mais un garde de ville le lui désigna du bout de sa hallebarde en disant :

« Eh, là-bas, le particulier, faudrait voir à relever ça, hein ? »

Force fut bien à Ivan Yakovlévitch de ramasser le nez et de le fourrer dans sa poche. Le désespoir le gagnait, car les boutiques s'ouvraient et les passants se faisaient de plus en plus nombreux.

Il décida de gagner le pont Saint-Isaac dans l'espoir de jeter à la Néva son encombrant fardeau.

Mais je me repens de n'avoir donné aucun détail sur Ivan Yakovlévitch, personnage fort honorable sous beaucoup de rapports.

Comme tout artisan russe qui se respecte, Ivan Yakovlévitch était un ivrogne fieffé ; et bien qu'il rasât tous les jours le menton d'autrui, le sien demeurait éternellement broussailleux. La couleur de son habit – Ivan Yakovlévitch ne portait jamais de surtout – rappelait celle des chevaux rouans : à vrai dire, cet habit était noir, mais entièrement pommelé de taches grises et brunâtres ; le col luisait ; trois bouts de fil pendaient à la place des boutons absents. Quand il se confiait aux soins de notre barbier, l'assesseur de collège Kovaliov avait coutume de lui dire : « Sapristi, Ivan Yakovlévitch, que tes mains sentent mauvais ! – Pourquoi voulez-vous qu'elles sentent mauvais ? répliquait Ivan Yakovlévitch. – Je n'en sais rien, mon cher, toujours est-il qu'elles puent ! » rétorquait l'assesseur de collège. Alors, Ivan Yakovlévitch prenait une prise, et, pour se venger, savonnait impitoyablement les joues, le nez, le cou, les oreilles, toutes les parties du patient que son blaireau pouvait atteindre...

Cependant, ce respectable citoyen avait déjà gagné le pont Saint-Isaac. Il commença par inspecter les alentours, puis il se pencha sur le parapet comme pour voir s'il y avait toujours beaucoup de poissons, et se débarrassa discrètement du chiffon fatal. Aussitôt, Ivan Yakovlévitch se crut délivré d'un poids de cent livres ; il esquissa même un sourire. Au lieu d'aller rafraîchir des mentons de bureaucrates, il résolut d'aller prendre un verre de punch dans un établissement dont l'enseigne indiquait : *Ici, l'on sert du thé et à manger*. Il y portait déjà ses pas quand, soudain, il aperçut au bout du pont un exempt de police à l'extérieur imposant : larges favoris, tricorne, épée au côté. Il perdit contenance, tandis que l'exempt l'appelait du doigt et disait :

« Approche, mon brave ! »

Ivan Yakovlévitch, qui connaissait les usages, retira sa casquette et accourut à pas rapides.

« Je souhaite le bonjour à Votre Seigneurie !

– Laisse là ma seigneurie et dis-moi plutôt ce que tu faisais sur le pont.

– Par ma foi, monsieur, en allant raser mes pratiques, je me suis arrêté pour voir comme l'eau coule vite.

– Ne m'en conte pas, réponds-moi franchement.

– Je suis prêt à raser gratis Votre Grâce deux ou trois fois par semaine, répliqua Ivan Yakovlévitch.

– Trêve de sornettes, l'ami ! J'ai déjà trois de tes pareils qui s'estiment fort honorés de me barbifier. Voyons, dis-moi ce que tu faisais sur le pont ? »

Ivan Yakovlévitch pâlit… Mais la suite de l'aventure se perd dans un brouillard si épais que personne n'a jamais pu le percer.

II

L'assesseur de collège Kovaliov se réveilla d'assez bonne heure en murmurant : « Brrr ! » suivant une habitude qu'il aurait été bien en peine d'expliquer. Il s'étira et se fit donner un miroir dans l'intention d'examiner un petit bouton qui, la veille au soir, lui avait poussé sur le nez. À son immense stupéfaction, il s'aperçut que la place que son nez devait occuper ne présentait plus qu'une surface lisse ! Tout alarmé, Kovaliov se fit apporter de l'eau et se frotta les yeux avec un essuie-mains : le nez avait bel et bien disparu ! Il se palpa, se pinça même pour se convaincre qu'il ne dormait point : mais non, il paraissait bien éveillé. Kovaliov sauta à bas du lit, s'ébroua : toujours pas de nez !... Il s'habilla séance tenante et se rendit tout droit chez le maître de police.

Il me paraît nécessaire de dire quelques mots de Kovaliov, afin que le lecteur sache à quel genre d'individu ce personnage appartenait. Les assesseurs de collège à qui les parchemins universitaires confèrent de droit ce titre ne sauraient se comparer à ceux qui l'ont obtenu au Caucase. Ce sont deux catégories bien différentes. Les premiers... Mais la Russie est un pays si étrange que si l'on parle d'un assesseur de collège, tous les autres, de Riga au Kamtchatka, croiront qu'il s'agit d'eux. Et il en va de même pour tous les autres grades... Kovaliov était assesseur de collège caucasien. Comme il l'était depuis à peine deux ans, Kovaliov s'en montrait encore très fier. Même, pour se donner plus de poids, il se faisait toujours appeler : Monsieur le Major. « Écoute, ma brave femme, avait-il accoutumé de dire quand une vendeuse de plastrons de chemises lui offrait ses services ; écoute, ma bonne, viens me trouver chez moi ; j'habite avenue des Jardins ; tu n'auras qu'à demander le logis du major Kovaliov, tout le monde te l'indiquera. » Si, d'aventure, il rencontrait parmi ces vendeuses un joli minois, il lui passait en outre des instructions secrètes en ayant soin d'ajouter : « Tu n'oublieras pas, mon petit cœur, de demander le logis du major Kovaliov ! » Nous ferons comme lui et dorénavant nous donnerons du major à cet assesseur de collège.

Le major Kovaliov avait l'habitude d'aller faire les cent pas sur la Perspective. Son col et son plastron étaient toujours admirablement empesés. Il portait des favoris comme en portent encore aujourd'hui les géomètres, les architectes, les médecins-majors, d'autres personnes encore exerçant les fonctions les plus diverses, en général tous les individus qui étalent des joues rebondies et jouent au boston avec dextérité. Ces favoris descendent jusqu'au milieu de la joue, et, de là, gagnent en droite ligne le nez. Le major Kovaliov portait en breloque un grand nombre de cachets en cornaline, où se trouvaient gravés, soit des armoiries, soit le nom des jours : lundi, mercredi, jeudi, etc. Le major Kovaliov était venu à Pétersbourg pour y chercher quelque emploi en rapport avec son grade : une charge de vice-gouverneur, voire une place d'inspecteur dans une administration importante. Le major Kovaliov eût volontiers pris femme, à condition que la dot se montât à deux cent mille roubles. Le lecteur peut maintenant se figurer l'état du major quand, à la place d'un nez point trop laid, il ne trouva plus qu'une bête de surface lisse.

Par un fait exprès aucun fiacre ne se montrait dans la rue ; il dut faire le chemin à pied, enveloppé dans son manteau, et le visage enfoui dans son mouchoir, comme s'il saignait du nez. « Eh ! se dit-il, j'ai sans doute été victime d'une hallucination. Mon nez n'a pas pu se perdre sans rime ni raison, que diable ! » Et il entra aussitôt dans un café afin de se regarder dans une glace. Le café était heureusement vide ; les garçons balayaient les salles et rangeaient les chaises ; d'aucuns, les yeux bouffis de sommeil, apportaient des plateaux chargés de petits pâtés chauds ; les journaux de la veille, maculés de café, jonchaient les tables et les chaises. « Dieu merci, il n'y a personne, je vais pouvoir me regarder ! » se dit Kovaliov en s'approchant d'une glace. Mais après un timide coup d'œil : « Pouah, l'horreur ! murmura-t-il, en crachant de dépit. S'il y avait au moins quelque chose en place de nez ; mais non, rien, rien, rien ! »

Il sortit du café en se pinçant les lèvres et bien résolu, contre sa coutume, à n'adresser ni regard, ni sourire à personne. Soudain il s'arrêta, cloué sur place : un événement incompréhensible se passait sous ses yeux : un landau venait de s'arrêter devant la porte d'une maison ; la portière s'ouvrit ; un personnage en uniforme sauta tout courbé de la voiture et grimpa l'escalier quatre à quatre. Quels ne furent pas la surprise et l'effroi de Kovaliov en reconnaissant dans ce personnage... son propre nez ! À ce spectacle extraordinaire il crut qu'une révolution s'était produite dans son appareil visuel ; il sentit ses jambes flageoler, mais décida pourtant d'attendre coûte que coûte le retour du personnage. Il demeura donc là tremblant comme dans un accès de fièvre. Au bout de deux minutes, le Nez réapparut ; il portait un uniforme brodé d'or, à grand col droit, un pantalon de chamois et une épée au côté. Son bicorne à plumes laissait inférer qu'il avait rang de conseiller d'État. Il faisait à coup sûr une tournée de visites. Il regarda de côté et d'autre, héla sa voiture, y prit place et disparut.

Le pauvre Kovaliov tout pantois ne savait que penser de cet étrange incident. Comment diantre son nez, hier encore ornement de son visage et incapable de se mouvoir, pas plus à pied qu'en voiture, portait-il aujourd'hui l'uniforme ? Il courut derrière la voiture qui, heureusement pour lui, s'arrêta bientôt devant le Bazar. Kovaliov s'y précipita à travers une rangée de vieilles mendiantes, dont le visage entièrement emmitouflé, sauf deux ouvertures pour les yeux, provoquait d'ordinaire ses quolibets. Il n'y avait pas encore grand monde. Kovaliov se sentait si déprimé qu'il ne savait à quoi se résoudre. Ses yeux cherchaient le monsieur dans tous les coins ; ils le découvrirent enfin, arrêté devant une boutique. Le visage dissimulé dans son grand col droit, le Nez se plongeait tout entier dans l'examen des marchandises.

« Comment faire pour l'aborder ? songeait Kovaliov. Tout, le bicorne, l'uniforme, indique le conseiller d'État. Que décider ? »

Il tourna autour du personnage en toussotant. Mais le Nez ne bougea pas.

« Monsieur, dit enfin Kovaliov en s'armant de courage, monsieur…

– Que désirez-vous ? demanda le Nez en se retournant.

– Je suis surpris, monsieur ; vous devriez, il me semble, un peu mieux connaître votre place… Mais puisque je vous retrouve… Avouez que…

– Mille pardons, je ne parviens pas à comprendre ce que vous voulez dire ; expliquez-vous. »

« Comment lui expliquer ? » songea Kovaliov qui, s'enhardissant, reprit : « Evidemment, je… Mais enfin, monsieur, je suis major. Et je ne saurais, convenez-en, me promener sans nez. Que pareille aventure arrive à une vendeuse d'oranges pelées du pont de l'Ascension, passe encore ! Mais moi, monsieur, je suis en passe d'obtenir… Et puis, je suis reçu dans de nombreuses maisons ; je compte parmi mes connaissances Mme la conseillère Tchékhtariov, et bien d'autres dames… je ne sais vraiment… Excusez, monsieur (ici, le major Kovaliov haussa les épaules), mais à parler franc, si l'on envisage la chose selon les règles de l'honneur et du devoir… Bref, vous conviendrez…

– Je n'y comprends goutte, répéta le Nez ; expliquez-vous plus clairement.

– Monsieur, répliqua Kovaliov d'un ton fort digne, je ne sais quel sens donner à vos paroles… L'affaire est pourtant bien claire… Enfin, monsieur, n'êtes-vous pas mon propre nez ? »

Le Nez considéra le major avec un léger froncement de sourcils.

« Vous vous trompez, monsieur, je n'appartiens qu'à moi-même. D'étroites relations ne sauraient d'ailleurs exister entre nous. À en juger par les boutons de votre uniforme, nous appartenons à des administrations différentes. »

Sur ce, le Nez tourna le dos à Kovaliov, qui perdit contenance et ne sut plus ni que faire ni que penser. À ce moment, un agréable froufrou se fit entendre ; deux dames arrivaient : l'une, d'un certain âge, couverte de dentelles ; l'autre, toute menue, moulée dans une robe blanche et dont le chapeau jaune paille avait la légèreté d'un soufflé. Un grand flandrin[1] de heiduque[2], dont le visage s'ornait d'énormes favoris et la livrée d'une bonne douzaine de collets, s'arrêta derrière elles et ouvrit sa tabatière.

Kovaliov redressa le col de batiste de sa chemise, mit en ordre ses cachets suspendus à une chaînette d'or et, souriant à la ronde, concentra toute son attention sur la jeune personne aérienne, qui, s'inclinant un peu, comme une fleur printanière, porta à son front une main blanche aux doigts diaphanes. Le sourire de Kovaliov s'épanouit davantage encore quand il aperçut sous le chapeau un petit menton rond, d'une blancheur éclatante, et une moitié de joue fraîche pareille à une rose de mai. Mais il recula aussitôt à la façon d'un homme qui se brûle : il venait de se souvenir qu'il n'avait pas de nez ! Il se retourna pour déclarer sans ambages au monsieur en uniforme qu'il usurpait le titre de conseiller d'État, puisqu'il n'était en réalité que son fripon de nez. Cependant le Nez avait eu déjà le temps de s'éclipser et poursuivait, sans doute, le cours de ses visites.

Ce nouveau contretemps plongea Kovaliov dans le désespoir. Revenu sur ses pas, il s'immobilisa un instant sous la colonnade, et promena ses regards de tous côtés, à la recherche de son nez. Il se rappelait fort bien que son coquin

---

1. Flandrin : homme grand, d'allure gauche, synonyme de dadais.
2. Heiduque : domestique en livrée à la hongroise.

portait un chapeau à plumes et un uniforme brodé d'or; toutefois, il n'avait remarqué ni la coupe du manteau, ni la couleur de la voiture, ni la robe des chevaux, ni même la livrée du valet de pied, si valet de pied il y avait. Les équipages se croisaient si nombreux et roulaient à si belle allure qu'il était difficile d'en distinguer un parmi les autres; et d'ailleurs, comment l'arrêter? Par cette belle journée ensoleillée, la Perspective était noire de monde : du pont de la Police au pont Anitchkov, le flot des dames s'écoulait le long du trottoir comme une cascade de fleurs. Kovaliov reconnut un conseiller aulique auquel il donnait volontiers du lieutenant-colonel, surtout en présence d'un tiers. Il aperçut son grand ami Yaryjkine, chef de bureau au Sénat, qui perdait toujours lorsqu'il demandait huit au boston. Il vit aussi de loin un autre major, qui avait également décroché son grade au Caucase et lui faisait signe de venir le rejoindre…

« Saperlipopette ! maugréa Kovaliov en sautant dans un fiacre. Cocher, au galop ! chez le maître de police ! »

« Monsieur, le maître de police est-il visible ? s'écria-t-il en pénétrant dans l'antichambre de ce haut fonctionnaire.

– Non, répondit l'huissier, Monsieur vient de sortir.

– Il ne manquait plus que ça !

– Une minute plus tôt et vous l'auriez trouvé », crut devoir ajouter le suisse.

Kovaliov, le visage toujours enfoui dans son mouchoir, se rejeta dans son fiacre en criant d'une voix désespérée :

« Marche !

– Où cela ? demanda le cocher.

– Droit devant toi !

– Droit devant moi ? Mais nous sommes à un carrefour ; faut-il prendre à droite ou à gauche ? »

Cette question contraignit Kovaliov à réfléchir. La situation lui commandait de s'adresser à la préfecture de police. Bien que l'affaire ne fût pas précisément de son ressort, cette administration était à même de prendre plus rapidement qu'une autre les mesures nécessaires. Il ne fallait pas songer à demander satisfaction au directeur du département auquel le Nez s'était prétendu attaché; les réponses de cet effronté montraient qu'il ne respectait rien ni personne; qui l'empêchait en l'occurrence de mentir comme il l'avait fait en prétendant ignorer le major? Kovaliov allait donc donner au cocher l'adresse de la préfecture de police; mais il se fit soudain la réflexion qu'un sacripant capable de se conduire dès la première rencontre d'une manière aussi indigne pouvait, si on lui en laissait le temps, gagner le large en douceur; les recherches dureraient un mois entier, si tant est qu'elles aboutissent jamais. Enfin, le ciel daigna l'inspirer. Il résolut de recourir à la presse et de publier dans les journaux une description détaillée de son nez; tous ceux qui rencontreraient le fugitif pourraient ainsi le lui ramener ou, tout au moins, lui indiquer le logis du fripon. Il se fit aussitôt conduire à un bureau d'annonces et, tout le long du chemin, ne cessa de bourrer de coups de poing le dos du cocher.

«Plus vite, animal! Plus vite, scélérat!

– Eh là! monsieur», disait le pauvre diable en hochant la tête et en stimulant des guides son méchant bidet dont le poil était aussi long que celui d'un épagneul.

Le fiacre finit par s'arrêter; Kovaliov hors d'haleine se précipita dans une petite salle où un employé grisonnant, vêtu d'un vieux frac fort usé et portant des lunettes, comptait, la plume entre les lèvres, de la monnaie de billon.

«À qui faut-il s'adresser pour une annonce? s'écria dès l'abord Kovaliov. Ah! pardon, bonjour, monsieur!

– J'ai bien l'honneur…, répondit l'employé grisonnant, qui leva un instant les yeux pour les reporter aussitôt sur ses piles de monnaie.

– Je désirerais faire insérer…

– Si vous voulez bien attendre », dit l'employé en inscrivant un chiffre de la main droite, tandis que de la gauche il faisait glisser deux boules sur son boulier.

Un domestique de grande maison, à en juger par sa livrée galonnée et sa tenue assez décente, se tenait devant l'employé, un papier à la main. Il crut bon de faire montre de son savoir-vivre.

« Vous pouvez m'en croire, monsieur, le toutou ne vaut pas quatre-vingts kopeks ; je n'en donnerais pas dix liards, quant à moi ; mais la comtesse l'adore, oui, monsieur, c'est le mot : elle l'adore. Voilà pourquoi elle promet cent roubles à qui le lui rapportera. Que voulez-vous, tous les goûts sont dans la nature ! À mon avis, quand on se pique d'être amateur, on se doit d'avoir soit un caniche, soit un chien couchant. Payez-le cinq cents, payez-le mille roubles mais que cette bête-là vous fasse honneur ! »

Le brave employé prêtait l'oreille à ces discours avec une mine de circonstance, tout en comptant les lettres de l'annonce en question. Billets à la main, un grand nombre de commis, concierges et commères attendaient leur tour. Dans tous ces billets on cédait quelque chose : un cocher d'une sobriété parfaite ; une calèche presque neuve, ramenée de Paris en 1814 ; une fille de dix-neuf ans, blanchisseuse de son métier, mais également apte à d'autres travaux ; un solide drojki auquel il ne manquait qu'un ressort ; un jeune cheval fougueux, gris pommelé, âgé de dix-sept ans ; des graines de navet et de radis récemment reçues de Londres ; une maison de campagne et ses dépendances, soit deux boxes à chevaux et un emplacement fort commode pour y planter sapins ou bouleaux ; un lot de vieilles semelles vendues aux enchères tous les jours de huit heures du matin à trois heures de relevée.

Toute cette compagnie assemblée dans une pièce aussi exiguë en rendait l'atmosphère particulièrement lourde. Cependant le major Kovaliov ne s'en trouvait point incommodé : il tenait son mouchoir sur son visage, et d'ailleurs son nez se promenait… Dieu sait où.

« Permettez, monsieur, je suis très pressé, fit-il enfin, pris d'impatience.

– Tout de suite, tout de suite !… Deux roubles quarante-trois kopeks… Tout de suite !… Un rouble soixante-quatre kopeks, disait le grison en jetant leurs billets à la tête des concierges et des commères… Vous désirez ? reprit-il en s'adressant, cette fois, à Kovaliov.

– Je voudrais…, déclara celui-ci. Voyez-vous, je ne sais s'il s'agit d'une canaillerie ou d'une friponnerie… Je voudrais seulement faire savoir que quiconque me ramènera mon coquin recevra une honnête récompense.

– Votre nom, si vous le permettez ?

– Mon nom ? Impossible ! Vous comprenez, j'ai beaucoup de connaissances : Mme la conseillère Tchékhtariov, Mme Podtotchine, Pélagie Grigorievna, une veuve d'officier supérieur… Les voyez-vous apprenant tout à coup… Que Dieu m'en préserve !… Écrivez tout simplement : un assesseur de collège, ou mieux encore, un monsieur ayant rang de major…

– Et le fugitif est l'un de vos serfs ?

– Un serf ! Il s'agit bien de cela ! Non, le fugitif n'est autre que… mon nez.

– Vous dites ? Quel nom bizarre ! Et ce monsieur "Monnez" vous a emporté une forte somme ?

– Eh non ! vous faites erreur ! Mon nez, monsieur, mon propre nez a pris la poudre d'escampette. C'est le diable, sans doute, qui m'a joué ce beau tour !

– Comment diantre cela est-il arrivé ? Je ne comprends pas très bien !

– Je ne saurais vous le dire ; toujours est-il que ce monsieur roule carrosse et se fait passer pour conseiller d'État. Je vous prie donc d'annoncer que quiconque mettra la main dessus ait à me le remettre dans le plus bref délai possible. Voyons, monsieur, je vous le demande, que puis-je faire sans cet organe apparent ? S'il ne s'agissait que d'un orteil, je fourrerais mon pied dans ma botte et personne n'en remarquerait l'absence. Mais, vous comprenez, je vais tous les jeudis chez Mme la conseillère Tchékhtariov ; Mme Podtotchine, Pélagie Grigorievna, une veuve d'officier supérieur et sa charmante fille sont aussi de mes amies... Jugez-en vous-même... Impossible maintenant de me présenter décemment chez elles !... »

L'employé se prit à réfléchir ; du moins la contraction de ses lèvres permettait de le supposer.

« Non, déclara-t-il après un long silence. Aucun journal ne voudra insérer une pareille annonce.

– Pourquoi cela ?

– Parce que cela nuirait à leur réputation... Vous comprenez, si chacun se met à déclarer que son nez a pris la clef des champs... On reproche déjà aux journaux d'imprimer tant de sornettes...

– Permettez, il ne s'agit pas de sornettes...

– Vous avez beau dire. Pas plus tard que la semaine dernière, là où vous êtes, il y avait un fonctionnaire désireux de faire passer une annonce... Cette annonce qui, je m'en souviens, se montait à deux roubles soixant-treize, signalait la disparition d'un caniche noir. Rien de plus innocent, n'est-ce pas ? Eh bien, monsieur, vous me croirez si vous voulez, c'était un libelle : le caniche désignait le trésorier de je ne sais plus quelle administration.

– Mais, dans mon annonce à moi, il ne s'agit pas de caniche ; il ne s'agit que de mon propre nez, comme qui dirait de moi-même !

– Non, je vous assure, c'est impossible !

– Mais puisque mon nez a réellement disparu !

– Alors consultez un médecin. Certains sont, dit-on, fort habiles à poser tous les nez qu'on désire. À ce que je vois, monsieur, vous êtes d'humeur gaie ; vous devez aimer les farces de société.

– Je vous jure que je dis vrai. Si vous ne me croyez pas, je puis vous faire voir.

– Inutile ! objecta l'employé en prenant une prise. Après tout, si cela ne vous dérange pas », reprit-il, cédant à la curiosité.

Le major se découvrit le visage.

« C'est ma foi vrai ! s'écria l'employé. Quelle étrange aventure ! La place est lisse et plate comme une crêpe au sortir de la poêle !

– Refuserez-vous encore d'accepter mon annonce ? Impossible de rester comme ça, vous le voyez bien ! Je vous serai extrêmement reconnaissant et me félicite que cette aventure m'ait procuré le plaisir de votre connaissance. »

Le major, on le voit, s'était résolu à baisser un peu le ton : une fois n'est pas coutume…

« Évidemment, acquiesça l'employé, cela peut se faire ; mais, à mon sens, pareille annonce ne vous servira de rien. Mieux vaudrait soumettre le cas à un habile écrivain : il le présentera comme un jeu bizarre de la nature et publiera son article dans *L'Abeille du Nord* (ici l'employé huma une nouvelle prise) au grand profit de la jeunesse (ici l'employé s'essuya le nez) ou, simplement, à la grande satisfaction des curieux. »

Le major avait perdu tout espoir. Ses yeux tombèrent sur une annonce de spectacle, au bas d'une page de journal. Au nom d'une charmante actrice il s'apprêtait à sourire, voire à chercher dans sa poche un billet de cinq roubles, car il était d'avis que les officiers supérieurs ne doivent se montrer qu'aux fauteuils. Mais, hélas ! le souvenir de son nez absent lui revint...

L'employé lui-même parut touché de la situation embarrassée de Kovaliov. Désireux de lui alléger sa peine, il jugea convenable de lui témoigner un peu de sympathie.

« Je suis vraiment désolé de ce qui vous arrive. Puis-je vous offrir une prise ? Cela calme les maux de tête et dissipe les humeurs noires ; c'est même excellent contre les hémorroïdes. »

Tout en parlant, l'employé tendait à Kovaliov sa tabatière, non sans en avoir adroitement fait sauter le couvercle, qu'agrémentait le portrait d'une dame en chapeau.

Cette offre innocente mit le comble à la fureur du major.

« Eh quoi ! s'exclama-t-il, vous avez le front de plaisanter ! Vous ne voyez donc pas qu'il me manque justement l'organe avec lequel on prise ! Le diable soit de votre sale tabac ! Je suis dans un état à refuser le meilleur "râpé[3]" ! »

Sur ces mots, Kovaliov quitta, fort irrité, le bureau d'annonces et s'en fut tout droit chez le commissaire du quartier. Il le trouva en train de s'étirer, de bâiller en marmonnant : « Ah ! quelle bonne petite sieste je viens de faire ! » Le major n'aurait su arriver plus mal à propos. Le commissaire aimait fort à encourager les arts et les métiers, mais il aimait encore

---

3. Râpé : tabac à priser.

davantage les billets de banque. « Qu'y a-t-il de meilleur ? avait-il coutume de dire. Un billet, cela ne prend pas de place, cela ne demande aucun entretien : on peut toujours le fourrer dans sa poche, et si on le laisse tomber, il ne se fait aucun mal. »

Le commissaire reçut Kovaliov plutôt froidement : on ne procède point à des enquêtes aussitôt après dîner ; la nature a sagement ordonné une légère sieste après la réfection corporelle (le commissaire montra ainsi au major que les maximes des anciens ne lui étaient pas inconnues) ; d'ailleurs un homme comme il faut ne se laisse pas arracher le nez.

Le commissaire ne mâchait pas ses mots. Et Kovaliov, remarquons-le en passant, était fort susceptible. Il pardonnait à la rigueur les attaques dirigées contre sa personne, mais n'admettait aucun manque de respect envers son grade ou son état. À l'en croire, on pouvait permettre aux auteurs dramatiques de railler les officiers subalternes à condition de les empêcher de s'en prendre aux officiers supérieurs. L'accueil du commissaire déconcerta Kovaliov à tel point qu'il proféra sur un ton très digne, les bras légèrement écartés du corps :

« Après une réflexion aussi désobligeante, je n'ai plus rien à ajouter. »

Il se retira donc et rentra chez lui en chancelant. La nuit tombait déjà. Après toutes ses démarches infructueuses, son logis lui parut d'une tristesse, d'une laideur infinies. Il trouva dans l'antichambre son domestique Ivan qui, vautré sur un divan de cuir sordide, s'exerçait avec assez de bonheur à cracher au même endroit du plafond. Une pareille indifférence redoubla la fureur de Kovaliov ; il donna au faquin un grand coup de chapeau sur le front en criant :

« Ah, le dégoûtant ! toujours des sottises en tête ! »
Ivan sauta à bas du divan et se mit précipitamment en devoir de retirer le manteau de son maître.

Une fois dans sa chambre, le major, en proie à la fatigue et à la mélancolie, se laissa choir dans un fauteuil. Il poussa quelques soupirs, puis se tint ce discours :

« Mon Dieu, mon Dieu, pourquoi m'envoyez-vous cette calamité ? S'il s'agissait d'un bras ou d'une jambe, ce ne serait que demi-malheur. Mais, sans nez, un homme n'est plus un homme ; c'est un rien qui vaille, bon à jeter par la fenêtre. Si encore je l'avais perdu en duel, ou à la guerre, ou par ma faute !... Hélas non ! il a disparu comme cela, sans rime ni raison... Non, reprit-il après quelques instants de silence, c'est inconcevable. Je suis le jouet d'un cauchemar, d'une hallucination. Sans doute ai-je bu, au lieu d'eau pure, de cette eau-de-vie dont je me frotte le menton quand on m'a fait la barbe. Cet imbécile d'Ivan aura oublié d'emporter le flacon et je l'aurai avalé par distraction. »

Pour se convaincre qu'il n'était pas ivre, le major se pinça si fort qu'il en poussa un cri. La douleur le convainquit qu'il jouissait bel et bien de toutes ses facultés. Il s'approcha à petits pas du miroir, les yeux à demi clos, dans l'espoir qu'en les rouvrant, il aurait la surprise de retrouver son nez en bonne et due place ; mais il bondit aussitôt en arrière en grommelant :

« Pouah ! quelle sale bobine ! »

C'était vraiment à n'y rien comprendre. Un bouton, une cuiller d'argent, une montre ou tout autre objet de ce genre, passe encore ! Mais perdre son nez, et dans son propre logis !...

Tout bien considéré, le major Kovaliov se persuada que l'auteur du délit ne pouvait être que Mme Podtotchine. Cette personne désirait le voir épouser sa fille ; lui-même, à l'occasion, courtisait volontiers la demoiselle, mais reculait devant un engagement définitif. Mis au pied du mur par la maman, il avait rengainé ses compliments et déclaré qu'il était encore trop jeune : encore cinq ans de service, il aurait alors quarante-deux ans, et l'on verrait. Par esprit de vengeance, la Podtotchine s'était résolue à le défigurer, sans doute, et avait employé à cette fin quelque jeteuse de sorts. En effet, le nez n'avait pu être coupé : personne n'avait pénétré dans sa chambre ; le barbier Ivan Yakovlévitch l'avait encore rasé le mercredi ; et ce jour-là ainsi que le suivant, le nez était encore en place ; Kovaliov s'en souvenait parfaitement. Au reste, une blessure de ce genre, sans doute fort douloureuse, ne se fût pas cicatrisée si vite ; elle n'eût point affecté la forme plate d'une crêpe. Le major ruminait divers plans de conduite. Devait-il porter plainte contre Mme Podtotchine ou se rendre chez elle pour la confondre ? Une lueur qui filtrait à travers les fissures de la porte interrompit ses méditations et lui révéla qu'Ivan avait allumé une bougie dans l'antichambre. Bientôt Ivan apparut, porteur de ladite bougie, qui répandit une vive clarté dans toute la pièce.

Le premier mouvement de Kovaliov fut de s'emparer de son mouchoir et de dissimuler l'emplacement où, la veille encore, trônait son nez : il ne tenait pas à ce que ce maraud de valet demeurât bouche bée à contempler l'aspect hétéroclite de son maître.

Ivan avait à peine regagné sa tanière qu'une voix inconnue retentit dans l'antichambre.

« C'est bien ici qu'habite M. l'assesseur de collège Kovaliov ? »

Le major bondit.

« Entrez ; le major Kovaliov est chez lui », dit-il en ouvrant la porte.

Celle-ci livra passage à un exempt de belle prestance, dont les joues plutôt rebondies se paraient de favoris ni trop clairs ni trop foncés, le même que nous avons rencontré au commencement de ce récit, au bout du pont Saint-Isaac.

« Vous avez perdu votre nez ?

– Tout juste.

– Eh bien, il est retrouvé !

– Que dites-vous ? » s'écria le major Kovaliov, à qui la joie enleva l'usage de la parole. Il dévorait des yeux l'exempt planté devant lui, sur les lèvres et les joues duquel se jouait la lueur vacillante de la bougie. « Comment l'a-t-on retrouvé ?

– Oh, d'une manière fort étrange ! On l'a arrêté au moment où il se disposait à prendre la diligence de Riga. Il s'était depuis longtemps muni d'un passeport au nom d'un fonctionnaire. Et le plus bizarre, c'est que je l'ai tout d'abord pris pour un monsieur ! Heureusement que j'avais mes lunettes ! Cela m'a permis de reconnaître que ce n'était qu'un nez. Je dois vous dire que je suis myope : vous êtes là devant moi, mais je ne vois que votre visage, sans distinguer ni votre nez ni votre barbe. Ma belle-mère, j'entends la mère de ma femme a, elle aussi, la vue faible. »

Kovaliov ne se sentait plus de joie.

« Où est-il ? Où est-il ? Que je coure le chercher !

– Inutile de vous déranger. Sachant que vous en aviez besoin, je vous l'ai apporté. Le plus curieux de l'affaire, c'est que le principal complice est un chenapan de barbier de la rue de l'Ascension ! Il est maintenant sous les verrous. Il y a longtemps que je le soupçonnais de vol et d'ivrognerie : pas plus tard qu'avant-hier, il a chapardé dans une boutique une douzaine de boutons. Votre nez est d'ailleurs en parfait état. »

L'exempt fouilla dans sa poche et en retira un nez enveloppé dans un papier.

« C'est bien lui, s'écria Kovaliov, c'est bien lui ! Permettez-moi de vous offrir une tasse de thé.

– J'accepterais avec grand plaisir ; par malheur, je n'ai pas le temps ; il me faut encore passer à la maison d'arrêt... Les denrées, voyez-vous, deviennent inabordables... J'entretiens ma belle-mère, mes enfants ; l'aîné, un garçon très intelligent, donne de grandes espérances ; mais je n'ai pas les moyens de leur donner de l'instruction... »

Après le départ de l'exempt, le major fut quelque temps sans recouvrer l'usage de ses sens : la joie avait failli lui faire perdre la raison. Il prit avec force précautions dans le creux de sa main le nez retrouvé et le considéra très attentivement.

« C'est lui, c'est bien lui ! dit-il. Voici sur la narine gauche le bouton qui m'est venu hier ! »

Le major faillit éclater de rire. Mais rien n'est durable ici-bas ; au bout d'une minute, la joie perd de sa vivacité ; une minute encore et la voilà plus faible ; elle se fond ainsi par degrés avec notre état d'âme habituel, comme le cercle fermé par la chute d'un caillou se dilue à la surface de l'eau.

Toutefois, en y réfléchissant, le major s'aperçut que tout n'était pas dit. Il ne suffisait pas d'avoir retrouvé le nez, il fallait encore le remettre en place.

Et s'il allait ne pas tenir ?

À cette question qu'il s'était posée à lui-même, le major pâlit. Sous le coup d'une peur indicible, les mains tremblantes, il se précipita vers le miroir de sa table de toilette. Il risquait bel et bien de replacer son nez de travers ! Doucement, avec précaution, il le posa à son ancienne place. Horreur ! le nez ne voulait pas tenir !... Il l'approcha de ses lèvres, le réchauffa de son souffle, l'appliqua sur la surface lisse qui s'offrait entre les deux joues : peine perdue, le nez n'adhérait toujours pas !

« Allons, allons ! remets-toi en place, animal ! » lui disait-il, mais le nez semblait sourd et retombait chaque fois sur la table en émettant un son étrange, comme s'il eût été de liège.

« Ne voudra-t-il jamais tenir ? » s'écria le major, les traits contractés. Mais plus il le remettait en place et moins le nez voulait adhérer.

En désespoir de cause, Kovaliov envoya chercher le médecin qui habitait au premier, dans le meilleur appartement de la maison. Cet homme de belle mine possédait une femme appétissante et des favoris d'ébène ; il mangeait des pommes crues et tous les matins passait trois quarts d'heure à se rincer la bouche et à se frotter les dents avec cinq brosses différentes. Il ne tarda pas à se présenter et demanda tout d'abord quand s'était produit l'accident. Puis il souleva le menton du major et lui appliqua une chiquenaude à l'endroit où aurait dû se trouver le nez : la violence du coup fit reculer Kovaliov qui alla donner de la nuque contre le mur. L'esculape lui conseilla de ne pas prêter attention à cette bagatelle et d'éloigner légèrement sa tête du mur. Il la lui fit alors tourner, d'abord à droite, puis à gauche, en palpant chaque fois l'endroit où aurait dû se trouver le nez et en murmurant : « Hum ! » Finalement il lui donna une seconde chiquenaude : cette fois-ci, Kovaliov rejeta la tête en arrière comme un cheval auquel on inspecte les dents. Après cet examen, l'homme de l'art branla le chef et déclara :

« Restez donc comme vous êtes, pour éviter des complications. On peut évidemment remettre votre nez en place ; je m'en chargerais volontiers ; mais, je vous le répète, vous vous en trouverez plus mal.

– Comment cela ? dit Kovaliov. Quelle situation peut être pire que la mienne ? Que voulez-vous que je devienne sans nez ? Où irai-je, accommodé de la sorte ? Pourtant, je suis assez répandu dans le monde : aujourd'hui même, je dois assister à deux soirées. J'ai de nombreuses connaissances : Mme la conseillère Tchékhtariov, Mme Podtotchine, la veuve d'un officier supérieur... Il est vrai que je ne saurais dorénavant fréquenter cette dernière. Après de pareils procédés, je n'aurai de relations avec elle que par l'intermédiaire de la police... Mais enfin... Voyons, docteur, poursuivit Kovaliov d'une voix suppliante, n'y a-t-il vraiment pas moyen ? Arrangez-le tant bien que mal ; à la rigueur et en cas de danger, je puis le soutenir de la main. Comme d'ailleurs je ne danse pas, il n'y a pas à redouter de geste imprudent... En ce qui concerne vos honoraires, soyez persuadé que, dans la mesure de mes moyens, je...

– Voyez-vous, répliqua le médecin d'une voix entre deux tons extrêmement persuasive, voyez-vous, je n'exerce pas la médecine par esprit de lucre. Cela serait contraire à mes principes et à la dignité de mon art. Si je fais payer mes visites, c'est uniquement pour ne pas faire aux gens l'affront d'un refus. Je pourrais, c'est certain, remettre votre nez en place, mais je vous jure sur l'honneur que votre situation ne ferait ensuite qu'empirer. Laissez agir la nature. Faites de fréquentes ablutions à l'eau froide ; je vous assure que, sans nez, vous vous porterez aussi bien que si vous en aviez un. Quant à votre nez, je vous conseille de le mettre dans un bocal et de le conserver dans un peu d'alcool, ou mieux encore dans un peu de vinaigre tiédi après y avoir versé deux cuillerées d'esprit de sel. Vous pourrez alors en tirer une somme assez coquette : je serai le premier à l'acheter, si vous n'en demandez pas trop cher.

– Non, non, s'écria le major exaspéré ; je ne vous le vendrai pas, je préfère le perdre tout à fait.

– À votre aise, dit le praticien en prenant congé. Je désirais vous être utile ; vous ne le voulez pas ; c'est votre affaire. Tout au moins, croyez bien que j'ai fait tout mon possible pour vous. »

Sur ces paroles, il se retira avec un grand air de dignité, auquel Kovaliov, complètement désemparé, ne prit d'ailleurs point garde : c'est à peine si le malheureux remarqua les manchettes d'une blancheur de neige qui tranchaient sur l'habit noir de l'esculape.

Le lendemain, le major se résolut, avant de porter plainte, à une tentative de conciliation : Mme Podtotchine consentirait peut-être à lui retourner son bien sans esclandre. En conséquence, il lui écrivit la lettre suivante :

« Très honorée Alexandrine Grigorievna,
Je n'arrive pas à comprendre votre manière d'agir. Vous n'y gagnerez rien. Pareil procédé ne saurait me contraindre à épouser mademoiselle votre fille. Car l'affaire est éclaircie : vous en êtes la principale instigatrice, nul ne l'ignore plus. La disparition subite de mon nez, sa fuite, son déguisement sous les traits d'un fonctionnaire, sa réapparition sous sa propre forme, sont l'effet des sortilèges opérés par vous ou par les personnes qui vous prêtent leur concours pour de si nobles exploits. Je crois bon de vous prévenir que si mon nez n'a pas repris dès aujourd'hui sa place, je me verrai contraint de me placer sous la protection des lois.

Sur ce, j'ai l'honneur d'être, madame, avec un profond respect,

Votre dévoué serviteur,

PLATON KOVALIOV. »

« Très honoré Platon Kouzmitch,
Votre lettre a tout lieu de me surprendre. Je ne me serais jamais attendue à pareils reproches de votre part. Je n'ai

jamais reçu, ni sous un déguisement, ni sous son véritable aspect, le fonctionnaire dont vous m'entretenez. Philippe Ivanovitch Potantchikov a, il est vrai, fréquenté chez moi et recherché la main de ma fille. Cependant, malgré ses bonnes mœurs, sa sobriété, son instruction, je ne lui ai jamais donné le moindre espoir. Vous me parlez d'une histoire de nez. Si vous entendez par là que vous avez reçu un pied de nez, en d'autres termes que vous avez essuyé un refus de ma part, laissez-moi vous dire que c'est précisément le contraire. J'ai toujours été et je suis toujours prête à vous accorder la main de ma fille ; c'est le plus cher de mes désirs. Et dans cet espoir, j'ai l'honneur d'être

Votre bien dévouée,

ALEXANDRINE PODTOTCHINE. »

« Non, se dit Kovaliov après lecture de cette lettre, non, elle n'est pas coupable ! Impossible ! je ne reconnais pas là le style d'une criminelle. »

L'assesseur, qui avait procédé au Caucase à plus d'une enquête, s'entendait en ces matières.

« Mais alors, comment cela est-il arrivé ? Le diable seul pourrait débrouiller l'affaire ! » s'exclama-t-il enfin en laissant retomber ses bras de désespoir.

Cependant, cette singulière aventure faisait, non sans les embellissements coutumiers, le tour de la capitale. Les esprits étaient alors tournés vers le surnaturel. Des expériences de magnétisme venaient depuis peu de passionner le public. L'histoire des chaises tournantes de la rue des Grandes-Écuries était encore présente à toutes les mémoires. Aussi ne tarda-t-on pas à prétendre que le nez de l'assesseur de collège

Kovaliov se promenait tous les jours à trois heures précises sur la Perspective. Les curieux affluèrent. Quelqu'un ayant affirmé que le nez se trouvait chez Junker, il se forma devant ce magasin un rassemblement si considérable que la police dut intervenir. Un spéculateur, homme qui d'ordinaire vendait des gâteaux secs à la porte des théâtres et qui ne manquait pas de prestance, grâce à des favoris bien fournis, fabriqua incontinent de solides banquettes qu'il loua aux curieux à raison de quatre-vingts kopeks la place. Attiré par ce faux bruit, un brave colonel en retraite partit de chez lui plus tôt que de coutume et se fraya un chemin à grand-peine à travers la foule. En fait de nez, il aperçut dans la vitrine un vulgaire gilet de laine, ainsi qu'une lithographie exposée là depuis plus de dix ans, laquelle représente un petit-maître à barbiche et gilet en cœur, épiant, de derrière un arbre, une jeune fille en train de rattacher son bas. Le colonel ne dissimula pas son dépit et se retira en grommelant :

« A-t-on idée de répandre des bruits aussi ineptes, aussi invraisemblables ! »

D'autres nouvellistes jurèrent alors que ce n'était point sur la Perspective, mais au Jardin de Tauride que se promenait le nez du major Kovaliov ; cela ne datait pas d'hier ; lorsque Khozrev-Mirza y avait sa résidence, ce jeu de la nature l'avait fortement intrigué. Plusieurs élèves de l'École de chirurgie allèrent alors voir ce qui en était. Une grande dame très respectable écrivit au gardien de bien vouloir montrer à ses enfants ce rare phénomène, en leur donnant, si possible, quelques-unes de ces explications qui sont si profitables à la jeunesse.

Tous ces événements réjouirent fort les habitués des réceptions mondaines, qui se trouvaient justement à court d'anecdotes propres à distraire les dames. En revanche, un petit nombre de personnes bien pensantes ne cachèrent point leur mécontentement. Un monsieur s'indignait hautement : comment, en un siècle aussi éclairé, pouvait-on propager de telles sornettes, et pourquoi le gouvernement n'y mettait-il pas bon ordre ? Le monsieur appartenait à la catégorie des individus qui voudraient voir le gouvernement intervenir partout, même dans les disputes qu'ils ont journellement avec leurs femmes.

Alors… ; mais de nouveau l'aventure se perd dans un brouillard si épais que personne n'a jamais pu le percer.

III

Il se passe en ce bas monde des choses d'où la vraisemblance est bien souvent bannie. Un beau jour, ce fameux nez, qui se promenait affublé en conseiller d'État et faisait tant parler de lui, se retrouva soudain, comme si rien ne s'était passé, à son ancienne place, c'est-à-dire entre les deux joues du major Kovaliov. L'événement eut lieu le 7 avril. À son réveil, le major jeta par hasard un coup d'œil à son miroir et s'aperçut du retour de son nez. Il y porta la main. C'était bien lui.

« Ah bah ! » s'écria Kovaliov qui, dans sa joie, aurait dansé, pieds nus, un *trépak* endiablé au travers de sa chambre si la venue d'Ivan ne l'en avait empêché. Il se fit aussitôt apporter de l'eau pour ses ablutions. En se débarbouillant, il se mira de nouveau : le nez était bien là ! Il se mira encore tout en s'essuyant : le nez restait en place !

« Dis-moi, Ivan, il me semble que j'ai un bouton sur le nez ? » demanda-t-il en songeant avec anxiété. « Et si Ivan allait me dire : Un bouton ? mais non, monsieur, puisque vous n'avez pas de nez ! »

Mais Ivan répondit :

« Pas le moindre bouton, monsieur, votre nez est absolument net. »

« Ça va, ça va, saperlotte ! » se dit le major en faisant claquer ses doigts.

À ce moment apparut au seuil de la chambre le barbier Ivan Yakovlévitch, craintif comme un chat qui vient d'être fouetté pour avoir volé du lard.

« D'abord et avant tout, as-tu les mains propres ? lui cria de loin le major Kovaliov.

– Oui, monsieur.

– Tu mens !

– Parole d'honneur, monsieur !

– Prends garde ! »

Kovaliov s'assit, Ivan Yakovlévitch lui passa une serviette au cou et, en une minute, lui convertit à coups de blaireau le menton, puis une partie de la joue, en une crème pareille à celle que l'on sert les jours de fête dans le monde marchand.

« Ah ! très bien ! » se dit-il en regardant le nez, après quoi il inclina la tête de l'autre côté et le contempla de biais. « Le voilà revenu, le brigand ! » reprit-il *in petto*. Quand il se fut absorbé un temps suffisant dans la contemplation du nez, il leva deux doigts pour le saisir par le bout avec toutes les précautions d'usage. Telle était sa méthode.

« Attention, nom d'une pipe ! » lui cria Kovaliov.

Ivan Yakovlévitch laissa retomber son bras, intimidé comme il ne l'avait encore jamais été. Enfin il se mit à racler prudemment le menton du major. Bien qu'il éprouvât une grande difficulté à raser ses pratiques sans les tenir par leur organe olfactif, il parvint, en appuyant son pouce calleux sur la joue et la gencive de Kovaliov, à mener non sans peine sa tâche à bien.

Kovaliov s'habilla à la hâte, sauta dans un fiacre et se fit conduire au café.

« Garçon, un chocolat ! » cria-t-il dès l'entrée. Un regard dans une glace lui permit de constater aussitôt la présence de son nez. Il se retourna tout joyeux et lança en clignotant une œillade sarcastique du côté de deux militaires, dont l'un avait le nez pas plus gros qu'un bouton de gilet.

De là, il se rendit dans les bureaux où il sollicitait une charge de vice-gouverneur, et, en cas d'insuccès, une place d'inspecteur. En traversant l'antichambre, il se regarda au miroir : le nez était toujours là.

Puis il alla faire visite à un autre assesseur ou major, un grand railleur aux brocards duquel il répliquait d'ordinaire : « Je te connais, mauvaise langue ! » En chemin, il se disait : « Si le major n'éclate pas de rire en me voyant, c'est que tout va bien. » Le major ne souffla mot. « Ça va, ça va, saperlotte ! » se répéta Kovaliov.

Il rencontra Mme Podtotchine et sa fille. Ces dames répondirent à son salut par de joyeuses exclamations, preuve que tout allait bien. Une longue conversation s'engagea. Kovaliov tira sa tabatière et se bourra consciencieusement les deux narines en marmonnant : « Voilà, belles dames ! Et vous aurez beau faire, je n'épouserai pas la gamine…, si ce n'est de la main gauche… »

Depuis lors, le major Kovaliov se fait voir partout, à la promenade comme au théâtre. Et son nez demeure planté au bon endroit, comme s'il n'avait jamais eu la fantaisie d'aller se pavaner ailleurs. Aussi le major Kovaliov se montre-t-il toujours d'excellente humeur ; il poursuit, le sourire aux lèvres, toutes les jolies femmes. On l'a même vu une fois au Bazar en train d'acheter le ruban de je ne sais plus quel ordre, chose d'ailleurs surprenante, car il n'est chevalier d'aucun ordre.

Telle est l'aventure qui eut pour théâtre la capitale septentrionale de notre vaste empire. À y bien réfléchir, beaucoup de détails en paraissent inconcevables. Sans parler de la disparition, vraiment surnaturelle, du nez et de sa réapparition en divers endroits sous forme de conseiller d'État, comment Kovaliov a-t-il pu songer à réclamer son nez par la voie des journaux? Je ne parle pas du coût de l'annonce – n'allez pas me ranger parmi les avares! – mais de son inconvenance, de son immodestie! Et puis comment le nez s'est-il trouvé tout d'un coup dans un pain frais? Comment Ivan Yakovlévitch... Non, cela ne tient pas debout, je ne le comprends absolument pas... Mais, ce qu'il y a de plus étrange, de plus extraordinaire, c'est qu'un auteur puisse choisir de pareils sujets... Je l'avoue, cela est, pour le coup, absolument inconcevable, c'est comme si... non, non, je renonce à comprendre. Premièrement, cela n'est absolument d'aucune utilité pour la patrie; deuxièmement... mais deuxièmement non plus, d'aucune utilité. Bref, je ne sais pas ce que c'est que ça...

Et cependant, malgré tout, bien que, certes, on puisse admettre et ceci, et cela, et encore autre chose, peut-être même... et puis enfin quoi, où n'y a-t-il pas d'incohérences? Et après tout, tout bien considéré, dans tout cela, vrai, il y a quelque chose. Vous aurez beau dire, des aventures comme cela arrivent en ce monde, c'est rare, mais cela arrive.

Arrêt sur lecture 4

Avez-vous ri ou grincé des dents en lisant cette nouvelle* ? L'absurde est ici à double tranchant : ces décalages, ces petits riens qui font basculer le quotidien dans l'irréel, procurent un sentiment de malaise. Si l'on y prête bien attention, l'absurde recèle une grande sensibilité poétique.

Quel est le personnage principal ?

Le major Kovaliov

Avec cet assesseur de collège (soit un échelon au-dessus de Poprichtchine du *Journal d'un fou*), nous découvrons une nouvelle figure de fonctionnaire. Rien ne distingue Kovaliov de ses homologues qui peuplent les récits pétersbourgeois, si ce n'est peut-être son snobisme… et le fait malencontreux qu'il se réveille un matin sans son nez.

En réalité, plus que le major Kovaliov, c'est son nez qui, semble-t-il, est le véritable héros de l'histoire, laquelle porte d'ailleurs son nom. Kovaliov est ici le prétexte à une histoire drôle, le cobaye sur lequel Gogol va exercer son talent de conteur. Il est ainsi promené tout au long du récit, du bureau d'annonces où il s'adresse pour rédiger un avis de recherche, au poste de police, en passant par la fameuse Perspective Nevski. Tel un pantin entre les mains d'un marionnettiste, Kovaliov exécute toutes les facéties que Gogol a conçues pour lui, prêtant à rire à son insu. Dans les scènes de confrontation avec les différents témoins de son étrange aventure, on est loin du Gogol tourmenté du *Portrait*. C'est ici le maître de la *vis comica* (force comique, en latin) qui tient la plume.

Le Nez

Nous entrons de plain-pied dans le fantastique*, et ce pour la première fois dans les récits de Gogol. L'incarnation du nez du major Kovaliov, ce nez à figure humaine qui se promène dans les rues de Saint-Pétersbourg le signale, de façon délibérée. Tel est le traitement du fantastique propre à Gogol : il introduit dans la réalité de tous les jours un élément discordant. En l'occurrence le nez :

> Soudain il s'arrêta, cloué sur place : un événement incompréhensible se passait sous ses yeux : un landau venait de s'arrêter devant la porte d'une maison ; la portière s'ouvrit ; un personnage en uniforme sauta tout courbé de la voiture et grimpa l'escalier quatre à quatre. Quels ne furent pas la surprise et l'effroi de Kovaliov en reconnaissant dans ce personnage... son propre nez ! (p. 219-220).

Par là, le fantastique est pour ainsi dire banalisé. Le lecteur se trouve forcé à accepter l'inacceptable, à croire à l'incroyable. Cette habileté avec laquelle Gogol suscite l'adhésion de son lecteur à un récit invraisemblable, nous la retrouvons tout au long du texte ; nous aurons plus loin l'occasion de l'étudier en détail.

Dans la deuxième partie de ce court récit (à partir de la p. 217), le lecteur est ainsi mis en face d'un personnage pour le moins déconcertant : un nez qui agit, parle, se déplace exactement comme un être humain ! Or, même les personnages du récit s'y laissent prendre – par exemple cet officier de police qui vient rapporter au major Kovaliov son nez, arrêté alors qu'il tentait de franchir la frontière :

Dans cette illustration de Krug, la rapidité du trait, le peu de réalisme et le grotesque turban du barbier vous semblent-ils mettre en images la sérieuse naïveté de Gogol?

Et le plus bizarre, c'est que je l'ai tout d'abord pris pour un monsieur! Heureusement que j'avais mes lunettes! Cela m'a permis de reconnaître que ce n'était qu'un nez (p. 233).

Les personnages secondaires

Le récit, construit en triptyque (c'est-à-dire en trois parties), fait d'abord intervenir le personnage du barbier, accompagné de sa femme. Ce barbier découvre dans un petit pain le nez du major Kovaliov, et s'imagine qu'il a pu le lui couper par mégarde. Personnage de comédie par excellence, il refait son apparition à la fin du récit lorsqu'il vient raser le major Kovaliov, comme pour montrer que la boucle est désormais bouclée. Le rideau retombe alors sur cet épisode grotesque* d'une vie bien ordinaire.

Ainsi, telle l'excroissance qui était apparue sur le nez du major Kovaliov le matin de ce fameux jour – rappelez-vous la fin du *Journal d'un fou* ! –, l'histoire du nez perdu puis retrouvé n'était qu'un accident, qu'un « pied de nez », comme l'écrit Mme Podtotchine dans sa lettre à Kovaliov.

Comique et grotesque

Les types de comique

Ce qui caractérise ce court texte est bien entendu son comique. La disparition du nez du major Kovaliov est le prétexte à de nombreuses scènes humoristiques, qu'il s'agisse du comique de langage ou du comique de situation, notamment lors des confrontations de Kovaliov avec ses interlocuteurs successifs.

Il en va ainsi de la proposition bien innocente de l'employé qui, pour réconforter Kovaliov, lui offre du tabac à priser, alors que celui-ci n'a pas de nez :

> Eh quoi ! […] vous avez le front de plaisanter ! Vous ne voyez donc pas qu'il me manque justement l'organe avec lequel on prise ! Le diable soit de votre sale tabac ! Je suis dans un état à refuser le meilleur « râpé » (p. 229).

On a ici un parfait exemple de comique de langage.

Lorsque le major Kovaliov a enfin récupéré son nez, se pose le problème de sa mise en place : ce n'est pas tout d'avoir retrouvé le fugitif, encore faut-il pouvoir le porter au milieu de la figure, comme tout un chacun… La scène qui décrit cette opération pour le moins inhabituelle est empreinte d'un profond comique de situation. Voyez plutôt :

> Doucement, avec précaution, il le posa à son ancienne place. Horreur ! le nez ne voulait pas tenir !.... Il l'approcha de ses lèvres, le réchauffa de son souffle, l'appliqua sur la surface lisse qui s'offrait entre les deux joues : peine perdue, le nez n'adhérait toujours pas !
> « Allons, allons ! remets-toi en place, animal ! » lui disait-il, mais le nez semblait sourd et retombait chaque fois sur la table en émettant un son étrange, comme s'il eût été de liège (p. 234).

Quel que que soit le registre comique, c'est toujours la même verve humoristique qui permet à Gogol de faire oublier l'invraisemblance du récit et de faire apparaître, sous un jour grotesque, les événements qu'il raconte.

Jusqu'à l'extravagant
Est grotesque* ce qui est incongru et excessif. Les gargouilles du Moyen Âge (par exemple celles qui ornent les façades de la cathédrale Notre-Dame de Paris) sont un bon exemple du grotesque en architecture. En littérature, on définit le grotesque comme une forme de comique poussé jusqu'au fantastique*, ce qui s'applique parfaitement à notre récit. Victor Hugo écrit à ce propos qu'il « crée le difforme et l'horrible, le comique et le bouffon » et qu'il est « la plus riche source que la nature puisse offrir à l'art ».

On peut voir un bon exemple de grotesque dans le conseil que donne à Kovaliov le médecin qu'il a fait appeler pour remettre son nez en place :

> […] je vous assure que, sans nez, vous vous porterez aussi bien que si vous en aviez un. Quant à votre nez, je vous conseille de le mettre dans un bocal et de le conserver dans un peu d'alcool, ou mieux encore dans un peu de vinaigre tiédi après y avoir versé deux cuillerées d'esprit de sel (p. 236).

Comment tirer parti d'un prétexte ?

Gogol a écrit un grand nombre de nouvelles – ce n'est pas par hasard ! En raison de sa brièveté, cette forme littéraire permet à l'auteur de tirer parti de son sens de l'observation et de monter en épingle un petit fait saillant. Ainsi, l'aventure du major Kovaliov est un prétexte pour raconter une histoire drôle, et le major lui-même est l'occasion d'exploiter une situation comique. C'est dans ses nouvelles que se manifeste le mieux son plaisir de conteur s'ingéniant à capter l'attention de son auditoire.

Gogol tient son lecteur en haleine jusqu'à la fin de son récit. Pour ce faire, il a recours à des procédés de la littérature fantastique, tel celui de l'**accréditation***. Vous comprendrez mieux en quoi consiste ce procédé si nous analysons de plus près un passage situé au début de la nouvelle :

> Ce jour-là, 25 mars dernier, Pétersbourg fut le théâtre d'une aventure des plus étranges (p. 213).

Gogol souligne ici comme à dessein l'étrangeté de son récit, son caractère invraisemblable. Surtout, loin d'éveiller l'incrédulité chez le lecteur, ces affirmations renforcent son adhésion à ce qui va être raconté.

Ce procédé, couramment utilisé par les auteurs de littérature fantastique, s'appelle un processus d'accréditation. Il consiste à affirmer que tout ce que le lecteur va lire est faux ou fantastique ou invraisemblable, pour mieux le faire adhérer à cet univers fantastique.

On en trouve de nombreux exemples, comme dans ce passage :

> Non, cela ne tient pas debout, je ne le comprends absolument pas… […]. Je l'avoue, cela est, pour le coup, absolument inconcevable, c'est comme si… non, non, je renonce à comprendre. Premièrement, cela n'est absolument d'aucune utilité pour la patrie ; deuxièmement… mais deuxièmement non plus, d'aucune utilité. Bref, je ne sais pas ce que c'est que ça… (p. 243).

En mettant ainsi l'accent sur le caractère absurde et inconcevable de son récit, Gogol feint l'incrédulité pour venir à bout des dernières réticences de son lecteur et l'entraîner à sa suite dans l'univers grotesque qu'il a construit.

La fin du récit repose entièrement sur ce processus. Qui plus est, elle fait apparaître le plaisir que prend Gogol à conter cette histoire apparemment sans queue ni tête, parfaitement inconcevable, parfaitement inutile, mais parfaitement comique pour le plus grand plaisir du lecteur. Et, comme il le souligne avec une ingénuité désarmante :

> Vous aurez beau dire, des aventures comme cela arrivent en ce monde, c'est rare, mais cela arrive (p. 243).

Lecture méthodique

Précisément, le passage que nous avons choisi va de « Telle est l'aventure » à « mais cela arrive » (p. 243).

Introduction

Les dernières lignes du *Nez* constituent la morale du récit. Ce texte en forme de bilan se développe en deux temps : d'abord le constat de l'invraisemblance du récit, puis un plaidoyer pour l'absurde. Nous verrons d'abord comment l'auteur histrion se met en scène, puis comment se met en place la chute de la nouvelle.

Développement : les axes de lecture

<u>1 – L'histrionisme de l'auteur</u>

Gogol se met en scène : il reprend les rênes de son récit et s'adresse directement à son lecteur sans plus se soucier de ses personnages, comme si (c'est peut-être le cas) leur aventure n'était qu'un prétexte à raconter une histoire. Peu importe donc son invraisemblance.

Gogol se moque gentiment de son lecteur en mettant en évidence l'absurdité de son récit :

> Non, cela ne tient pas debout, je ne le comprends absolument pas... (p. 243).

Gogol montre ainsi qu'il a été victime de son talent de conteur : non seulement il se lit lui-même, mais en plus il feint d'avoir été pris au jeu de l'auteur, sans s'arrêter aux invraisemblances du récit.

Manifestant son sens de l'humour et son histrionisme*, il ajoute :

> Mais, ce qu'il y a de plus étrange, de plus extraordinaire, c'est qu'un auteur puisse choisir de pareils sujets... Je l'avoue, cela est, pour le coup, absolument inconcevable, c'est comme si... non, non, je renonce à comprendre (p. 243).

Et s'il y avait vraiment un malin génie derrière le miroir… ? Telle est la question que soulève cette image tirée du *Nez* (1963), le film d'animation qu'Alexandre Alexeieff (1901-1982) a réalisé d'après l'œuvre de Gogol.

2 – Une fin déconcertante

Ainsi manipulé par l'auteur, le lecteur ne peut qu'être déconcerté. Tout ce qu'il vient de lire avec bonne foi se trouve ridiculisé et remis en cause par Gogol. En réalité, celui-ci donne ici à son lecteur une leçon de littérature : peu importe au fond le sujet, du moment que le plaisir du texte fonctionne. Par ce morceau de bravoure, où il fait comme si ce qu'il avait écrit n'avait aucun poids, où il joue le rôle d'un lecteur naïf, Gogol prend son lecteur à rebours et le désarçonne.

Dans ce numéro d'écrivain, il parvient même à rendre son style mimétique de celui d'un autre de ses héros, Akaki Akakiévitch du *Manteau*, lequel emploie des locutions toutes faites et ne finit pas ses phrases :

> Premièrement, cela n'est absolument d'aucune utilité pour la patrie ; deuxièmement... mais deuxièmement non plus, d'aucune utilité, Bref, je ne sais pas ce que c'est que ça... (p. 243).

Tout son art de nouvelliste se concentre dans cette chute qui ménage un fort effet de surprise. Par cette chute qui prend son lecteur de court, Gogol donne une leçon de lecture, et aussi une leçon d'écriture. Quel que soit le sujet, ce qui importe avant tout, c'est « le frisson du faire semblant », suivant l'expression de Georges Perec dans *Un cabinet d'amateur* (1979).

Conclusion
Le Nez s'achève, ce qui est moins étonnant qu'il n'y paraît, par une pirouette de Gogol à son lecteur. Conclusion déconcertante d'une nouvelle qui ne l'est pas moins, cette page nous fait entrer dans les secrets de l'écriture de Gogol.

Moi et moi

Comme vous pourrez le constater dans le texte suivant, Dostoïevski s'est beaucoup inspiré de Gogol pour écrire *Le Double* (1846), roman d'un petit fonctionnaire souffrant de dédoublement et entraîné dans la folie.

« Mais l'instant d'après il quittait son lit d'un bond, ayant probablement retrouvé enfin l'idée autour de laquelle tournaient ses pensées encore divagantes et mal rameutées. Sorti du lit, il courut aussitôt vers la petite glace ronde qui se trouvait sur la commode. L'image qui s'y refléta – un visage sommeilleux, des yeux clignotants et une calvitie assez avancée – était à vrai dire si insignifiante en elle-même qu'elle n'avait de quoi arrêter au premier regard l'attention de personne ; il fut néanmoins visible que son possesseur restait parfaitement satisfait de ce qu'il avait vu dans le miroir. « Ce qui serait un sale coup, murmura M. Goliadkine, ce qui serait un sale coup, ce serait si juste aujourd'hui j'allais rater quelque chose, si tout d'un coup par exemple je ne sais quoi clochait, un vilain bouton mal placé ou quelque autre désagrément ; mais pour le moment ça ne va pas mal, pour le moment tout va bien. » **》**

Le Double, Éditions Gallimard, 1980.

à vous...

1 – Compréhension – Que va regarder le major Kovaliov dans son miroir, au réveil ?

2 – Compréhension – Qui rapporte son nez au major Kovaliov ?

3 – Explication linéaire – Faites l'explication linéaire du passage qui va de « Cependant, cette singulière aventure » (p. 238) à « invraisemblables » (p. 239). Montrez ce que le passage a de grotesque*, en insistant sur le décalage entre la minceur de l'événement et l'ampleur de la rumeur qu'il suscite.

4 – Commentaire composé – Faites le commentaire composé du passage qui va du début de la page 213 à « respectable épouse » (p. 214). Montrez comment le fantastique* apparaît progressivement dans le texte.

5 – Commentaire comparé – Comment le passage du *Nez*, de « L'assesseur de collège » (p. 217) à « maître de police » (p. 218) trouve-t-il un écho dans celui du *Double* reproduit ci-dessus ?

6 – BAC. Question d'ensemble – Commentez la dernière phrase de la nouvelle et montrez dans quelle mesure elle peut constituer une définition du genre de la nouvelle*.

7 – Imagination – Le major raconte à son barbier son aventure pendant qu'il se fait raser : rédigez son récit.

Le Manteau

Au ministère de… Non, mieux vaut ne pas le nommer. Personne n'est plus susceptible que les fonctionnaires, officiers, employés de bureau et autres gens en place. À l'heure actuelle, chaque particulier croit que si l'on touche à sa personne, toute la société en est offensée. Dernièrement, paraît-il, le capitaine-ispravnik de je ne sais plus quelle ville a exposé sans ambages dans une supplique que le respect des lois se perd et que son nom sacré est prononcé «en vain». À l'appui de ses dires, il a joint à la pétition un gros ouvrage romantique où, toutes les dix pages, apparaît un capitaine-ispravnik, parfois dans un état d'ébriété prononcée. Aussi, pour éviter des désagréments, appellerons-nous le ministère dont il s'agit tout simplement *un certain ministère.*

Donc, il y avait *dans un certain ministère un employé*. Cet employé ne sortait guère de l'ordinaire : petit, grêlé, rousseau, il avait la vue basse, le front chauve, des rides le long des joues et l'un de ces teints que l'on qualifie d'hémorroïdaux… Que voulez-vous, la faute en est au climat pétersbourgeois ! Quant au grade (car chez nous, c'est toujours par cette indication qu'il faut commencer), c'était l'éternel *conseiller titulaire* dont se sont amplement gaussés bon nombre d'écrivains parmi ceux qui ont la louable habitude de s'en prendre aux gens incapables de montrer leurs crocs. Il s'appelait Bachmatchkine, nom qui provient, cela se voit, de *bachmak*, savate ; mais on ignore comment se produisit la dérivation. Le père, le grand-père, le beau-frère même, et tous les parents de Bachmatchkine sans exception, portaient des bottes qu'ils se contentaient de faire ressemeler deux ou trois fois l'an. Il se prénommait Akaki Akakiévitch. Mes lecteurs trouveront peut-être ce prénom bizarre et recherché. Je puis les assurer qu'il n'en est rien et que certaines circonstances ne permirent pas de lui en donner un autre. Voici comment les choses se passèrent : Akaki Akakiévitch naquit à la tombée de la nuit, un 23 mars, si j'ai bonne mémoire. Sa pauvre mère, une femme de fonctionnaire très estimable sous tous les rapports, se mit en devoir de le faire baptiser. Elle était encore couchée dans son lit, en face de la porte, ayant à sa droite le parrain Ivan Ivanovitch Iérochkine, un excellent homme, chef de bureau au Sénat, et la marraine, Irène Sémionovna Biélobriouchkov, femme d'un exempt de police, douée de rares vertus. On soumit trois noms au choix de l'accouchée : Mosée, Sosie et Cosdazat martyr. « Diables de noms ! se dit-elle ; je n'en veux pas. » Pour lui faire plaisir, on ouvrit l'almanach à une autre page, et de nouveau trois noms se présentèrent : Triphylle, Dulas et Barachise. « C'est une vraie punition du bon Dieu, grommela la bonne dame ; rien que des noms impossibles ; je n'en ai jamais entendu de pareils ! Passe encore pour Baradate ou Baruch, mais Triphylle et Barachise ! » L'on tourna encore une page et l'on tomba sur Pausicace et Bactisoès. « Allons ! dit l'accouchée, c'est décidément un coup du sort ; dans ces conditions, mieux vaut lui donner le nom de son père. Le père s'appelait Acace ; que le fils s'appelle aussi Acace. » Voilà pourquoi notre héros se prénommait Akaki Akakiévitch. On baptisa l'enfant, qui se prit à pleurer et à grimacer comme s'il pressentait qu'il serait un jour conseiller titulaire. C'est ainsi que les choses se passèrent. Nous avons donné ces détails pour que le lecteur puisse se convaincre que la nécessité seule dicta ce prénom.

Personne ne se rappelait à quelle époque Akaki Akakiévitch était entré au ministère et qui l'y avait recommandé. Les directeurs, les chefs de division, les chefs de service et autres avaient beau changer, on le voyait toujours à la même place, dans la même attitude, occupé à la même besogne d'expéditionnaire, si bien que par la suite on prétendit qu'il était venu au monde en uniforme et le crâne dénudé. On ne lui témoignait aucune considération. Loin de se lever sur son passage, les huissiers ne prêtaient pas plus d'attention à son approche qu'au vol d'une mouche. Ses supérieurs le traitaient avec une froideur despotique. Le premier sous-chef venu lui jetait des paperasses sous le nez sans même prendre la peine de dire : « Ayez l'obligeance de copier ça », ou : « Voilà un petit dossier fameux », ainsi qu'il se pratique entre bureaucrates bien élevés. Sans un regard pour la personne qui lui imposait cette tâche, sans se préoccuper si elle avait le droit de le faire, Akaki Akakiévitch considérait un instant le document, puis se mettait en devoir de le copier. Ses jeunes collègues épuisaient sur lui l'arsenal des plaisanteries en cours dans les bureaux. Ils racontaient en sa présence toutes sortes d'historiettes inventées sur son compte ; ils prétendaient qu'il endurait les sévices de sa logeuse, vieille femme de soixante-dix ans, et lui demandaient quand il l'épouserait ; ils lui versaient sur la tête des rognures de papier, « une chute de neige », s'exclamaient-ils. Mais Akaki Akakiévitch demeurait impassible ; on aurait dit que personne ne se trouvait devant lui ; il ne se laissait pas distraire de sa besogne et toutes ces importunités ne lui faisaient pas commettre une seule bévue. Si la taquinerie dépassait les bornes, si quelqu'un lui poussait le coude et l'arrachait à sa tâche, il se contentait de dire :

« Laissez-moi ! Que vous ai-je fait ? »

Il y avait quelque chose d'étrange dans ces paroles. Il les prononçait d'un ton si pitoyable qu'un jeune homme, récemment entré au ministère et qui avait cru bon d'imiter ses collègues en persiflant le bonhomme, s'arrêta soudain comme frappé au cœur. Depuis lors, le monde prit à ses yeux un nouvel aspect ; une force surnaturelle parut le détourner de ses camarades, qu'il avait tenus tout d'abord pour des gens bien élevés. Et longtemps, longtemps ensuite, au cours des minutes les plus joyeuses, il revit le petit employé au front chauve, et il entendit ses paroles pénétrantes : « Laissez-moi ! Que vous ai-je fait ? » Et dans ces paroles pénétrantes résonnait l'écho d'autres paroles : « Je suis ton frère ! » Alors, le malheureux jeune homme se voilait la face, et plus d'une fois au cours de son existence, il frissonna en voyant combien l'homme recèle d'inhumanité, en constatant quelle grossière férocité se cache sous les manières polies, même, ô mon Dieu, chez ceux que le monde tient pour d'honnêtes gens...

On aurait difficilement trouvé un fonctionnaire aussi profondément attaché à son emploi qu'Akaki Akakiévitch. Il s'y adonnait avec zèle ; non, c'est trop peu dire, il s'y adonnait avec amour. Cette éternelle transcription lui paraissait un monde toujours charmant, toujours divers, toujours nouveau. Le plaisir qu'il y prenait se reflétait sur ses traits ; quand il arrivait à certaines lettres qui étaient ses favorites, il ne se sentait plus de joie, souriait, clignotait, remuait les lèvres comme pour s'aider dans sa besogne. C'est ainsi qu'on pouvait lire sur son visage les lettres que traçait sa plume. Si l'on avait dignement récompensé son zèle, il fût sans doute parvenu, non sans surprise de sa part, au titre de conseiller d'État; mais il n'avait jamais obtenu, pour parler comme ses plaisantins de collègues, que zéro-zéro à la boutonnière et des hémorroïdes au bas des reins. Toutefois, ce serait aller trop loin de prétendre qu'on ne lui témoigna jamais d'égards. Désireux de récompenser ses longs états de service, un brave homme de directeur lui confia un beau jour une besogne plus importante que ses travaux de copie habituels. Il s'agissait d'extraire d'un mémoire complètement au point un rapport destiné à une autre administration : tout le travail consistait à changer le titre général et à faire passer quelques verbes de la première à la troisième personne. Cette tâche parut si ardue à Akaki Akakiévitch que le malheureux tout en nage se frotta le front et finit par dire :

« Non, décidément, donnez-moi quelque chose à copier. »

Depuis lors on le laissa à sa copie, en dehors de laquelle rien ne semblait exister pour lui. Il ne se préoccupait pas de sa toilette : son veston d'uniforme avait passé du vert au roux farineux. Il portait un col bas, étroit, au sortir duquel son cou, bien que court, semblait d'une longueur extraordinaire, comme celui de ces chats de plâtre, au chef branlant, que colportent par douzaines sur leur tête de prétendus «étrangers», natifs de Pétersbourg. Il fallait toujours qu'un fil, un fétu, un brin de paille demeurât accroché à son veston ; qui plus est, il avait l'art de se trouver sous une fenêtre au moment précis où l'on en jetait toutes sortes de détritus : en conséquence des écorces de melons, de pastèques et d'autres brimborions du même genre ornaient toujours son chapeau. Pas une fois dans sa vie ne prit garde au spectacle quotidien de la rue, spectacle auquel les jeunes employés accordent des regards si attentifs qu'ils vont jusqu'à distinguer sur le trottoir d'en face la déchirure d'un sous-pied, chose qui amène invariablement sur leurs lèvres un sourire narquois. À supposer qu'Akaki Akakiévitch jetât les yeux sur quelque objet, il devait y apercevoir des lignes écrites de sa belle écriture nette et coulante. Si un cheval venait tout à coup poser le nez sur son épaule et lui souffler une vraie tempête dans le cou, il reconnaissait enfin qu'il se trouvait au milieu de la rue et non point au milieu d'une ligne d'écriture. Rentré chez lui il se mettait aussitôt à table, avalait sa soupe aux choux accompagnée d'un morceau de bœuf à l'oignon ; il ingurgitait ce mélange sans en remarquer le goût, avec les mouches et tous les suppléments que le bon Dieu daignait y ajouter selon la saison. Quand il se sentait l'estomac bien rempli, il se levait, sortait d'un tiroir une bouteille d'encre et copiait des documents apportés du bureau. Le travail venait-il à manquer, il prenait des copies pour son propre plaisir, préférant aux pièces intéressantes pour la beauté du style celles qui étaient adressées à des personnages nouvellement nommés ou haut placés.

Il est une heure où le ciel gris de Pétersbourg s'obscurcit complètement, où la gent bureaucrate ayant déjà dîné, chacun selon ses moyens ou sa fantaisie, se sent déjà reposée des tracas du bureau, grincements de plume, allées et venues, besognes pressantes, toutes les tâches qu'un travailleur infatigable s'impose parfois sans nécessité ; alors, elle se hâte de consacrer au plaisir le reste du jour. Les plus entreprenants s'en vont au théâtre ; celui-ci gagne la rue pour y contempler de jolies coiffures ; celui-là se rend en soirée pour y débiter des compliments à quelque piquante jeune fille, étoile d'un petit cénacle d'employés ; d'autres, les plus nombreux, s'en vont tout simplement voir un collègue qui occupe au second ou au troisième étage un petit appartement de deux pièces avec cuisine, antichambre et certaines prétentions à la mode, une lampe, un bibelot quelconque, fruit de nombreux sacrifices, tels que privations de dîner, de promenades, etc. À cette heure-là donc, où tous les employés se dispersent dans les minuscules logements de leurs amis pour y jouer un whist infernal tout en dégustant des verres de thé accompagnés de biscuits d'un sou, en fumant de longues chibouques, en racontant, tandis qu'on donne les cartes, un de ces commérages du grand monde dont le Russe ne saurait se passer, ou en ressassant, faute de mieux, l'éternelle historiette du commandant de place avisé par un plaisantin que le Pierre le Grand de Falconnet a vu couper la queue de son cheval – bref, à cette heure-là où chacun tâche de se distraire, seul Akaki Akakiévitch ne se permettait aucun délassement. Personne ne pouvait se souvenir de l'avoir jamais aperçu à une soirée quelconque. Après avoir écrit tout son saoul, il se couchait en souriant d'avance à la pensée du lendemain : quels documents la grâce de Dieu lui confierait-elle à copier ? Ainsi s'écoulait dans la paix la vie d'un homme qui, avec quatre cents roubles de traitement, se montrait content de son sort ; et sans doute eût-il atteint de la sorte une extrême vieillesse si, en ce bas monde, toutes sortes de calamités n'attendaient pas les conseillers titulaires, voire les conseillers secrets, virtuels, auliques, etc., enfin les conseillers de calibre divers, même ceux qui ne donnent ni ne demandent de conseils à personne.

Un puissant ennemi guette à Pétersbourg les personnes qui jouissent d'un traitement de quatre cents roubles ou approchant. Cet ennemi, c'est notre climat septentrional, que l'on dit cependant fort sain. Le matin, entre huit et neuf, à cette heure où les employés s'en vont à leur ministère, le froid est justement si piquant et s'attaque avec une telle violence à tous les nez sans discernement que leurs malheureux propriétaires ne savent où se fourrer. Quand le froid donne de telles chiquenaudes au front des hauts fonctionnaires que les larmes leur jaillissent des yeux, les pauvres conseillers titulaires se trouvent parfois sans défense. Il ne leur reste qu'une chance de salut : s'envelopper de leur maigre pardessus et gagner en courant à travers cinq ou six rues le vestibule du ministère pour y battre la semelle jusqu'au moment où seront dégelées les facultés nécessaires à l'accomplissement de leurs devoirs professionnels. Depuis quelque temps, Akaki Akakiévitch avait beau franchir en courant la fatale distance, il se sentait tout transi, particulièrement au dos et aux épaules. Il en vint à se demander si ce n'était point par hasard la faute de son manteau. Il l'examina chez lui, à loisir, et découvrit qu'en deux ou trois endroits, précisément au dos et aux épaules, le drap avait pris la transparence de la gaze, et que la doublure avait à peu près disparu. Il faut savoir que le pardessus d'Akaki Akakiévitch alimentait aussi les sarcasmes de son bureau ; on lui avait même enlevé le noble nom de manteau pour le traiter dédaigneusement de « capote ». De fait, le vêtement avait un aspect plutôt bizarre : son col diminuait d'année en année, car il servait à rapiécer les autres parties. Le rapiéçage ne mettait pas en valeur les talents du tailleur ; l'ensemble était lourd et fort laid. Akaki Akakiévitch comprit qu'il lui faudrait porter son manteau au tailleur Pétrovitch, qui travaillait en chambre au troisième étage d'un escalier de service et qui, malgré un œil bigle et un visage grêlé, réparait assez habilement les habits et pantalons d'uniformes, même les habits civils, à condition, bien entendu, qu'il fût à jeun et n'eût point d'autre fantaisie en tête. Certes, il siérait de ne pas s'étendre sur ce tailleur ; mais comme on a pris l'habitude dans les romans de ne laisser dans l'ombre aucun caractère, attaquons-nous donc à ce personnage. Il ne devint Pétrovitch qu'après son affranchissement, lorsqu'il eut accoutumé de s'enivrer, d'abord aux grandes fêtes, puis à toutes celles que le calendrier marque d'une croix. Sous ce rapport, il observait fidèlement les coutumes ancestrales et, dans ses disputes avec sa noble épouse, traitait celle-ci soit de mondaine, soit d'Allemande. Et puisque nous avons fait allusion à cette personne, il va bien falloir aussi en dire deux mots. Par malheur, on ne savait trop rien sur son compte, sauf qu'elle était la femme de Pétrovitch et qu'elle portait un bonnet au lieu d'un fichu ; elle n'avait point lieu, semble-t-il, de se vanter d'être belle ; du moins, il n'y avait que les soldats de la garde pour lui regarder sous le bonnet ; mais, ce faisant, ils hérissaient leur moustache et poussaient un grognement qui en disait long.

En grimpant l'escalier de Pétrovitch, escalier qui, il faut lui rendre cette justice, était tout enduit de détritus et d'eaux grasses, tout pénétré aussi de cette odeur spiritueuse qui pique les yeux et qui se retrouve, comme nul ne l'ignore, dans tous les escaliers de service de Pétersbourg, – en grimpant donc l'escalier, Akaki Akakiévitch s'inquiétait déjà du prix que demanderait Pétrovitch et prenait la ferme résolution de ne pas lui donner plus de deux roubles. La porte du tailleur était ouverte, son honorable épouse ayant, en faisant griller je ne sais quel poisson, laissé échapper une fumée si épaisse que l'on ne distinguait même plus les cafards. Sans être remarqué de la maîtresse du logis, Akaki Akakiévitch traversa la cuisine et pénétra dans la pièce, où il aperçut Pétrovitch assis sur une large table de bois blanc, les jambes croisées sous lui, à la façon d'un pacha turc. Ses pieds étaient nus, suivant la coutume des tailleurs quand ils sont à leur ouvrage ; et ce qui, tout de suite, sautait aux yeux, c'était son gros orteil, que connaissait bien Akaki Akakiévitch, et dont l'ongle déformé était gros et fort comme une carapace de tortue. Pétrovitch portait suspendu à son cou un écheveau de soie et plusieurs de fil; il tenait sur ses genoux un vieux vêtement. Depuis trois bonnes minutes, il s'efforçait en vain d'enfiler son aiguille; il s'en prenait à l'obscurité et au fil lui-même, qu'il gourmandait à mi-voix: «Entreras-tu, à la fin, salaud! M'as-tu assez fait enrager, maudit!» Akaki Akakiévitch fut fort marri de trouver Pétrovitch en colère; il aimait passer ses commandes au tailleur lorsque celui-ci était légèrement éméché, ou, comme disait sa femme, lorsque «ce diable de borgne s'en était fourré plein la lampe».

Dans cet état, en effet, Pétrovitch se montrait coulant, accordait des rabais, se confondait en remerciements. Sa femme, il est vrai, venait ensuite pleurnicher auprès des pratiques, en leur assurant que son ivrogne de mari leur avait fait un prix vraiment trop bas; alors on en était quitte si l'on octroyait une pièce de dix kopeks en supplément. Maintenant, au contraire, Pétrovitch semblait à jeun, par conséquent brusque, intraitable, enclin à exiger des prix fabuleux. Akaki Akakiévitch le comprit aussitôt et voulut s'esquiver; mais il était trop tard: Pétrovitch le fixait déjà de son œil unique. Akaki Akakiévitch proféra involontairement:

«Bonjour, Pétrovitch!

– Je vous souhaite le bonjour, monsieur, répliqua Pétrovitch en reportant son regard sur les mains de son visiteur pour voir de quelles dépouilles elles étaient chargées.

– Eh bien, voilà, Pétrovitch, n'est-ce pas...»

Il faut savoir qu'Akaki Akakiévitch s'exprimait le plus souvent au moyen d'adverbes, de prépositions, voire de particules absolument dépourvues de sens. Dans les cas embarrassants, il ne terminait pas ses phrases, et fort souvent, après avoir commencé un discours de ce genre: «C'est vraiment tout à fait… n'est-ce pas… », il s'arrêtait court et croyait avoir tout dit.

« Qu'y a-t-il ? » demanda Pétrovitch en inspectant de son œil unique le veston d'Akaki Akakiévitch depuis le col jusqu'aux manches, sans omettre le dos, les basques, les boutonnières, toutes choses qu'il connaissait d'ailleurs fort bien, puisqu'elles étaient l'œuvre de ses mains. Mais, que voulez-vous, telle est la coutume des tailleurs.

« Eh bien, n'est-ce pas, Pétrovitch…, mon manteau… Partout ailleurs le drap reste solide… La poussière le fait paraître vieux, mais il est neuf… Il n'y a qu'à cet endroit, n'est-ce pas… Voilà, ici, sur le dos… Et puis, cette épaule est un peu râpée… Et celle-ci aussi, un tout petit peu, tu vois ?… Eh bien, c'est tout. Il n'y a pas grand travail… »

Pétrovitch prit la « capote », l'étendit sur la table, l'inspecta longuement, hocha la tête, atteignit sur la fenêtre une tabatière ronde ornée du portrait d'un général dont je ne saurais dire le nom, car un rectangle de papier remplaçait le visage crevé d'un coup de doigt. Après avoir prisé, Pétrovitch examina la capote à la lumière en l'étalant sur ses bras écartés, hocha de nouveau la tête, puis la retourna pour examiner la doublure. Alors, il hocha la tête pour la troisième fois, revint à sa tabatière, se bourra le nez, la referma, la remit en place et conclut enfin :

« Non, impossible de réparer ce machin-là, il est trop mûr ! »

Akaki Akakiévitch sentit un choc au cœur.

« Pourquoi cela, Pétrovitch ? dit-il d'une voix presque enfantine. Il n'est usé qu'aux épaules ; tu dois bien avoir un morceau ou deux que…

– Des morceaux, ça se trouve toujours, répliqua Pétrovitch. Mais impossible de les faire tenir là-dessus, c'est usé jusqu'à la corde, voyons! ça se mettra en charpie dès que j'y planterai l'aiguille!

– Qu'est-ce que ça fait? Mets-y tout de même une pièce, on verra bien!

– Et sur quoi voulez-vous que je la couse, votre pièce? Non, croyez-moi, ce drap n'est plus drap que de nom; vous voyez bien vous-même que c'est une guenille!

– Mais non, mais non... Arrange-le, fais tenir une pièce comme tu pourras...

– Non, trancha Pétrovitch, c'est impossible! À votre place, quand viendront les froids, je me taillerais là-dedans des bandes molletières, parce que, voyez-vous, les bas, ça ne tient pas chaud, c'est une invention des Allemands pour mieux se remplir la poche. (Pétrovitch s'en prenait volontiers aux Allemands.) Et je me commanderais un manteau neuf.»

Le mot «neuf» faillit aveugler Akaki Akakiévitch; tous les objets se confondirent brusquement devant ses yeux dans une sorte de brume, à travers laquelle il ne distingua plus que le général au visage de papier qui ornait la tabatière de Pétrovitch.

«Un manteau neuf! prononça-t-il enfin comme en rêve... Mais où prendre l'argent?

– Oui, un neuf, répéta flegmatiquement ce monstre de Pétrovitch.

– Et si, par hasard, je m'en faisais un neuf, qu'est-ce que... Voyons... n'est-ce pas...

– Combien coûtera-t-il, voulez-vous dire?

– Précisément.

– Trois billets de cinquante roubles au bas mot», dit Pétrovitch en se pinçant les lèvres. Il aimait les gros effets, prenait plaisir à embarrasser les gens pour regarder en dessous quelle mine ils faisaient.

« Cent cinquante roubles, un manteau ! s'exclama, pour la première fois de sa vie, sans doute, le malheureux Akaki Akakiévitch, qui d'ordinaire parlait à voix très basse.

– Certainement, dit Pétrovitch ; et encore, ça dépend de quel manteau il s'agit. Si vous voulez un col de martre et un capuchon à doublure de satin, il faudra compter deux cents roubles.

– Au nom du Ciel, Pétrovitch, implora Akaki Akakiévitch sans vouloir entendre les propos du tailleur, ni prêter attention à ses effets ; au nom du Ciel, répare-le tant bien que mal, de façon qu'il me fasse encore un bout de service !

– Non, vous dis-je, j'y perdrais ma peine, et vous, votre argent. »

Sur ces mots, Akaki Akakiévitch quitta la pièce complètement anéanti. Et longtemps encore après son départ, Pétrovitch demeura immobile, les lèvres pincées, très satisfait d'avoir sauvegardé sa dignité et celle de son art.

Une fois dans la rue, Akaki Akakiévitch crut avoir rêvé. « En voilà une affaire ! se disait-il. Je n'aurais jamais cru… n'est-ce pas… » Et après un assez long silence, il reprit : « Non, je n'aurais pas cru que… » Un long silence suivit encore. Enfin, il ajouta : « Non, vraiment, c'est à n'y pas croire… » Sur ce, au lieu de rentrer chez lui, il se dirigea sans y prendre garde du côté opposé. Chemin faisant, un ramoneur le frôla et lui noircit l'épaule ; une avalanche de chaux dégringola sur lui du haut d'une maison en construction. Il ne remarqua rien de tout cela et ne revint à lui-même qu'en allant buter contre un garde de ville, qui, sa hallebarde posée à côté de lui, secouait une corne de tabac sur son poing calleux. Encore fallut-il que le bonhomme lui criât :

« Qu'as-tu à buter dans la gueule des gens ? Les "troutoirs", c'est pour quoi faire ? »

Cette apostrophe lui fit ouvrir les yeux et rebrousser chemin. Rentré en son logis, il put enfin rassembler ses idées, examiner froidement la situation, se parler à lui-même, non plus par phrases hachées, mais sur le ton de judicieuse franchise dont on se sert pour discuter avec quelque sage ami une affaire qui vous tient particulièrement au cœur. « Non, se dit Akaki Akakiévitch, aujourd'hui, il n'y a pas moyen de s'entendre avec Pétrovitch. Il est dans un état plutôt… Sa femme aura dû le battre. Je retournerai dimanche matin ; après sa cuite de la veille, je le trouverai le regard louche et tout sommeillant ; il voudra boire un coup pour se remettre d'aplomb, et comme sa femme ne lui donnera pas un sou, alors, moi, je lui baillerai une pièce de dix kopeks ; du coup, il se montrera plus conciliant, et alors, n'est-ce pas…, le manteau… »

Ce raisonnement redonna confiance à Akaki Akakiévitch. Le dimanche suivant, il guetta la femme de Pétrovitch et, dès qu'il la vit s'absenter, il s'en fut droit chez son gaillard. Il le trouva bien tout sommeillant, le regard louche et la tête très basse ; mais, dès qu'il sut de quoi il retournait, mon Pétrovitch parut possédé du démon.

« Non, déclara-t-il, c'est impossible, commandez-en un neuf. »

Akaki Akakiévitch lui fourra dans la main une pièce de dix kopeks.

« Grand merci, monsieur, reprit Pétrovitch, je prendrai un verre à votre santé. Quant au manteau, croyez-moi, n'y pensez plus ; il est à bout, le pauvre ! Je vais vous en faire un neuf dont vous me direz des nouvelles. Fiez-vous-en à moi. »

Akaki Akakiévitch voulut revenir à ses moutons ; mais, sans l'écouter, Pétrovitch continua.

« Oui, oui, comptez sur moi, ce sera du beau travail. Et

même, si vous tenez à être à la mode, je mettrai au col des agrafes d'argent plaqué.»

Désormais convaincu qu'il ne pourrait se passer d'un manteau neuf, Akaki Akakiévitch sentit son courage l'abandonner. Où trouver l'argent nécessaire? Il attendait bien une gratification pour les fêtes, mais l'emploi en était réglé d'avance. Il lui fallait acheter un pantalon, payer au bottier un vieux remontage, commander à la lingère trois chemises et deux paires de ces attributs vestimentaires dont il serait inconvenant d'imprimer le nom; bref Akaki Akakiévitch avait disposé de tout cet argent, et même si le directeur daignait porter la somme à quarante-cinq ou, disons plus, à cinquante roubles, il en resterait moins que rien, une bagatelle qui, dans la constitution du capital exigé pour le manteau, jouerait le rôle d'une goutte d'eau dans la mer. Évidemment, Pétrovitch voyait parfois la lune en plein midi et demandait alors des prix exorbitants; sa femme elle-même ne pouvait quelquefois se retenir de lui crier: «Ah çà! tu deviens fou? Tu as le démon dans le ventre? Il y a des jours où cet imbécile travaille pour rien, et le voilà maintenant en train de se faire payer plus cher qu'il ne vaut!» Akaki Akakiévitch tenait pour certain que Pétrovitch se contenterait de quatre-vingts roubles, mais la question était de savoir où les trouver. À la rigueur, il savait où en prendre la moitié, peut-être un peu plus; quant au reste… Indiquons d'abord au lecteur la provenance de cette première moitié. Sur chaque rouble qu'il dépensait, Akaki Akakiévitch avait coutume de retenir un liard et de le déposer, par une fente pratiquée dans le couvercle, au fond d'un coffret fermé à clef. Tous les six mois, il faisait le compte de ses pièces de cuivre et les remplaçait par des piécettes d'argent. Au bout de plusieurs années, il se trouva ainsi avoir plus de quarante roubles d'économies.

Donc, la moitié de la somme était à sa disposition ; restait l'autre moitié. Où prendre ces quarante roubles manquants ? À force de réfléchir, Akaki Akakiévitch se résolut à réduire ses dépenses, tout au moins pendant une année. Dès lors, il ne prit plus de thé le soir et n'alluma plus de chandelle, emportant, quand besoin était, son travail dans la chambre de sa logeuse ; dans la rue, il se mit à marcher sur la pointe des pieds pour ménager ses semelles, il n'avait recours que fort rarement aux offices de la blanchisseuse, pour ne point user son linge qu'il remplaçait, aussitôt rentré chez lui, par une vieille robe de chambre de futaine que le temps même avait épargnée. À dire vrai, ces restrictions lui parurent d'abord plutôt dures, mais il s'y accoutuma peu à peu et finit un beau jour par se passer tout à fait de souper. Comme il rêvait sans cesse à son futur manteau, cette rêverie lui fut une nourriture suffisante, encore qu'immatérielle. Bien plus : son existence elle-même prit de l'importance ; on devinait à ses côtés comme la présence d'un autre être, comme une compagne aimable qui aurait consenti à parcourir avec lui la route de la vie. Et cette compagne n'était autre que la belle pelisse neuve, à solide doublure ouatée. Il devint plus vif et plus ferme de caractère, ainsi qu'il sied à qui s'est une fois fixé un but. Le doute, l'indécision, tous les traits hésitants et imprécis disparurent de son visage comme de ses actes. Une flamme luisait parfois dans ses yeux, les pensées les plus audacieuses lui passaient parfois par la tête : pourquoi ne se commanderait-il pas un col de martre, après tout ! Cela finit par lui causer des distractions. Un jour qu'il copiait un document, il faillit commettre une erreur, si bien qu'il dut se signer en poussant un « ouf ! » de soulagement. Une fois par mois au moins, il allait trouver Pétrovitch pour lui parler du manteau ; où achèterait-on le drap ? quelle teinte conviendrait le mieux ? quel prix faudrait-il donner ? Après avoir débattu ces graves questions, il rentrait chez lui un tantinet préoccupé, mais songeant avec joie qu'un beau jour le manteau deviendrait une réalité. L'affaire prit même une tournure plus rapide qu'il ne le prévoyait. Contre toute attente, le chef du personnel lui octroya cette année-là soixante roubles de gratification au lieu des quarante ou quarante-cinq roubles habituels. Le chef du personnel devina-t-il qu'Akaki Akakiévitch devait se commander un manteau ? Faut-il ne voir là qu'un simple effet du hasard ? Je n'en sais rien ; ce qu'il y a de certain, c'est qu'Akaki Akakiévitch put disposer d'une aubaine de vingt roubles inattendus. Cette circonstance avança fort les choses. Encore deux ou trois mois de privations et notre homme se trouva un beau matin à la tête des quatre-vingts roubles souhaités. Son cœur, si calme d'ordinaire, se mit à battre à grands coups. Dès le jour même, il fit en compagnie de Pétrovitch sa tournée d'emplettes. On acheta, cela se conçoit, du drap de tout premier choix ; depuis un bon semestre qu'on y pensait, on avait eu le temps, de mois en mois, de s'informer des prix. Pétrovitch déclara d'ailleurs qu'on n'en trouverait pas de plus beau. Pour la doublure, on se contenta de calicot, mais d'un calicot de si haute qualité que, toujours selon Pétrovitch, il ne le cédait en rien à la soie et paraissait même plus lustré. Et comme la martre coûtait vraiment trop cher, on se rabattit sur du chat, en choisissant le plus beau du magasin ; d'ailleurs, à distance, il passerait toujours pour de la martre. La confection du manteau ne prit que deux petites semaines, et encore parce qu'il devait être ouaté et piqué ; autrement Pétrovitch l'aurait livré plus tôt. Le digne homme compta douze roubles de façon : on ne pouvait décemment demander moins, puisque tout était cousu à point arrière et à la soie, et que sur chaque couture Pétrovitch avait marqué avec ses dents les festons les plus divers.

Ce fut un... je ne saurais, ma foi, préciser le jour où Pétrovitch apporta enfin le manteau. Akaki Akakiévitch n'en connut sans doute point de plus solennel au cours de son existence. C'était un matin, avant le départ pour le ministère, et le vêtement n'aurait pu arriver plus à propos, car les froids déjà vifs menaçaient de devenir rigoureux. Pétrovitch apporta le manteau lui-même, ainsi qu'il se doit quand on est un bon tailleur. Jamais encore Akaki Akakiévitch n'avait vu à personne une mine si imposante. Pétrovitch semblait pleinement convaincu qu'il avait accompli son grand œuvre et marqué d'un coup tout l'abîme qui sépare un tailleur d'un rapetasseur. Il tira le manteau du mouchoir qui l'enveloppait, et comme ledit mouchoir venait tout droit de chez la blanchisseuse, il eut soin de le plier et de le mettre dans sa poche pour s'en servir à l'occasion. Il couva un moment son chef-d'œuvre d'un regard orgueilleux, et le tenant à bout de bras, il le jeta fort adroitement sur les épaules de son client ; puis, après l'avoir bien tendu par-derrière, il en drapa à la cavalière Akaki Akakiévitch. Vu son âge, celui-ci désira passer les manches. Pétrovitch y consentit et cette nouvelle épreuve réussit à merveille. Bref, le manteau allait à la perfection et n'avait besoin d'aucune retouche. Pétrovitch en profita pour déclarer que s'il avait demandé un prix aussi bas, c'était par égard pour une vieille pratique, et aussi parce qu'il travaillait en chambre dans une rue à l'écart. Un tailleur de la Perspective aurait certainement exigé soixante-quinze roubles, rien que pour la façon. Akaki Akakiévitch ne releva pas le propos, tant les fortes sommes dont Pétrovitch aimait à éblouir ses clients lui faisaient peur. Il le paya, le remercia et partit sans plus tarder pour le ministère, revêtu de son manteau neuf. Pétrovitch descendit l'escalier à sa suite, et, une fois dehors, s'arrêta pour contempler de loin son chef-d'œuvre ; puis, enfilant une venelle, il déboucha dans la rue, quelques pas en avant d'Akaki Akakiévitch, afin d'admirer encore – de face, cette fois – le fameux manteau. Cependant, Akaki Akakiévitch cheminait en proie à une jubilation intense. La sensation constante du manteau neuf sur ses épaules le plongeait dans un ravissement qui, à plusieurs reprises, lui arracha de petits rires. Et comment ne pas exulter à la pensée que le manteau offrait le double avantage de bien aller et de tenir chaud ! Il se trouva au ministère avant d'avoir pu s'apercevoir du trajet parcouru. Il enleva son manteau au vestiaire, l'examina sur toutes les coutures et le confia aux soins tout particuliers du suisse. Je ne sais trop de quelle façon le bruit se répandit incontinent dans les bureaux qu'Akaki Akakiévitch avait un manteau neuf et que la « capote » avait terminé son existence. On accourut aussitôt au vestiaire pour s'en convaincre *de visu*. Les compliments se mirent à pleuvoir sur Akaki Akakiévitch, qui les accueillit d'abord avec des sourires, et bientôt avec une certaine confusion. Lorsque, le pressant à l'envi, ses collègues insistèrent pour qu'il arrosât l'étrenne et donnât pour le moins une soirée en cet honneur, Akaki Akakiévitch ne sut plus à quel saint se vouer. Après avoir longtemps cherché en vain une excuse plausible, il tenta assez naïvement de les persuader que le manteau n'était pas neuf ; rouge de honte, il prétendit que c'était toujours la vieille capote. Finalement, l'un des fonctionnaires, un sous-chef de bureau si j'ai bonne mémoire, désireux sans doute de montrer qu'il n'était pas fier et ne craignait point de se commettre avec ses inférieurs, le tira d'embarras en déclarant :

« Eh bien, c'est moi qui donnerai la soirée à la place d'Akaki Akakiévitch. Je vous invite tous à venir ce soir prendre le thé chez moi, puisque aussi bien c'est aujourd'hui ma fête. »

Il va sans dire que messieurs les employés complimentèrent sans tarder le sous-chef et acceptèrent son invitation avec empressement. Akaki Akakiévitch voulut d'abord refuser, mais chacun lui ayant fait honte de son impolitesse, il dut céder aux remontrances. D'ailleurs, en réfléchissant à la chose, il vit, non sans plaisir, qu'elle lui permettait de parader une fois de plus dans son beau manteau neuf, et cette fois aux lumières. Cette journée fut vraiment pour le pauvre diable une fête solennelle. Il rentra chez lui tout radieux, se dévêtit et pendit précautionneusement son manteau contre le mur, non sans en avoir encore admiré, et le drap, et la doublure ; puis il sortit sa vieille capote effilochée pour la comparer au manteau ; mais en la regardant il ne put se défendre de rire : la différence était vraiment par trop énorme ! Et tout le long de son repas, un ricanement sarcastique plissait ses lèvres chaque fois qu'il songeait à l'état lamentable de sa vieille houppelande. Après ce repas si gai, il négligea pour la première fois ses travaux de copie pour s'étendre sur son lit et faire quelque peu le sybarite jusqu'à la tombée de la nuit. Alors, sans s'attarder davantage, il s'habilla, jeta son manteau sur ses épaules et sortit. Nous regrettons fort de ne pouvoir dire exactement où logeait le fonctionnaire qui l'avait invité : la mémoire commence à nous trahir ; les rues et les édifices de Pétersbourg se confondent si bien dans notre tête que nous n'arrivons plus à nous orienter dans ce vaste dédale. Il est en tout cas certain que ledit fonctionnaire résidait dans l'un des beaux quartiers, et par conséquent très loin d'Akaki Akakiévitch. Celui-ci dut suivre tout d'abord quelques rues sombres et quasi désertes fort parcimonieusement éclairées ; mais, à mesure qu'il approchait du but, l'animation se faisait plus vive et l'éclairage plus brillant. Parmi les passants, dont le nombre augmentait sans cesse, apparurent des dames élégamment vêtues et des messieurs à cols de castor. Les menus traîneaux de bois treillagé, tout bardés de clous dorés, cédèrent bientôt la place à de superbes équipages : hauts traîneaux vernis, protégés par une peau d'ours et conduits par des cochers à bonnet de velours framboise ; riches landaus à sièges ornementés qui faisaient grincer la neige sous leurs roues. Akaki Akakiévitch considérait toutes ces choses comme s'il les voyait pour la première fois, car depuis de longues années, il ne sortait plus le soir. Un tableau exposé dans une vitrine illuminée retint longuement son attention : une jolie femme enlevait son soulier, découvrant ainsi une jambe faite au tour, tandis qu'à travers la porte entrebâillée derrière elle, un monsieur portant royale et favoris jetait des regards indiscrets. Akaki Akakiévitch hocha la tête, sourit et poursuivit son chemin. Que signifiait ce sourire ? Avait-il eu la révélation d'une chose qu'il ignorait, mais dont le vague instinct sommeille pourtant en chacun de nous ? S'était-il dit, comme tant de ses collègues : « Ah ! ces Français, il n'y a pas à dire, quand ils s'y mettent,… alors, n'est-ce pas,… c'est vraiment… tout à fait… » Il se peut aussi que notre héros n'ait pensé à rien de semblable : on ne saurait scruter l'âme humaine jusque dans son tréfonds et deviner tout ce qui s'y passe. Il atteignit enfin la demeure du sous-chef de bureau, lequel à coup sûr vivait sur un grand pied, car son appartement occupait le second étage et il y avait une lanterne dans l'escalier. Quand il eut mis le pied dans l'antichambre, Akaki Akakiévitch aperçut sur le parquet des rangées entières de caoutchoucs au beau milieu desquels un samovar bourdonnait parmi des tourbillons de vapeur. À toutes les parois pendaient des pelisses et des manteaux, dont certains avaient même des cols de castor, et d'autres des revers de velours. Un sourd brouhaha qui venait de la pièce voisine s'amplifia soudain :

une porte s'ouvrit, livrant passage à un domestique chargé d'un plateau qu'encombraient des verres vides, un pot de crème, une corbeille de biscuits, signe évident que messieurs les fonctionnaires tenaient depuis quelque temps séance et qu'ils avaient déjà absorbé leur premier verre de thé. Akaki Akakiévitch accrocha son manteau à côté des autres et s'enhardit à pénétrer dans la pièce. Alors, tout d'un coup, les invités, les bougies, les pipes, les tables de jeu papillotèrent à ses yeux éblouis, cependant que le tapage des chaises déplacées et le tohu-bohu des conversations discordantes offusquaient brusquement ses oreilles. Ne sachant trop qu'entreprendre, il se figea dans une posture des plus gauches. Mais bientôt on l'aperçut, on l'acclama, on se précipita dans l'antichambre pour admirer une fois de plus le fameux manteau. Dans sa candeur naïve, Akaki Akakiévitch, encore que tout confus, se sentait flatté par ce concert de louanges. Ensuite, bien entendu, il ne tarda pas à être abandonné, lui et son manteau, pour les charmes du whist. Le vacarme, le bavardage, la foule, toutes ces choses inconnues plongeaient le pauvre homme dans une sorte d'hébétement : il ne savait que faire de ses mains, de ses pieds, de toute sa personne. Il finit par s'asseoir auprès des joueurs, dont il s'efforça de suivre le jeu ; il les dévisagea tour à tour, mais se sentit rapidement gagné par l'ennui et se prit à bâiller, car l'heure de son coucher avait depuis longtemps sonné. Alors il voulut prendre congé du maître du logis ; personne n'y consentit ; chacun le retint, chacun insista pour lui faire sabler en l'honneur de l'étrenne au moins une flûte de champagne. Au bout d'une heure, on servit le souper qui comprenait une vinaigrette, du veau froid, une tourte, et des gâteaux avec accompagnement de champagne. Akaki Akakiévitch fut contraint de vider deux flûtes, qui l'émoustillèrent quelque peu sans toutefois lui permettre d'oublier qu'il était déjà minuit et grand temps de rentrer. De peur que son hôte ne protestât encore, il s'esquiva à l'anglaise, s'empara de son manteau qu'à son grand déplaisir il découvrit par terre, le secoua, l'épousseta soigneusement et descendit l'escalier.

Les lanternes brûlaient toujours dans les rues. Quelques échoppes, clubs attitrés des gens de maison et autres personnages de même volée, étaient encore ouvertes ; d'autres, bien que closes, laissaient échapper à travers l'huis un long rai de lumière, indice certain qu'elles n'étaient point dépourvues de société : ces messieurs et dames de l'office y poursuivaient leurs interminables commérages, cependant que leurs maîtres perplexes et morfondus se demandaient où ces dignes serviteurs avaient bien pu disparaître. Akaki Akakiévitch marchait d'un pas gaillard – il se lança même soudain, Dieu sait pourquoi, sur les traces d'une dame qui glissa devant lui comme un météore et dont tout le corps semblait en mouvement. Mais il refréna vite cette pétulance et se demanda ce qui avait bien pu lui faire prendre le mors aux dents. Et bientôt s'allongèrent devant lui ces voies solitaires, bordées de clôtures et de maisons de bois, si maussades même en plein jour, et que le soir rend d'autant plus lugubres, d'autant plus désolées. La lueur d'un réverbère ne se montrait plus que bien rarement : sans doute faisait-on des économies d'huile. Seule la neige scintillait sur la chaussée où ne se montrait âme qui vive, et le long de laquelle les masures assoupies sous leurs volets clos faisaient de sinistres taches noires. Enfin apparut un vaste espace vide, moins semblable à une place qu'à un horrible désert. Les bâtisses qui en marquaient la fin se devinaient à peine, et, perdue dans cette immensité, la lanterne d'une guérite avait l'air de brûler là-bas, très loin, au bout du monde. Arrivé à cet endroit, Akaki Akakiévitch sentit son aplomb l'abandonner ; il eut le pressentiment d'un malheur et s'engagea sur la place avec une circonspection voisine de la crainte. Il jeta un regard en arrière, un regard à droite, un regard à gauche, et se crut égaré dans une mer de ténèbres. « Non, décidément, se dit-il, mieux vaut ne pas regarder. » Il avança donc les yeux fermés, et, quand il les rouvrit pour reconnaître si la traversée périlleuse allait bientôt prendre fin, il se trouva soudain presque nez à nez avec deux ou trois individus moustachus. Qu'étaient au juste ces gens ? Il n'eut pas le loisir de s'en rendre compte, car sa vue se troubla et son cœur se mit à battre à coups précipités.

« Hé, mais, ce manteau est à moi ! » s'écria d'une voix tonnante l'un des personnages.

Et il saisit au collet Akaki Akakiévitch qui déjà ouvrait la bouche pour appeler au secours. Aussitôt, l'autre escogriffe lui brandit sous le nez un poing gros comme la tête d'un fonctionnaire en disant :

« Renfonce ça, ou gare ! »

Akaki Akakiévitch plus mort que vif sentit seulement qu'on le dépouillait de son manteau. Un coup de genou dans le bas des reins l'envoya bouler dans la neige, où il finit de perdre ses esprits. Quand il les eut enfin recouvrés, il se releva et s'aperçut qu'il n'y avait plus personne autour de lui. Une vive sensation de froid lui rappela la disparition de son manteau ; il se mit à crier, mais d'une voix qui refusait d'atteindre les confins de l'étendue. Hagard, éperdu, vociférant, il prit sa course, piquant droit sur la guérite auprès de laquelle un garde de ville appuyé sur sa hallebarde ouvrait, je crois, de grands yeux curieux : que diable pouvait bien lui vouloir cet énergumène qui accourait vers lui en hurlant à tue-tête ? D'une voix haletante, Akaki Akakiévitch lui reprocha de dormir à son poste tandis qu'on dévalisait les passants. Le garde de ville répliqua qu'il avait bel et bien vu deux hommes l'arrêter au milieu de la place.

« Mais, ajouta-t-il, je les ai crus de vos amis. Au lieu de m'injurier, vous feriez mieux de vous rendre dès demain chez M. le commissaire ; il vous retrouvera votre manteau en un tour de main. »

Akaki Akakiévitch fila d'un trait vers sa demeure, où il rentra en fort piètre état : les cheveux épars – j'entends les quelques touffes qui garnissaient encore ses tempes et sa nuque –, la poitrine, les hanches, les jambes toutes maculées de neige. Aux coups terribles qu'il assenait sur la porte, sa bonne femme de logeuse, éveillée en sursaut, bondit de son lit et se précipita ; si dans sa hâte elle n'avait passé qu'une savate, en revanche elle ramenait d'une main pudique sa chemise sur sa poitrine. Le désarroi de son locataire la fit reculer d'effroi ; quand elle fut au courant de l'affreuse aventure, elle leva les bras au ciel et se répandit en bons conseils.

« Surtout, déclara-t-elle, gardez-vous bien de vous plaindre au commissaire du quartier, vous n'auriez que des déboires : pour ce gaillard-là, voyez-vous, promettre et tenir sont deux. Allez donc tout droit chez le commissaire d'arrondissement. Anna la Finnoise, mon ancienne domestique, s'est maintenant placée chez lui comme bonne d'enfants. Je le connais de vue, d'ailleurs : il passe souvent devant ma fenêtre et il ne manque pas une messe du dimanche. Tout en priant le bon Dieu, il regarde si gentiment le monde que ça doit, pour sûr, être la crème des hommes. »

Chapitré de la sorte, Akaki Akakiévitch se traîna tristement jusqu'à sa chambre. Comment passa-t-il le reste de la nuit ? On laisse le soin d'en juger aux personnes qui savent plus ou moins se mettre à la place d'autrui.

Le lendemain, dès la première heure, Akaki Akakiévitch se

rendit au commissariat : M. le commissaire dormait encore. Il revint à dix heures : M. le commissaire dormait toujours.

Il revint à onze heures : M. le commissaire était sorti. Il revint à l'heure du dîner : les gratte-papier, l'arrêtant au passage, voulurent à tout prix savoir ce qui l'amenait, ce qu'il désirait, ce qui lui était advenu. Akaki Akakiévitch, à bout de patience, montra une fois dans sa vie de la fermeté : il leur déclara tout net qu'il entendait voir le commissaire en personne, car il venait du ministère pour affaire urgente ; s'ils prétendaient le retenir, il se plaindrait d'eux, et alors ils verraient ce que ça leur coûterait… Les scribouillards n'osèrent rien répliquer à de pareils arguments et l'un d'eux s'en alla prévenir M. le commissaire.

M. le commissaire accueillit le récit du vol d'une façon fort étrange : au lieu de prêter attention au fond même de l'affaire, il se mit à questionner Akaki Akakiévitch : pourquoi rentrait-il si tard ? d'où venait-il ? de quelque mauvais lieu, peut-être ? Tant et si bien que le pauvre homme se retira tout penaud en se demandant s'il serait ou non donné suite à sa plainte.

Ce jour-là, pour la seule et unique fois de son existence, Akaki Akakiévitch n'alla pas au bureau. Il y apparut le lendemain, blême comme un mort et vêtu de sa vieille capote plus minable que jamais. L'histoire du vol émut presque tous ses collègues, encore que d'aucuns y trouvassent nouvelle matière à raillerie. Une collecte organisée aussitôt ne produisit pas grand-chose : ces messieurs avaient dû récemment souscrire au portrait de leur directeur ainsi qu'à je ne sais quel ouvrage patronné par leur chef de division. L'un d'eux, cependant, mû par un sentiment de pitié, voulut au moins donner un bon conseil à Akaki Akakiévitch. Il le dissuada de recourir au commissaire de son quartier ; en admettant même, chose évidemment possible, que, pour se faire bien voir de ses chefs, le digne homme retrouvât le corps du délit, Akaki Akakiévitch n'en rentrerait pas pour autant en possession de son bien : comment fournirait-il la preuve que ce vêtement était vraiment à lui ? Mieux valait donc s'adresser à un certain « personnage considérable », lequel, après s'être mis par voie écrite et orale en rapport avec qui de droit, donnerait sans doute à l'affaire une tournure plus favorable. En désespoir de cause, Akaki Akakiévitch résolut d'aller trouver ce personnage dont, à parler franc, nul ne savait en quoi consistaient les fonctions. Il faut dire que ledit personnage n'était devenu important que depuis peu ; du reste, par rapport à d'autres plus considérables, la place qu'il occupait n'était pas tenue pour bien importante. Mais il se trouve toujours des gens pour attacher de l'importance à des choses qui n'en ont aucune. Lui-même, d'ailleurs, avait grand soin de souligner son importance par les moyens les plus divers : quand il arrivait à son bureau, le petit personnel était tenu de se porter en corps à sa rencontre ; on ne pouvait s'adresser à lui autrement que par la voie hiérarchique : l'enregistreur de collège faisait son rapport au conseiller de province, le conseiller de province au conseiller titulaire ou à tel autre fonctionnaire que de droit.

L'esprit d'imitation a fortement infecté notre sainte Russie, chacun veut y jouer au chef et copier plus haut que soi : certain conseiller titulaire appelé à diriger un office sans conséquence, s'empressa, dit-on, d'y ménager à l'aide d'une cloison une façon de chambre pompeusement dénommée : « cabinet du directeur » ; des huissiers à col rouge et galonnés sur toutes les coutures ouvraient à tout venant la porte de ce repaire, où un fort modeste bureau avait peine à tenir. Notre personnage important affectait un air noble et des manières hautaines. Son système, des plus simples, reposait uniquement sur la sévérité. « De la sévérité, encore de la sévérité, toujours de la sévérité ! » répétait-il sans cesse en foudroyant son interlocuteur d'un regard significatif encore que superflu, les dix ou douze employés qu'il avait sous ses ordres étant saturés de respect et de crainte salutaire : dès qu'ils le voyaient venir, ils abandonnaient leurs occupations et attendaient, figés au garde-à-vous, qu'il eût daigné traverser leur bureau. Adressait-il la parole à plus petit que lui, c'était toujours sur un ton rêche et pour poser le plus souvent l'une des trois questions suivantes : « Où prenez-vous cette arrogance ? Savez-vous à qui vous parlez ? Comprenez-vous devant qui vous êtes ? »

C'était pourtant un brave homme, fort obligeant, et, naguère encore, d'un commerce agréable avec ses amis ; mais le titre d'Excellence lui avait complètement tourné la tête. Dès qu'il eut obtenu ce titre, son esprit s'égara, il perdit tout contrôle sur soi-même. Avec ses égaux, il se conduisait encore en homme bien élevé, pas bête du tout sous bien des rapports ; mais si d'aventure se mêlaient à la compagnie des personnes inférieures, ne fût-ce que d'un grade, au rang qu'il occupait dans la hiérarchie, il devenait aussitôt insupportable, oubliait toute bienséance et ne soufflait mot. Cela ne l'empêchait pas de se rendre compte qu'il aurait pu passer le temps d'une manière beaucoup plus agréable. Il faisait alors peine à voir : on lisait dans ses yeux le vif désir de prendre part à telle conversation, de se mêler à tel groupe, tout en le sentant retenu par la crainte de compromettre sa dignité, de porter atteinte à son prestige. À force de se cantonner dans un farouche silence entrecoupé de vagues monosyllabes, il passa bientôt pour le plus parfait malotru du monde.

Akaki Akakiévitch arriva chez ce personnage à un moment

fort mal choisi – pour lui, du moins, car ledit grand personnage n'en pouvait rêver de plus propice à l'étalage de son importance. Enfermé dans son cabinet directorial, il y devisait de fort belle humeur avec un sien ami et camarade d'enfance qu'il avait perdu de vue depuis plusieurs années. Prévenu qu'un certain Bachmatchkine demandait à le voir :

« Qui est-ce ? demanda-t-il d'un ton brusque.

– Un fonctionnaire, lui fut-il répondu.

– Ah ! Eh bien, qu'il attende ! Je suis occupé. »

C'était là, il faut l'avouer, un impudent mensonge : notre important personnage n'était pas le moins du monde occupé. La conversation languissait depuis un certain temps déjà ; de longs intervalles la coupaient au cours desquels les deux amis se tapotaient mutuellement les cuisses en répétant : « C'est comme ça, Ivan Abramovitch ! – Certainement, Stépane Varlamovitch ! » En donnant ordre de faire attendre Bachmatchkine, notre homme entendait simplement montrer à son ami, retiré du service au fond de la campagne, le pouvoir qu'il détenait sur les fonctionnaires obligés d'attendre son bon plaisir dans son antichambre. Quand, le cigare aux lèvres et renversés dans de confortables fauteuils à bascule, ces messieurs eurent bavardé ou plutôt se furent tus à leur aise, le puissant personnage parut soudain se souvenir de quelque chose et dit à son secrétaire qui se montrait à la porte avec des dossiers sur les bras :

« À propos, je crois qu'il y a là un fonctionnaire. Vous pouvez le faire entrer. »

À l'aspect du piteux Akaki Akakiévitch et de son non moins piteux uniforme, notre important personnage se tourna brusquement vers lui :

« Que désirez-vous ? » lui demanda-t-il de cette voix rêche et coupante dont il avait fait l'apprentissage devant son miroir, dans la solitude de sa chambre, une bonne semaine avant la promotion qui avait fait de lui une Excellence. Pénétré dès l'abord d'une crainte salutaire, Akaki Akakiévitch entama pourtant du mieux que le lui permit sa langue hésitante un discours pavoisé de « n'est-ce pas » plus fréquents que de coutume : « Il avait un manteau flambant neuf ; on le lui avait volé sans merci ; il suppliait Son Excellence d'intervenir comme bon lui semblerait, en écrivant à qui de droit, au préfet de police ou à un autre personnage pour activer les recherches... »

Le personnage important trouva, Dieu sait pourquoi, cette requête directe d'une familiarité excessive.

« Ah çà, monsieur, s'exclama-t-il de son ton le plus cassant, où croyez-vous donc être ? Ignorez-vous à ce point les usages ? Vous auriez dû tout d'abord présenter votre requête à l'employé de service ; celui-ci l'eût transmise en bonne et due forme au chef de bureau, le chef de bureau au chef de division, le chef de division à mon secrétaire, lequel me l'aurait enfin soumise. »

Akaki Akakiévitch sentit la sueur le baigner. Il rassembla pourtant le peu de courage qui lui restait pour balbutier :

« Que Votre Excellence daigne m'excuser... Si je me suis permis de la déranger..., c'est que les secrétaires, n'est-ce pas..., on ne peut guère se fier à eux...

– Comment ! Comment ! s'écria le personnage important. Qu'osez-vous insinuer par là ? D'où viennent ces idées subversives ? Où donc les jeunes gens d'aujourd'hui prennent-ils cet esprit d'insubordination, ce manque de respect envers leurs chefs et les autorités établies ? »

Le personnage important n'avait sans doute point remarqué qu'ayant déjà passé la cinquantaine, Akaki Akakiévitch ne pouvait être rangé parmi les jeunes gens que d'une façon toute relative, par comparaison avec les vieillards de soixante-dix ans et plus.

« Savez-vous à qui vous tenez ce langage ? Comprenez-vous devant qui vous êtes ? Le comprenez-vous ? Le comprenez-vous, voyons, je vous le demande ? »

Il lança cette dernière phrase en tapant du pied et d'une voix montée à un tel diapason que des gens plus assurés qu'Akaki Akakiévitch n'en eussent pas moins perdu contenance. Akaki Akakiévitch, lui, se sentit prêt à défaillir : il tremblait de tout le corps, ses jambes vacillaient, flageolaient, et, si les huissiers accourus ne l'avaient point reçu dans leurs bras, il serait immanquablement tombé de tout son long. On l'emporta presque sans connaissance. Enchanté que l'effet eût dépassé toutes ses prévisions, exultant à l'idée que sa parole pouvait priver un homme de sentiment, le personnage considérable observa du coin de l'œil l'impression que cette scène avait produite sur son ami, et fut tout heureux de constater que ledit ami paraissait vaguement mal à l'aise.

Akaki Akakiévitch descendit l'escalier et se retrouva dans la rue sans savoir comment. Il ne sentait plus ni ses bras ni ses jambes. Jamais encore il n'avait été si vertement tancé par une Excellence et, qui plus est, par une Excellence dont il ne dépendait point. Il marchait en chancelant et bouche bée, chassé à tout instant du trottoir sur la chaussée par la neige qui tourbillonnait rageusement, par le vent qui soufflait sur lui de tous les côtés à la fois, comme il est de règle à Pétersbourg. Il attrapa en un clin d'œil une belle et bonne angine, et quand, enfin, il se retrouva chez lui, il lui fallut se coucher sans que sa gorge enflée lui permît d'émettre le moindre son. Telles sont parfois les suites d'un sérieux lavage de tête ! Grâce à la généreuse assistance du climat pétersbourgeois, la maladie évolua plus rapidement qu'on n'aurait pu s'y attendre ; aussi, quand le médecin fut arrivé et qu'il eut pris le pouls d'Akaki Akakiévitch, il ne put que prescrire un cataplasme, et encore uniquement pour ne pas priver le malade du secours efficace de la médecine. Il déclara d'ailleurs tout franc que ledit malade n'en avait pas pour deux jours, puis se tournant vers la logeuse, il ajouta :

« Allons, ma bonne dame, ne perdez pas votre temps inutilement ; allez vite commander un cercueil de sapin : le chêne serait trop cher pour lui. »

Akaki Akakiévitch perçut-il ces paroles fatales ? Et s'il les entendit, en fut-il douloureusement affecté ? Regretta-t-il sa pitoyable existence ? On l'ignorera toujours, car il délira sans arrêt jusqu'à sa dernière heure. Des visions, toutes plus bizarres les unes que les autres, le harcelaient à qui mieux mieux. Tantôt il voyait Pétrovitch et lui commandait un manteau muni de pièges pour les voleurs qui assiégeaient son lit, si bien qu'il ne cessait d'appeler sa logeuse pour qu'elle en retirât un de dessous sa couverture ; tantôt il demandait pourquoi sa vieille capote pendait au mur alors qu'il possédait un beau manteau tout neuf. Tantôt il croyait encore subir la mercuriale du grand personnage et lui répondait humblement : « Faites excuse, Excellence ! » Tantôt il blasphémait de si furieuse façon que sa logeuse se signait, interdite : comment cet homme qui n'élevait jamais la voix pouvait-il proférer d'aussi horribles jurons et, chose plus grave, les accoler au noble nom d'Excellence ? Vers la fin, Akaki Akakiévitch se mit à bredouiller des paroles incohérentes, mais qui n'en témoignaient pas moins que toutes ses pensées continuaient de tourner confusément autour du manteau.

Quand le pauvre Akaki Akakiévitch eut rendu le dernier soupir, on ne mit de scellés ni sur sa chambre ni sur ses affaires : il n'avait aucun héritier et ne laissait pour tout avoir qu'un paquet de plumes d'oie, une main de papier ministre, trois paires de chaussettes, deux ou trois boutons et la fameuse capote. Qui s'empara de tout cela ? Je dois avouer que l'auteur de ce récit ne s'en est pas autrement préoccupé.

On emporta le mort, on le mit en terre et Pétersbourg demeura sans Akaki Akakiévitch. Il disparut à jamais, cet être sans défense à qui personne n'avait jamais témoigné d'affection, ni porté le moindre intérêt, non, personne, pas même l'un de ces naturalistes toujours prêts à épingler la plus banale des mouches pour l'examiner au microscope. Si ce souffre-douleur, résigné à subir les railleries de ses collègues, incapable d'accomplir la moindre action remarquable, avait vu soudain sa triste existence illuminée – un court instant, et juste vers la fin – par la vision radieuse d'un manteau neuf, c'était pour que le malheur s'abattît sur lui comme il s'abat sur les puissants de ce monde…

Quelques jours après sa disparition, un huissier du ministère vint lui intimer l'ordre de reprendre son service. L'huissier ne put évidemment remplir sa mission et dut déclarer à qui de droit qu'on ne reverrait plus Akaki Akakiévitch.

« Et pourquoi cela ? lui demanda-t-on.
– Parce qu'il est mort, répondit-il. Voilà tantôt quatre jours qu'on l'a porté en terre. »

C'est ainsi qu'on apprit au ministère le décès d'Akaki Akakiévitch. On le remplaça dès le lendemain : le nouvel expéditionnaire avait la taille beaucoup plus élevée et l'écriture beaucoup plus penchée.

Cependant Akaki Akakiévitch n'avait pas dit son dernier mot… Qui l'aurait cru appelé à mener outre-tombe une existence mouvementée, à connaître quelques bruyantes aventures, sans doute pour compenser le peu d'éclat de sa vie terrestre ? Il en fut pourtant ainsi et notre modeste récit va devoir se terminer sur une note à la fois fantastique et inattendue. Le bruit se répandit soudain à Pétersbourg que le spectre d'un fonctionnaire apparaissait la nuit aux alentours du pont Kalinkine ; sous couleur de reprendre un manteau volé, le spectre enlevait aux passants de toutes conditions leurs manteaux, quels qu'ils fussent, ouatés, fourrés, à col de chat, à col de castor, pelisses de raton, pelisses d'ours ou de renard, bref, toutes les peaux dont les hommes font usage pour recouvrir la leur. Un des anciens collègues de feu Bachmatchkine vit même le revenant de ses propres yeux et reconnut aussitôt Akaki Akakiévitch ; toutefois il n'eut point le loisir de l'examiner de près, la frayeur lui ayant fait prendre les jambes à son cou dès qu'il aperçut ce fantôme qui le menaçait de loin.

Les plaintes affluaient de toutes parts. Passe encore pour le dos et les épaules des conseillers titulaires ; mais les vols de manteaux risquaient fort d'enrhumer jusqu'aux conseillers auliques. La police reçut l'ordre de se saisir du fantôme mort ou vif, et de lui infliger une sévère correction qui pût servir d'exemple aux autres. On faillit presque réussir. Rue Kiriouchkine, en effet, un garde de ville parvint à mettre la main au collet du mort, au moment où celui-ci arrachait le manteau d'un musicien en retraite, lequel en son temps avait eu un joli talent de flûtiste. Le garde appela aussitôt deux de ses collègues à son aide ; il les pria de maintenir solidement le fantôme, tandis que lui-même cherchait sa tabatière au fond de sa botte afin de ranimer son nez qui avait déjà gelé six fois au cours de son existence. Mais le tabac était apparemment si fort que le spectre lui-même ne put y résister. À peine le gardien de l'ordre eut-il bouché d'un doigt sa narine droite pour en aspirer de la gauche une demi-pincée, que le mort fit entendre un prodigieux éternuement dont les éclaboussures aveuglèrent les trois argousins. Et tandis qu'ils levaient les poings pour se frotter les yeux, le fantôme leur brûla si gentiment la politesse qu'ils se demandèrent s'ils l'avaient réellement tenu entre leurs mains. Depuis ce moment, les gardes de ville conçurent une telle peur des morts qu'ils craignirent d'arrêter les vivants ; ils se contentèrent de crier aux suspects : « Eh, là-bas, le particulier, tâche voir à passer ton chemin, hein ? » Quant à l'employé-fantôme, il osa même se montrer au-delà du pont Kalinkine, non sans semer la terreur parmi les esprits pusillanimes.

Mais nous avons entièrement délaissé le fameux « personnage considérable » grâce auquel, après tout, cette histoire vraie a dû prendre une tournure fantastique. L'impartialité nous oblige à reconnaître que, peu après le départ du malheureux, le personnage important éprouva quelque regret de l'avoir si rudement rabroué. La pitié ne lui était pas étrangère, et certains bons sentiments, que sa dignité l'empêchait bien souvent de laisser paraître, trouvaient pourtant refuge au fond de son cœur. Dès que son ami l'eut quitté, il se prit à songer au pâle fonctionnaire que venaient d'anéantir les foudres de sa colère directoriale. Depuis lors cette image le harcela tant et si bien qu'au bout de huit jours, n'y tenant plus, il envoya un employé s'enquérir du bonhomme : comment allait-il, en quoi pouvait-on lui être utile ?

Quand il apprit qu'Akaki Akakiévitch avait succombé à un brusque accès de fièvre chaude, cette nouvelle stupéfiante éveilla en lui des remords et le mit pour toute la journée de fort mauvaise humeur. Éprouvant le besoin de se distraire, de secouer cette pénible impression, il se rendit chez l'un de ses amis qui donnait une soirée. Il trouva là une compagnie fort agréable, presque entièrement composée de personnes du même rang que lui. Rien donc ne pouvait le gêner et cette circonstance eut une action fort heureuse sur son état d'esprit : il s'épanouit, se montra brillant, bref passa une excellente soirée. Au souper, il sabla une ou deux flûtes de champagne, boisson, comme on le sait, plutôt propice à dissiper les humeurs noires. Le champagne lui inspira le désir de quelque extra ; au lieu de rentrer tout droit chez lui, il résolut donc de rendre visite à une certaine Caroline Ivanovna, dame d'origine allemande, je crois, pour laquelle il professait des sentiments tout à fait amicaux. Il faut dire que le personnage considérable, bon mari et non moins bon père de famille, était d'âge respectable. Deux fils, dont l'un avait déjà pris du service et une charmante fille de seize ans au nez un peu retroussé, mais charmant quand même, venaient tous les matins lui baiser la main en disant : « *Bonjour papa.* » Sa femme encore fraîche et point mal du tout de sa personne lui baisait également la main ; mais au préalable il avait baisé la sienne. Bien que ces plaisirs familiaux lui donnassent pleine satisfaction, le personnage important jugeait cependant convenable d'entretenir dans un autre quartier de la ville des rapports fort cordiaux avec une aimable amie, laquelle n'était d'ailleurs ni plus jeune ni plus jolie que sa femme. C'est là une de ces énigmes fréquentes en ce bas monde et qu'il ne nous appartient point d'expliquer.

Le personnage important descendit donc l'escalier, prit place dans son traîneau et dit au cocher :

« Chez Caroline Ivanovna ! »

Bien emmitouflé dans sa confortable pelisse, il s'abandonnait à ce délicieux état d'âme, le plus désirable qui soit pour un Russe, au cours duquel des pensées infiniment agréables viennent d'elles-mêmes vous visiter sans que vous ayez besoin de les poursuivre. Il se remémorait tous les épisodes de la soirée, toutes les plaisanteries qui avaient tant égayé le petit cercle d'amis ; il répétait même à mi-voix certains bons mots, leur trouvait toujours autant de sel et constatait qu'il avait eu pleinement raison d'y prendre un plaisir extrême. De temps à autre cependant, de cinglantes rafales interrompaient cette douce quiétude. Accourues Dieu sait d'où et dans quel dessein, elles lui envoyaient au visage des paquets de neige, houspillaient comme elles l'eussent fait d'un voile la pèlerine de son manteau ou la lui rejetaient rageusement sur la tête, ce qui l'obligeait à d'éternels efforts pour se dégager.

Soudain, le personnage considérable sentit qu'une main vigoureuse le saisissait au collet. Il tourna la tête et aperçut un homme de petite taille, vêtu d'un vieil uniforme élimé, dans lequel il reconnut non sans effroi Akaki Akakiévitch ; sa face d'une blancheur de neige avait une expression cadavérique. L'effroi du personnage important dépassa toutes limites quand le mort entrouvrit la bouche dans un rictus et, lui soufflant au visage une odeur sépulcrale, prononça ces paroles :

« Ah ! Ah ! te voilà, je puis enfin te prendre au collet ! C'est ton manteau qu'il me faut. Tu n'as pas voulu, n'est-ce pas, faire rechercher le mien, tu m'as même savonné la tête ! Eh bien, maintenant, n'est-ce pas, donne-moi le tien. »

Le malheureux personnage important faillit trépasser de frayeur. D'ordinaire il se montrait très ferme... envers ses subordonnés et tous ses inférieurs en général ; son aspect martial faisait dire à tout le monde : « Oh, oh, quel caractère ! » Mais cette nuit-là, semblable en ceci à nombre de gens bâtis en hercules, il céda à une si furieuse épouvante que, non sans raison, il y vit le prélude d'une grave maladie. Il jeta lui-même son manteau loin de lui et cria au cocher d'une voix éperdue :

« À la maison !... Au galop !... »

À ces mots prononcés sur un ton qu'on n'emploie qu'aux instants décisifs et qu'accompagnent bien souvent des gestes encore plus décisifs, le cocher crut bon, pour plus de sûreté, de rentrer sa tête dans ses épaules ; puis, à grands coups de fouet, il lança son cheval à fond de train.

Quelque six minutes plus tard, l'important personnage se retrouvait chez lui, et non point chez Caroline Ivanovna. Sans manteau, livide, effaré, il se traîna jusqu'à sa chambre, où il passa une nuit fort agitée, si bien que le lendemain, pendant le petit déjeuner, sa fille lui dit de sa voix ingénue :

« Comme tu es pâle, aujourd'hui, papa ! »

Mais papa ne répondit rien. Il n'eut garde de raconter à personne ni où il était allé, ni où il avait eu la tentation d'aller, ni encore moins ce qui lui était advenu en chemin.

Cet événement lui fit une impression si forte qu'il renonça désormais aux fameuses expressions : « Où prenez-vous cette arrogance ? Comprenez-vous devant qui vous êtes ? » Du moins ne les proférait-il plus avant d'avoir compris de quoi il retournait.

Chose encore plus remarquable, à partir de cette nuit-là les apparitions de l'employé-fantôme cessèrent complètement : la pelisse de Son Excellence avait sans doute comblé ses vœux. En tout cas, on n'entendit plus parler de manteaux volés. Toutefois, les esprits défiants ne se tranquillisèrent pas pour autant ; ils prétendirent même que le revenant se montrait encore dans certains quartiers éloignés. De fait, dans celui de Kolomna, un factionnaire le vit de ses propres yeux apparaître à un coin de rue. Par malheur, cet homme était de constitution débile ; une fois même un petit cochon de lait l'avait, en s'échappant d'une cour, bel et bien renversé, aux grands éclats de rire de quelques cochers de fiacre, qu'il punit ensuite de cette insolence en les rançonnant chacun d'un liard pour s'acheter du tabac. En raison donc de sa constitution débile, le garde n'osa point arrêter le fantôme ; il se contenta de le suivre dans l'obscurité. Bientôt le spectre s'arrêta et fit une brusque volte-face.

« Que veux-tu ? » demanda-t-il en lui montrant un poing dont on eût difficilement trouvé le pareil même chez les vivants.

« Rien du tout ! » répondit le garde, qui s'empressa de faire demi-tour.

Le fantôme était cette fois de taille beaucoup plus haute et pourvu d'énormes moustaches. Il paraissait vouloir gagner le pont Oboukhov et disparut bientôt complètement dans les ténèbres nocturnes...

Arrêt sur lecture 5

Depuis sa parution en 1843, *Le Manteau* est un classique de la littérature russe, cité par les grands écrivains russes comme une des meilleures œuvres de Gogol, copié et pastiché dans le monde entier. Voyons de plus près comment s'affirme ici le talent de nouvelliste de l'auteur.

Un petit fonctionnaire ordinaire ?

Le degré zéro de l'existence
À première vue, tout semble faire d'Akaki Akakiévitch Bachmatchkine un autre héros très discret, un de ces hommes ordinaires et sans histoires que nous avions vus, au début de ce recueil, arpenter la Perspective Nevski :

> De temps à autre passe d'un pas paresseux un fonctionnaire sommeilleux, sa serviette sous le bras, s'il se trouve que la Perspective Nevski est sur le chemin de son ministère (p. 23).

Vous vous souvenez d'ailleurs sans doute que le récit inaugural du recueil contenait en germe le récit que nous étudions à présent. Une phrase de la conclusion mettait en scène un étrange personnage dont toute la fortune se résumait au manteau qu'il portait, curieuse préfiguration d'Akaki Akakiévitch :

> Vous croyez que ce monsieur, qui se promène en redingote admirablement coupée, est très riche ? Pas du tout : tout son actif est dans sa redingote (p. 66).

Héros discret, Akaki Akakiévitch l'est d'abord par son grade : il appartient au neuvième *tchin* (échelon) de l'administration, un grade charnière puisqu'il faut attendre le grade suivant d'assesseur de collège pour que la noblesse, que tout fonctionnaire se voit conférée à son entrée dans le corps administratif, devienne héréditaire, donc indiscutable et définitive. Il n'a rien qui le distingue des autres ; il est, comme le souligne Gogol, « l'éternel conseiller titulaire dont se sont amplement gaussés bon nombre d'écrivains ». Rien dans son apparence physique ne permet non plus de faire la différence entre Akaki et les autres fonctionnaires de son administration :

> Cet employé ne sortait guère de l'ordinaire : petit, grêlé, rousseau, il avait la vue basse, le front chauve, des rides le long des joues et l'un de ces teints que l'on qualifie d'hémorroïdaux... (p. 257).

Héros très ordinaire, Akaki Akakiévitch passe inaperçu ; il y a fort à parier que le narrateur de *La Perspective Nevski* ne lui aurait pas prêté attention, ni plus ni moins que ses collègues :

> On ne lui témoignait aucune considération. Loin de se lever sur son passage, les huissiers ne prêtaient pas plus d'attention à son approche qu'au vol d'une mouche (p. 259).

Et, pour bien marquer l'insignifiance d'Akaki Akakiévitch, Gogol ajoute en guise d'épitaphe à ce héros qu'un entomologiste n'aurait même pas pris la peine de le placer sous son microscope :

> Il disparut à jamais, cet être sans défense à qui personne n'avait jamais témoigné d'affection, ni porté le moindre intérêt, non, personne, pas même l'un de ces naturalistes toujours prêts à épingler la plus banale des mouches pour l'examiner au microscope (p. 289).

Un fou de l'écriture

Offrant aux yeux du monde moins d'intérêt qu'une mouche, Akaki Akakiévitch a du moins pour qualité, si l'on peut dire, d'offrir une cible facile aux railleries de ses collègues. Souffre-douleur résigné de son administration, comme le dit l'épitaphe qui clôt momentanément le récit, il se trouve sans cesse en butte aux moqueries et aux petites vexations :

> Ses jeunes collègues épuisaient sur lui l'arsenal des plaisanteries en cours dans les bureaux. Ils racontaient en sa présence toutes sortes d'historiettes inventées sur son compte [...] ils lui versaient sur la tête des rognures de papier, « une chute de neige », s'exclamaient-ils (p. 259).

Toutefois, malgré son insignifiance, Akaki Akakiévitch se distingue par quelques traits de caractère remarquables. Tout d'abord, et contrairement à ce que nous avons pu lire des autres fonctionnaires pétersbourgeois – tel Poprichtchine qui affirme au début de son journal* : « Je ne vois pas l'intérêt qu'il y a à travailler dans un ministère. Cela ne rapporte absolument rien » – contrairement donc à tous ses collègues, Akaki Akakiévitch a la passion de son travail. Un travail modeste là encore puisqu'il consiste à copier des documents, un travail auquel il voue son existence :

> On aurait difficilement trouvé un fonctionnaire aussi profondément attaché à son emploi qu'Akaki Akakiévitch. Il s'y adonnait avec zèle ; non, c'est trop peu dire, il s'y adonnait avec amour. Cette éternelle transcription lui paraissait un monde toujours charmant, toujours divers, toujours nouveau (p. 260).

Akaki Akakiévitch finit par vivre enfermé dans le monde de l'écriture. Il a même parfois des hallucinations qui montrent à quel point ce héros ordinaire est à sa façon un fou, un fou de l'écriture :

> À supposer qu'Akaki Akakiévitch jetât les yeux sur quelque objet, il devait y apercevoir des lignes écrites de sa belle écriture nette et coulante. Si un cheval venait tout à coup poser le nez sur son épaule et lui souffler une vraie tempête dans le cou, il reconnaissait enfin qu'il

> se trouvait au milieu de la rue et non point au milieu d'une ligne d'écriture (p. 262).

Néanmoins, et c'est une autre des particularités d'Akaki Akakiévitch, il maîtrise autant l'écrit qu'il est maladroit à l'oral :

> Il faut savoir qu'Akaki Akakiévitch s'exprimait le plus souvent au moyen d'adverbes, de prépositions, voire de particules absolument dépourvues de sens. Dans les cas embarrassants, il ne terminait pas ses phrases, et fort souvent, après avoir commencé un discours de ce genre : « C'est vraiment tout à fait… n'est-ce pas… », il s'arrêtait court et croyait avoir tout dit (p. 267).

Un accessoire du fantastique

Par un procédé semblable à celui qu'il utilise dans *Le Nez*, Gogol prend soin, en intitulant son récit *Le Manteau*, de faire porter l'accent non sur son héros, Akaki Akakiévitch, mais sur un de ses attributs, comme pour indiquer au lecteur que le manteau du petit fonctionnaire est, sinon le véritable héros, du moins le point de mire de son récit.

Une métamorphose

L'importance de ce manteau dans le récit vient d'abord du fait qu'il est ce par quoi s'accomplit la métamorphose d'Akaki Akakiévitch – une métamorphose physique, bien sûr, et aussi psychologique.

La métamorphose physique est évidente : au lieu de la vieille capote rapiécée, c'est un manteau à col de fourrure qui enveloppe maintenant le petit fonctionnaire. Rien de commun entre son précédent manteau, qui était d'ailleurs l'objet de nombreuses moqueries, et le superbe vêtement à la fabrication duquel plusieurs pages sont consacrées. Plus qu'un manteau, le nouveau vêtement d'Akaki Akakiévitch est une parure, un ornement, presque une décoration. Avec lui, Akaki obtient une distinction nouvelle, il acquiert une signification, une présence. À lui seul, le manteau transforme Akaki en héros, au point que ses collègues, qui jusque-là se désintéressaient de lui, organisent une fête en son honneur. Mais c'est le manteau qui est le vrai héros de la fête puisqu'il est l'objet de toutes les attentions des fonctionnaires, qui vont l'admirer au vestiaire, abandonnant Akaki Akakiévitch dans un coin.

Toutefois, le manteau transforme profondément son possesseur en lui donnant un **pouvoir nouveau** ; il est semblable en cela aux bottes de sept lieues des contes de Perrault. Ainsi, la métamorphose d'Akaki Akakiévitch n'est pas uniquement physique, elle est bien également psychologique. Lui qui ne regardait jamais autour de lui dans la rue s'arrête maintenant devant tous les magasins :

> Akaki Akakiévitch considérait toutes ces choses comme s'il les voyait pour la première fois, car depuis de longues années, il ne sortait plus le soir (p. 277).

Fait nouveau, Akaki Akakiévitch s'intéresse au sexe féminin. Jusque-là, la seule femme qu'on lui connaissait était sa logeuse ; revêtu de son nouveau manteau, Akaki Akakiévitch va jusqu'à suivre une dame dans la rue :

> […] il se lança même soudain, Dieu sait pourquoi, sur les traces d'une dame qui glissa devant lui comme un météore et dont tout le corps semblait en mouvement (p. 279).

Un objet symbolique

Ce manteau apparaît au cours du texte comme un symbole de virilité et de pouvoir. Virilité, parce qu'il est ce qui pousse Akaki Akakiévitch à s'intéresser, ne fût-ce que brièvement, aux femmes. Pouvoir, car c'est par là que s'explique la scène avec le « personnage considérable ». N'est-ce pas le manteau de ce dernier qu'Akaki Akakiévitch, devenu fantôme, viendra voler ? C'est une façon de se revêtir de l'insigne du pouvoir despotique qu'exerçait le haut personnage sur ses inférieurs, et sur Akaki Akakiévitch en particulier :

> Avec ses égaux, il se conduisait encore en homme bien élevé, pas bête du tout sous bien des rapports ; mais si d'aventure se mêlaient à la compagnie des personnes inférieures, ne fût-ce que d'un grade, au rang qu'il occupait dans la hiérarchie, il devenait aussitôt insupportable, oubliait toute bienséance et ne soufflait mot (p. 284).

Un objet révélateur du fantastique

Plus important encore, le manteau neuf d'Akaki Akakiévitch est le prétexte à une entrée dans le fantastique*. Selon toute logique narrative, en effet, la nouvelle n'aurait pas dû survivre à la mort du héros. Une fois Akaki Akakiévitch mort et enterré, le récit semble parvenu à son terme. Mais alors, et c'est là que se vérifie notre hypothèse selon laquelle le manteau est le véritable héros de cette nouvelle, le récit prend une nouvelle impulsion. Un tournant est marqué par cette phrase digne d'un roman policier :

> Cependant Akaki Akakiévitch n'avait pas dit son dernier mot... (p. 289).

Le récit prend subitement un autre cours ; on passe du récit réaliste à un conte fantastique aux couleurs d'apocalypse. Gogol souligne son tour de passe-passe :

> Il en fut pourtant ainsi et notre modeste récit va devoir se terminer sur une note à la fois fantastique et inattendue (p. 290).

Du grotesque au fantastique

Les ressorts du grotesque

Le grotesque* s'attache surtout à la personne d'Akaki Akakiévitch, cible facile s'il en est. Comme l'écrit Gogol en ouverture de son récit, son personnage est :

> l'éternel *conseiller titulaire* dont se sont amplement gaussés bon nombre d'écrivains parmi ceux qui ont la louable habitude de s'en prendre aux gens incapables de montrer leurs crocs (p. 258).

Gogol est familier de ce procédé consistant à isoler un trait physique pour le grossir, comme dans cette description du cou du conseiller titulaire :

> Il portait un col bas, étroit, au sortir duquel son cou, bien que court, semblait d'une longueur extraordinaire, comme celui de ces chats de plâtre, au chef branlant, que colportent par douzaines sur leur tête de prétendus « étrangers », natifs de Pétersbourg (p. 261).

À ce grotesque lié au physique d'Akaki Akakiévitch, s'ajoute un grotesque que l'on pourrait dire de comportement, qui confère au héros une attitude ridicule et comique. En voici un bon exemple dans la description de sa tenue :

> Il fallait toujours qu'un fil, un fétu, un brin de paille demeurât accroché à son veston ; qui plus est, il avait l'art de se trouver sous une fenêtre au moment précis où l'on en jetait toutes sortes de détritus : en conséquence des écorces de melons, de pastèques et d'autres brimborions du même genre ornaient toujours son chapeau (p. 261).

Ce type de grotesque est renforcé par la technique narrative de Gogol : après avoir énoncé cette théorie générale sur son héros, il la met en pratique quelques pages plus loin. Il donne ainsi au lecteur la confirmation textuelle de cette théorie, comme dans le passage où Akaki Akakiévitch rentre d'une visite à son tailleur :

> Sur ce, au lieu de rentrer chez lui, il se dirigea sans y prendre garde du côté opposé. Chemin faisant, un ramoneur le frôla et lui noircit l'épaule ; une avalanche de chaux dégringola sur lui du haut d'une maison en construction (p. 269).

Grotesque par son aspect physique et par son comportement, Akaki Akakiévitch constitue un des principaux ressorts comiques d'un récit oscillant entre veine comique et veine fantastique.

Les cadavres ne portent pas de manteau

La veine fantastique se manifeste relativement tard dans le récit, c'est-à-dire après la mort du héros. Mais ici Gogol n'a rien à envier aux meilleurs contes d'Hoffmann ou de Maupassant. Les errances du spectre vengeur d'Akaki Akakiévitch à travers les rues de Saint-Pétersbourg constituent un morceau d'anthologie qui inspirera par la suite de nombreux écrivains, dont Dostoïevski. Tous les éléments sont rassemblés pour créer un climat fantastique, où l'étrange le dispute à l'effrayant. La réaction de ceux qui sont confrontés au fantôme d'Akaki Akakiévitch confirme cette impression :

> Un des anciens collègues de feu Bachmatchkine vit même le revenant de ses propres yeux et reconnut aussitôt Akaki Akakiévitch ; toutefois il n'eut pas le loisir de l'examiner de près, la frayeur lui ayant fait prendre les jambes à son cou dès qu'il aperçut ce fantôme qui le menaçait de loin (p. 290).

De fait, la vengeance du mort s'accomplit de nuit, dans le froid et la neige. L'obscurité, jointe au silence de la ville endormie, rend plus terrifiant encore le caractère funèbre de ce moment. On le voit dans ce passage où Akaki Akakiévitch accomplit son désir de vengeance, en dépouillant de sa pelisse le « personnage considérable » qui l'avait éconduit sans ménagement :

> L'effroi du personnage important dépassa toutes limites quand le mort entrouvrit la bouche dans un rictus et, lui soufflant au visage une odeur sépulcrale, prononça ces paroles (p. 293).

On voit donc que toute la fin du récit bascule dans le fantastique, ce qui constitue un parfait contraste avec le ton réaliste du début de la nouvelle.

Y croire ou ne pas y croire ?

Comme à son habitude, l'auteur semble prendre un malin plaisir à égarer son lecteur. En adoptant un parti pris de neutralité, Gogol affirme ne pas vouloir pénétrer la psychologie de son personnage et narre toute l'histoire de façon extérieure. Il souligne, parfois avec humour, son refus d'interpréter les mobiles ou les pensées de son personnage :

> [...] on ne saurait scruter l'âme humaine jusque dans son tréfonds et deviner ce qui s'y passe (p. 277).

Cette attitude aboutit parfois à une vraie désinvolture narrative*, Gogol coupant court aux attentes de son lecteur en refusant cavalièrement de répondre aux questions qu'il serait en droit de se poser :

> Comment passa-t-il le reste de la nuit ? On laisse le soin d'en juger aux personnes qui savent plus ou moins se mettre à la place d'autrui. (p. 281).
>
> Qui s'empara de tout cela ? Je dois avouer que l'auteur de ce récit ne s'en est pas autrement préoccupé (p. 289).

« Nous sommes tous sortis du *Manteau* »

Cette remarque de Dostoïevski (tirée du *Double*) s'applique à bien des écrivains russes, et tout particulièrement à Dostoïevski lui-même, qui débuta sa carrière en récrivant *Le Manteau* de Gogol dans son roman *Les Pauvres Gens* (1846).

L'histoire des *Pauvres Gens* ressemble étrangement à celle du *Manteau*. Le héros de Dostoïevski a, comme Akaki Akakiévitch, la passion de l'écriture. Celle-ci le conduit à lire *Le Manteau*, qu'il juge sévèrement, considérant que le personnage d'Akaki Akakiévitch n'est pas convaincant. Mais, là où Gogol traite son sujet en refusant toute psychologie, tout sentimentalisme, Dostoïevski met justement l'accent sur la psychologie, en décrivant de manière extrêmement réaliste la pauvreté et la misère de son personnage.

La postérité du *Manteau* ne s'arrête pas là : certains auteurs reprennent à leur compte des procédés utilisés par Gogol dans ce récit, et notamment celui par lequel il fait du manteau la clef de la psychologie de son personnage. Le vêtement est utilisé comme un substitut au caractère du héros. On retrouve ce procédé dans *Pères et fils* (1862), un récit de Tourgueniev.

Tchekhov, quant à lui, reprend à son compte l'histoire des mésaventures d'un fonctionnaire soumis au despotisme d'un supérieur dans son récit *La*

Mort d'un fonctionnaire (1890). La mort du héros y est traitée sur le mode comique, comme dans notre nouvelle. *Le Manteau* est bien un récit fondateur, inspirateur de toute une génération d'écrivains russes, au point qu'il constitue l'emblème de l'âge d'or de la littérature russe.

Lecture méthodique

Le court extrait que nous voulons commenter se trouve page 289, et débute à « Cependant Akaki » pour finir à « d'exemple aux autres ».

Introduction

Nous sommes à un tournant du récit : à partir de maintenant nous entrons dans le fantastique*. Le texte rapporte comment le fantôme d'Akaki Akakiévitch s'empare du manteau des passants la nuit à Saint-Pétersbourg.

Il se développe en deux temps : d'abord une description des agissements du spectre, puis une évocation plus détaillée de ses apparitions.

Comment l'entrée du récit dans le fantastique se traduit-elle ? Dans quelle mesure ce fantastique donne-t-il lieu à un traitement comique ?

Développement : les axes de lecture

<u>1 – L'entrée dans le fantastique</u>

Le fantastique est ici présent de manière relativement conventionnelle dans des termes tels que « spectre », « revenant » ou « fantôme ». De plus, les événements se déroulent la nuit et causent crainte et effroi aux victimes :

> [...] toutefois il n'eut point le loisir de l'examiner de près, la frayeur lui ayant fait prendre les jambes à son cou dès qu'il aperçut ce fantôme qui le menaçait de loin (p. 290).

Le passage au fantastique est dûment signalé par l'auteur :

> Il en fut pourtant ainsi et notre modeste récit va devoir se terminer sur une note à la fois fantastique et inattendue (p. 290).

Quelle est la valeur de cette **intrusion* d'auteur** ? On repère ici la manière qu'a Gogol de prendre de la distance par rapport à ce qu'il invente, comme si, refusant de croire à tant d'invraisemblance alors qu'il s'est auparavant attaché à écrire de façon réaliste, il cherchait à anticiper sur les critiques des lecteurs. Le verbe « devoir » est ainsi plein d'ironie. C'est pourquoi l'on peut dire que le fantastique est ici traité sur le mode de l'humour, ce en quoi Gogol excelle.

<u>2 – Un récit comique</u>
A-t-on moins peur d'un fantôme que d'attraper un rhume ? L'humour donne à la morale de l'histoire un ton **satirique** :

> Les plaintes affluaient de toutes parts. Passe encore pour le dos et les épaules des conseillers titulaires ; mais les vols de manteaux risquaient fort d'enrhumer jusqu'aux conseillers auliques (p. 290).

De plus, les consignes que reçoit la police relèvent du **grotesque*** :

> La police reçut l'ordre de se saisir du fantôme mort ou vif (p. 290).

Comme si un fantôme pouvait être vivant…

Surtout, les précisions et les détails qu'apporte Gogol à son récit détournent l'attention du lecteur du fantôme pour le faire rire des tribulations des Pétersbourgeois. Ainsi, le luxe de détails avec lequel sont décrits les manteaux dérobés a surtout un effet comique, comme ici :

> […] le spectre enlevait aux passants de toutes conditions leurs manteaux, quels qu'ils fussent, ouatés, fourrés, à col de chat, à col de castor, pelisses de raton, pelisses d'ours ou de renard, bref, toutes les peaux dont les hommes font usage pour recouvrir la leur (p. 290)

Une telle énumération n'a d'autre effet que de faire rire, dans la mesure où elle ressemble plus à une publicité pour un tailleur qu'à un rapport de police !

Conclusion
Si ce texte, qui marque le passage au fantastique*, peut être considéré comme comique, c'est qu'il tire d'un tel changement de genre ses effets comiques. Et ce n'est pas un des moindres attraits de Gogol que de savoir ainsi brouiller les barrières entre les genres. N'aborde-t-on pas ici les frontières de l'absurde ?

Rêve ou réalité ?

Voici un autre exemple des emprunts de Dostoïevski à l'œuvre de Gogol. Il s'agit d'un extrait du *Double* (1846), où Goliadkine est en proie à un terrible cauchemar : toute une colonie de « doubles » le poursuivent et cherchent à lui ravir son manteau. Se manifeste ici un procédé auquel ont fréquemment recours les écrivains russes : l'onirique*. N'est-ce pas en effet une de leurs remarquables caractéristiques que de savoir mêler le réalisme et son contraire (rappelez-vous le rêve dans le rêve dans le rêve, etc., de Tchartkov du *Portrait*) ? La folie ordinaire et quotidienne de tout un chacun n'apparaît-elle pas ainsi merveilleusement, en même temps feutrée et évidente ?

« Cramponné au garde-boue du drojki de toutes les ressources que lui avait données la nature, notre héros fut un certain temps emporté le long de la chaussée, s'efforçant de se hisser sur le véhicule, tandis que de tout son pouvoir M. Goliadkine cadet tentait de l'en empêcher. Pendant ce temps le cocher, à grand renfort de fouet, de rênes, de coups de pied et de cris, excitait sa poussive haridelle, laquelle, alors qu'on pouvait le moins s'y attendre, se mit soudain au galop, prenant le mors aux dents et ruant, selon sa détestable habitude, tous les trois pas. Enfin notre héros parvint malgré tout à se pencher sur le drojki, face à son adversaire, le dos appuyé au cocher, les genoux collés à ceux de l'impudent, la main droite agrippée de toutes ses forces au misérable collet de fourrure du manteau de son adversaire aussi acharné que corrompu…

Les deux ennemis roulèrent un certain temps sans rien dire. Notre héros avait peine à reprendre son souffle ; la chaussée était très mauvaise, et à chaque tour de roue les cahots le mettaient en danger de se rompre le cou. En outre son opiniâtre ennemi ne consentait toujours pas à s'avouer vaincu, et s'efforçait de faire basculer son adversaire dans la boue. Pour mettre le comble à toutes ses infortunes, le temps était abominable. La neige tombait à gros flocons et faisait tout ce qu'elle pouvait, pour sa part, pour trouver moyen de s'insinuer sous le manteau ouvert du véritable M. Goliadkine. Tout alentour était dans la grisaille et l'on n'y voyait goutte à deux pas. Il était difficile de distinguer où ils allaient et par quelles rues. **»**

Le Double, Éditions Gallimard, 1980.

à vous…

1 – Compréhension – Devant quoi Akaki Akakiévitch s'arrête-t-il alors qu'il se rend à la fête donnée en son honneur ?

2 – Compréhension – Quel est l'aspect physique du fantôme de Bachmatchkine, une fois qu'il a réussi à s'emparer du manteau de l'important personnage ?

3 – Explication linéaire – Dans l'explication linéaire du passage qui va de « Soudain » (p. 293) à « à fond de train » (p. 294), vous axerez votre analyse sur les procédés du fantastique*.

4 – Commentaire composé – Faites le commentaire composé du passage qui va de « Il s'appelait » (p. 258) à « ce prénom » (p. 259). Montrez comment le comique fonctionne dans ce texte.

5 – **Commentaire comparé** – Comparez le passage du *Manteau*, de « Bien emmitouflé » (p. 292) à « Au galop » (p. 294) avec le cauchemar de Goliadkine dans l'extrait reproduit ci-dessus.

6 – **BAC. Question d'ensemble** – Dans quelle mesure la fin du récit confirme-t-elle cette définition du fantastique* : « Le fantastique, c'est l'hésitation éprouvée par un être qui ne connaît que les lois naturelles, face à un événement en apparence surnaturelle » (Tzvetan Todorov, *Introduction à la littérature fantastique*) ?

7 – **Imagination** – Imaginez le monologue de Bachmatchkine après qu'il s'est emparé du manteau du puissant personnage.

Bilans

Résumés

La Perspective Nevski

La Perspective Nevski s'ouvre sur un éloge de la Perspective Nevski, principale artère de la capitale de l'Empire russe, Saint-Pétersbourg, et sur l'évocation des différents personnages qui la parcourent aux diverses heures de la journée. Le récit fait ensuite intervenir deux personnages, le peintre Piskariov et le lieutenant Pirogov qui suivent chacun une femme rencontrée sur la Perspective.

Piskariov découvre que la femme qu'il a suivie est en réalité une prostituée. De retour chez lui, il rêve qu'elle l'invite à une réception et lui révèle sa véritable identité. Ne pouvant supporter de ne retrouver cette femme qu'en songe, le peintre se tue. Pirogov, quant à lui, suit « sa » jeune femme jusque chez elle. Il y découvre son mari, ferronnier, à qui il passe une commande. Surpris un jour par le mari en train de séduire la jeune femme, Pirogov est roué de coups, mais décide de ne pas porter plainte. Le texte se conclut sur une nouvelle évocation de la Perspective, en forme d'avertissement cette fois.

Le Portrait

Ce deuxième récit est un diptyque : la première partie raconte l'histoire du peintre Tchartkov qui, après avoir acheté le portrait d'un homme au regard fascinant, voit son destin basculer. Devenu riche et célèbre, il néglige peu à peu son art et termine sa vie dans la folie :

jaloux des œuvres de ses collègues, il les achète uniquement pour les brûler.

Le deuxième volet nous ramène en arrière : par l'intermédiaire du peintre B***, nous apprenons l'histoire du portrait. Peint par le père de B***, ce tableau et celui qui lui servit de modèle – le diable personnifié, semble-t-il – ont plongé de nombreuses personnes dans la folie. Le récit s'achève sur la mystérieuse disparition du tableau au cours d'une vente aux enchères.

Le Journal d'un fou

Seul récit écrit à la première personne, le *Journal* est le compte rendu des errances d'un conseiller titulaire nommé Poprichtchine. Celui-ci, souffrant de paranoïa, puis de délire de personnalité, s'imagine d'abord être victime d'un complot fomenté par ses collègues. Secrètement amoureux de la fille de son chef, il croit surprendre une correspondance relative à cette jeune fille entre deux chiens, dont l'un appartient à cette dernière.

Poprichtchine finit par se prendre pour le roi d'Espagne, ce qui lui vaut d'être interné sans qu'il en ait conscience. Le texte s'achève sur un véritable délire, pathétique appel au secours d'un fou furieux.

Le Nez

Récit comique, *Le Nez* s'ouvre sur l'évocation d'un barbier qui, un matin, trouve dans le pain de son petit déjeuner un nez. Effrayé à la pensée qu'il pourrait l'avoir coupé par mégarde, il s'en débarrasse.

La suite nous fait découvrir le major Kovaliov, victime d'une étrange aventure : il se réveille un matin pour s'apercevoir que son nez a disparu. Alors qu'il a lancé des avis de recherche, il retrouve son nez sous le déguisement d'un haut fonctionnaire. Ce dernier, après avoir échappé au major, est rapporté par un gendarme à son propriétaire légitime. Un beau jour, le major découvre que son nez, qu'il n'arrivait pas à remettre en place, est revenu au milieu de sa figure.

Le Manteau

Un petit fonctionnaire, Akaki Akakiévitch Bachmatchkine, est copiste de son état dans un ministère. Personnage ordinaire, il a pour unique particularité de posséder une vieille pelisse qu'il décide de remplacer après avis de son tailleur. Au prix d'économies et de restrictions, Akaki Akakiévitch obtient enfin son nouveau manteau. Mais, alors qu'il revient d'une soirée donnée chez un collègue en l'honneur de ce nouveau manteau, celui-ci lui est arraché par des brigands. Désespéré, et après avoir vainement demandé l'aide d'un «personnage considérable» (ainsi est-il désigné par l'auteur), Akaki Akakiévitch meurt des suites d'une pneumonie.

C'est alors que son fantôme apparaît la nuit dans les rues de Pétersbourg pour dérober aux passants leur manteau. Le récit s'achève au moment où Bachmatchkine a réussi à s'emparer du manteau de l'«important personnage» qui l'avait éconduit sans pitié.

Échos et récurrences

À propos de la structure du recueil

Les récits pétersbourgeois font preuve d'une grande unité : placés sous le signe de Saint-Pétersbourg, ils présentent de nombreux points communs et se font écho l'un à l'autre.

Ainsi, on a pu voir plus haut que *La Perspective Nevski* contenait en germe les récits à venir. L'épisode où Hoffmann s'apprête à couper le nez du ferronnier Schiller peut ainsi renvoyer au *Nez*, et cette phrase de l'épilogue être interprétée comme une préfiguration du *Manteau* :

> Vous croyez que ce monsieur, qui se promène en redingote admirablement coupée, est très riche ? Pas du tout : tout son actif est dans sa redingote (p. 66).

Par ailleurs, on trouve dans chacune des nouvelles du recueil des allusions à celles qui la précèdent. Dans *Le Journal d'un fou*, c'est une allusion aux dames de *La Perspective Nevski* :

> Quels fripons nous sommes, nous autres fonctionnaires ! Ma parole, nous rendrions des points à n'importe quel officier ! Qu'une dame en chapeau montre seulement le bout de son nez, et nous passons infailliblement à l'attaque ! (p. 169).

Ou bien des allusions au *Nez*, comme ici :

> De là vient que la lune elle-même est une sphère si délicate et que les hommes ne peuvent y vivre. Pour l'instant elle n'est habitée que par des nez. Et voilà pourquoi nous ne pouvons pas voir nos nez : ils se trouvent tous dans la lune (p. 194).

Le Nez, à son tour, n'est pas sans faire penser à *La Perspective Nevski* :

> Par cette belle journée ensoleillée, la Perspective était noire de monde : du pont de la Police au pont Anitchkov, le flot des dames s'écoulait le long du trottoir comme une cascade de fleurs (p. 223).

Enfin, *Le Manteau* évoque *Le Journal d'un fou* au travers de leur héros : tous deux conseillers titulaires, ils exercent le même métier de copiste ; tous deux recourent au déguisement pour changer leur vie – Poprichtchine découpe dans son uniforme une cape de roi d'Espagne, Bachmatchkine se fait faire une pelisse digne de son ambition.

À propos des motifs thématiques

Visions de la femme – Tous nos récits, *Le Portrait* excepté, mettent en scène des femmes dont l'importance pour l'action est plus ou moins grande. La misogynie de Gogol étant légendaire, le poids des femmes dans son œuvre est souvent significatif.

La Perspective Nevski présente deux femmes ayant une fonction de **catalyse** (élément déclenchant) dans l'intrigue : leur apparition va conduire chacun des deux personnages vers son destin.

De même, dans *Le Journal d'un fou*, c'est en partie à cause d'une femme (Sophie, la fille de son supérieur) que Poprichtchine sombre dans un délire de personnalité qui lui permet de s'imaginer être le prétendant de la jeune fille. Après avoir appris que Sophie va se marier avec un gentilhomme de la chambre, Poprichtchine présente les premiers symptômes d'une crise d'identité :

> C'est impossible, cela ne tient pas debout. Ce mariage ne se fera pas ! Il est gentilhomme de la chambre, et après ? [...] Pourquoi suis-je conseiller titulaire, et à quel propos ? Peut-être que je suis comte ou général et que j'ai seulement l'air comme ça d'être un conseiller titulaire ? Peut-être que j'ignore moi-même qui je suis (p. 186).

Laquelle crise atteint son apogée lorsque Poprichtchine s'imagine être un soupirant venu faire sa demande :

> J'ai gagné directement le cabinet de toilette. Elle était assise devant son miroir : elle s'est levée brusquement et a fait un pas en arrière. Mais je ne lui ai pas dit que j'étais le roi d'Espagne. Je lui ai dit simplement qu'elle ne pouvait même pas s'imaginer le bonheur qui l'attendait, et que nous serions réunis, malgré les machinations de nos ennemis. Je n'ai rien voulu ajouter de plus et j'ai quitté la pièce (p. 190).

Mais dans *Le Nez* et *Le Manteau*, la vision de la femme est quelque peu différente. La femme y est plutôt présentée comme un repoussoir. Ainsi en est-il de l'épouse du barbier, mégère impossible à apprivoiser, qui ne cesse d'agonir son mari d'insultes :

> Où as-tu bien pu couper ce nez, bougre d'animal ? [...] Ivrogne ! filou ! coquin ! Je vais aller de ce pas te dénoncer à la police, brigand que tu es ! J'ai déjà entendu dire à trois personnes qu'en leur faisant la barbe tu tirailles le nez des gens à le leur arracher ! (p. 214).

De même, la logeuse de Bachmatchkine, objet de plaisanteries pour les collègues d'Akaki Akakiévitch, est loin de l'idéal féminin :

> [...] ils prétendaient qu'il endurait les sévices de sa logeuse, vieille femme de soixante-dix ans, et lui demandaient quand il l'épouserait (p. 259).

La femme apparaît donc dans ces récits comme un être double, à la fois ange et démon, tantôt séduisante et tantôt repoussante. Il semble bien que Gogol, grand mystique tout au long de son existence, fasse siens les propos de Poprichtchine sur les femmes :

> Oh ! quelle créature rusée que la femme ! C'est seulement maintenant que j'ai compris ce qu'est la femme. Jusqu'à présent, personne ne savait de qui elle est amoureuse : je suis le premier à l'avoir découvert. La femme est amoureuse du diable (p. 190).

Maître et serviteur – Comme Léon Tolstoï, à qui nous empruntons ici le titre d'un de ses romans, Gogol met en scène le couple du maître et du valet, que l'on retrouve dans la littérature française chez Molière ou Marivaux. L'intérêt littéraire de ce motif* est qu'il permet de nombreux effets comiques et qu'il oppose la déraison du maître au bon sens du valet.

Le valet est l'intermédiaire de son maître avec le monde extérieur, et celui qui le rappelle à la réalité la plus triviale. Nikita, valet de Tchartkov, rappelle à son maître qu'il n'y a plus de bougies ou que le loyer est à payer. La servante du *Journal d'un fou* est le premier spectateur des errances de son maître, son premier public. Ainsi apprend-on de la réaction de Mavra que Poprichtchine a sombré dans la folie lorsqu'il se présente devant elle avec sa cape découpée dans un vieil uniforme :

> J'ai tout de suite révélé à Mavra qui j'étais. Quand elle a appris qu'elle avait devant elle le roi d'Espagne, elle s'est frappé les mains l'une contre l'autre et a failli mourir de frayeur (p. 188).
> Ma cape est achevée et cousue. Mavra a poussé un cri quand je l'ai mise (p. 192).

Saint-Pétersbourg triomphante – Seuls *Le Portrait* et *Le Manteau* ne s'achèvent pas sur le triomphe de Saint-Pétersbourg – ce n'est pas la moindre de leurs particularités : la première est l'unique nouvelle* empruntant le genre du journal, la seconde est exceptionnelle par sa longueur.

À l'inverse, *Le Nez* se termine sur cette célébration de la capitale :

> Telle est l'aventure qui eut pour théâtre la capitale septentrionale de notre vaste empire (p. 243).

Saint-Pétersbourg, en effet, est apparentée à un théâtre : son dédale de ruelles obscures, la Néva qui lui sert de colonne vertébrale et sa Perspective Nevski, point de passage obligé de tous les Pétersbourgeois, y font penser. Pétersbourg a du théâtre la solennité et la magie : elle est une scène jouée par ses habitants et, pour eux, elle est surtout le lieu unique de l'action unique de la nouvelle.

Ce cadre donne au recueil son unité, une unité de lieu qui relie ces nouvelles à la tragédie classique. Le critique Boileau le disait ainsi au XVIIe siècle dans *L'Art poétique* :

« Qu'en un lieu, qu'en un jour, un seul fait accompli
Tienne jusqu'à la fin le lecteur attentif. »

Par conséquent, rien d'étonnant à ce que Pétersbourg ait le dernier mot : fournissant le prétexte à l'action, elle demeure une fois le rideau retombé. *Le Manteau* s'achève sur le constat que Saint-Pétersbourg reprend ses droits :

> On emporta le mort, on le mit en terre et Pétersbourg demeura sans Akaki Akakiévitch (p. 289).

La Perspective Nevski se termine sur l'image de la Perspective, synecdoque de la capitale, et conclut ainsi à la toute-puissance de Pétersbourg ainsi qu'à son charme maléfique :

> Elle ment à longueur de temps, cette Perspective Nevski, mais surtout lorsque la nuit s'étale sur elle en masse compacte et accuse la blancheur ou le jaune pâle des façades, quand toute la ville devient éclair et tonnerre, quand des myriades d'attelages débouchent des ponts, quand les postillons hurlent sur leurs chevaux lancés au galop, quand le démon lui-même allume les lampes uniquement pour faire voir les choses autres qu'elles ne sont (p. 67).

La nouvelle fantastique

Les plaisirs de la nouvelle

Un genre composite – La nouvelle* est une forme littéraire difficile à définir, dans la mesure où elle se trouve à l'intersection de plusieurs autres formes telles que le conte, la fable, l'apologue, etc. De plus, si l'on considère que la brièveté est une de ses caractéristiques majeures, celle-ci est une notion toute relative : certains récits font plus de cent pages, quand d'autres n'occupent que quelques lignes, comme cette petite nouvelle des *Contes glacés* (1974) de Jacques Sternberg :

« Il était tellement bien élevé qu'avant d'entrer dans la mort, il fit passer sa femme devant lui. »

On peut néanmoins définir la nouvelle comme un récit bref, à forte unité dramatique, mettant en scène un nombre restreint de personnages et concentré vers un effet de chute final.

Un genre cousin : le lai – La nouvelle n'est pas apparue tout d'un coup au XIXe siècle : d'autres formes littéraires l'ont précédée et de leur évolution est né ce que nous connaissons aujourd'hui sous le nom de nouvelle. Le lai, forme poétique du Moyen Âge, illustré notamment par Marie de France (1159-1184), est un de ces ancêtres : poème narratif ou lyrique, le lai est un court récit mis en vers. Il s'attache à des événements de la vie quotidienne en faisant intervenir ou non le merveilleux et des personnages légendaires, comme la fée Viviane ou le chevalier Lancelot.

La nouvelle est donc une forme simple : chez elle, point d'effets superflus, point de complications inutiles. Tout concourt à un but qui procure à l'action son unité, et à une fin, la chute du récit. L'important est donc que se dégage une impression d'unité. C'est ce que souligne Charles Baudelaire, dans une étude sur Edgar Poe, *Notes nouvelles sur Edgar Poe* (1857) :

« [La nouvelle] a sur le roman à vastes proportions cet immense avantage que sa brièveté ajoute à l'intensité de l'effet. [...] L'unité d'impression, la totalité d'effet est un avantage immense qui peut donner à ce genre de composition une supériorité tout à fait particulière, à ce point qu'une nouvelle trop courte (c'est sans doute un défaut) vaut encore mieux qu'une nouvelle trop longue. »

Les ressorts de l'étrange

Étrange et merveilleux – Tzvetan Todorov, le grand théoricien du fantastique*, s'appuie, pour définir ce registre, sur les notions d'étrange et de merveilleux : le fantastique s'inscrit dans l'incertitude éprouvée face à un événement qui ne semble pas régi par les lois du réel. Le merveilleux aboutit au même effet d'irréalité, à cette différence près que tout, dans un monde atteint par le merveilleux, est étranger aux lois naturelles : ainsi en est-il des contes de fées par exemple. Le fantastique intervient lorsqu'un simple fait, un détail singulier, vient perturber la régularité du cours des choses : dès lors, on ne peut savoir d'un événement s'il est rêvé ou s'il est vécu, imaginaire ou réel. Et Todorov conclut en donnant cette définition du fantastique :

« Le fantastique, c'est l'hésitation éprouvée par un être qui ne connaît que les lois naturelles, face à un événement en apparence surnaturel. »

Cette notion est donc subjective puisqu'elle est éprouvée et non prouvée. Mais précisément, l'impression qui lui est liée fait croire que ce qu'on éprouve est objectif.

Plusieurs auteurs se sont illustrés dans ce registre, devenu un genre littéraire – ce qu'on appelle le fantastique. Parmi eux, on peut citer l'Allemand E.T.A. Hoffmann (1776-1822), l'Anglais Henry James (1843-1916) ou l'Américain Edgar Poe (1809-1849). Parmi les auteurs français, on peut relever les noms de Théophile Gautier (1811-1872), de Villiers de l'Isle-Adam (1838-1889) ou encore Guy de Maupassant (1850-1893). Honoré de Balzac (1799-1850), quant à lui, a fait une incursion dans le genre fantastique avec *La Peau de chagrin* (1831).

Le fantastique pétersbourgeois – Comment Gogol exploite-t-il ici les thèmes du fantastique ? Le fantastique y est toujours présent, mais de façon plus ou moins explicite.

Dans *La Perspective Nevski*, récit pourtant le moins fantastique du recueil si l'on ne prête attention qu'à son intrigue, on en retient une occurrence assez remarquable. Il s'agit du passage consacré au rêve de Piskariov qui transporte le lecteur dans un univers à mi-chemin du réel et de l'imaginaire, du songe et de la veille, et qui, par là, nous fait entrer de plain-pied dans le fantastique.

Dans *Le Portrait*, le fantastique est tout entier concentré sur la personne du mystérieux usurier et de son portrait. L'usurier est en effet lié au diable, thème de prédilection du fantastique – que l'on retrouve notamment dans *Les Élixirs du diable* de Hoffmann :

> Chaque fois qu'il le rencontrait, mon père s'arrêtait net et ne pouvait se défendre de murmurer : « C'est le diable, le diable incarné ! » (p. 140).

Diabolique, le portrait du vieil usurier l'est autant que son modèle, et il donne lieu à de nombreuses scènes fantastiques, comme celle-ci où Tchartkov voit le tableau s'animer sous ses yeux :

> Et soudain il vit le vieillard remuer, s'appuyer des deux mains au cadre, sortir les deux jambes, sauter dans la pièce. [...] Un bruit de pas retentit, se rapprocha. [...] Tchartkov voulut crier : il n'avait plus de voix ; il voulut remuer : ses membres ne remuaient point (p. 99).

Aphasie et paralysie sont souvent dans ce type de récit les marques d'une confrontation avec le fantastique : la pauvre raison humaine se trouve impuissante face à ce genre de phénomène, et cette impuissance est transmise à tout le corps.

Dans *Le Journal d'un fou*, le fantastique est, cette fois, intérieur : il naît des divagations de Poprichtchine, et prend sa source dans ses affabulations :

> Voilà, je suis en Espagne ; cela s'est fait si rapidement que j'ai à peine eu le temps de m'y reconnaître (p. 192).

C'est verbalement qu'il se manifeste, dans les phrases absurdes de Poprichtchine ou dans la chronologie démente du journal.

La nouvelle du *Nez*, elle, est fantastique de bout en bout : cette histoire d'un nez perdu puis retrouvé est presque trop irréelle pour fonctionner. Le fantastique requiert, en effet, davantage d'incertitude. Mais c'est alors que le fantastique sert de tremplin au comique, omniprésent dans ce récit.

Le Manteau, enfin, bascule tardivement dans le fantastique : c'est seulement après la mort du héros que le récit trouve un second souffle, fantastique, cette fois, comme le souligne le narrateur :

> Il en fut pourtant ainsi et notre modeste récit va devoir se terminer sur une note à la fois fantastique et inattendue (p. 290).

Le destin des nouvelles pétersbourgeoises

Celles-ci valurent à Gogol en son temps, et par la suite, une notoriété certaine. Nombreux furent les écrivains russes qui s'en inspirèrent. Parmi eux, Dostoïevski fit ses débuts en littérature en récrivant *Le Manteau* dans *Les Pauvres Gens* (1846). Par la suite, l'inspiration de Gogol se fit sentir dans ses œuvres, et en particulier dans *Le Double* (1846), dont nous avons reproduit deux extraits (p. 252 et p. 307). Les ressemblances de ce récit avec *Le Journal d'un fou* sont en effet frappantes : les deux héros sont conseillers titulaires, en mal de reconnaissance, et finissent par sombrer dans la folie. De plus, Dostoïevski pastiche, en lui donnant une nouvelle ampleur, le thème de l'idylle malheureuse de Poprichtchine et Sophie : son héros est l'amoureux transi de Clara, la fille de son supérieur.

La distribution du *Journal d'un fou* créé au Théâtre des Mathurins en novembre 1962, dont vous pouvez voir quelques scènes aux pages 199 et 204.

Mais, et c'est là que l'on perçoit la dette de Dostoïevski à l'égard de Gogol, *Le Double* n'évoque pas seulement *Le Journal d'un fou* : il rappelle également *Le Manteau*. Une scène du *Double*, le cauchemar du héros Goliadkine où celui-ci se voit poursuivi dans les rues de Saint-Pétersbourg par une kyrielle de doubles qui tentent de lui arracher son manteau, est une allusion directe aux scènes finales du *Manteau*. Par ailleurs, à l'instar de Bachmatchkine, Goliadkine est caractérisé par sa maladresse verbale, sa tendance à ne pas finir ses phrases ou à employer des locutions toutes faites.

Enfin, on peut rappeler que *Le Manteau* donna lieu à une adaptation cinématographique d'Alberto Lattuada en 1952 : éternellement moderne, ce texte bref et condensé se prête en effet à merveille à ce type d'adaptation.

Annexes

De vous à nous

Arrêt sur lecture 1 (p. 83)

6 – BAC. Question sur un point précis – La ville est un **labyrinthe au sens propre** : les deux héros, qui suivent chacun une femme, se perdent dans des ruelles qu'ils ne connaissent pas. Dès que l'on quitte la Perspective Nevski, artère centrale et fil directeur de la nouvelle*, on entre dans un monde inconnu, un no man's land, lieu de tous les possibles. Les bifurcations des rues sont ainsi la métaphore des bifurcations du récit.

Labyrinthe au **sens figuré** également : en se perdant dans des rues qu'ils ne connaissent pas, les deux héros se perdent, de manière symbolique, cette fois. Piskariov perd la vie, conduit au suicide parce qu'il a suivi dans les rues de Pétersbourg une inconnue. Pirogov perd dans son aventure son honneur d'officier. Il s'est fait ridiculiser par le ferronnier allemand.

Mais cette ville est aussi un **théâtre** : la scène est la Perspective sur laquelle défilent au début du récit des figurants que l'auteur désigne à son lecteur-spectateur. Elle est théâtre aussi dans la mesure où elle est le lieu sur lequel se donne à voir un drame, celui de Piskariov, et une comédie, celle de Pirogov. La ville est théâtre enfin, car elle est mensongère et trompeuse. Tout en elle n'est que masques et faux-semblants, ce qui est le propre du théâtre, art qui repose sur l'illusion.

Arrêt sur lecture 2 (p. 163)

6 – BAC. Question sur un point précis – Deux positions esthétiques s'affrontent dans ce récit : d'un côté la **fonction mimétique** (d'imitation) de la peinture, et de l'autre sa **fonction fantastique***.

Le tableau du vieil usurier est extrêmement ressemblant : on a affaire à une représentation mimétique, voire illusionniste (qui reproduit la réalité à s'y méprendre). Mais ce tableau est aussi fantastique : d'abord parce qu'il donne l'impression d'une présence réelle, et que l'usurier sort de son cadre, ensuite parce qu'il a une influence maléfique sur tous ceux qui entrent en sa possession.

Tout cela vaut également, de façon analogique, à l'échelle de la nouvelle. Gogol nous transmet ainsi une question : doit-on reproduire la réalité telle qu'elle est ou bien la modifier pour la faire apparaître sous les couleurs de l'imagination ? Gogol semble pencher vers la représentation sinon fantastique, du moins imaginaire. Il entraîne le lecteur dans un univers de fantasmes et de fantasmagories et lui présente la face cachée des choses, l'envers du décor.

Arrêt sur lecture 3 (p. 209)

6 – BAC. Question sur un point précis – Par le recours au journal*, Gogol parvient à renforcer chez le lecteur le sentiment de la folie de Poprichtchine.

La **chronologie** absurde et bouleversée marque les progrès de la folie chez un personnage qui n'a plus le sens ni du temps ni de l'espace.

Deuxièmement, le fait que le journal* donne à entendre la voix d'un être qui sombre peu à peu dans la folie : Poprichtchine **parle tout seul**, comme un fou, il s'invente des interlocuteurs imaginaires.

De façon plus subtile, et dans la mesure où le diariste (celui qui écrit un journal) rapporte dans son texte les réactions des **autres personnages** du récit, le lecteur perçoit, à l'insu du personnage, le sentiment qu'ont les autres de sa folie.

Arrêt sur lecture 4 (p. 253)

6 – BAC. Question d'ensemble – « Vous aurez beau dire, des aventures comme cela arrivent en ce monde, c'est rare, mais cela arrive » : cette dernière phrase du récit constitue une bonne définition de la nouvelle.

La nouvelle étant un **récit bref**, elle doit s'articuler autour d'un petit fait extraordinaire susceptible d'attirer l'attention du lecteur et de créer un suspense. L'auteur est celui qui sait voir ce fait extraordinaire pour en tirer un récit.

De plus, par cette phrase, on découvre que la nouvelle ne repose pas entièrement sur des procédés réalistes : il y a une place pour le **fantastique** et l'invraisemblable. Tout tient en fait au talent de conteur de l'auteur qui saura rendre cette invraisemblance acceptable par son lecteur.

Enfin, cette phrase nous montre que la nouvelle s'appuie avant tout sur le **plaisir** de raconter une histoire, si incroyable soit-elle, pour l'auteur, et sur le plaisir de se laisser charmer, pour le lecteur.

Arrêt sur lecture 5 (p. 308)

6 – BAC. Question d'ensemble – La situation à laquelle se trouvent confrontés les personnages à la fin du récit est une de celles qui sont propres au fantastique* tel que le définit Todorov : ils se trouvent face à un être dont ils ne savent s'il est vivant ou non, et c'est cette hésitation qui les fait basculer dans le fantastique.

L'**hésitation** est partout : les policiers qui ont failli attraper le fantôme de Bachmatchkine ne savent s'ils ont rêvé ou non.

De plus, le « personnage considérable » a face à lui un être que tout semble donner pour mort (son haleine sépulcrale, sa blancheur cadavérique) mais qui agit pourtant comme quelqu'un de bien vivant puisqu'il le poursuit et s'empare de son manteau avec violence. Il faut donc, pour que le fantastique fonctionne, que Bachmatchkine soit à la fois suffisamment **crédible** comme fantôme, et suffisamment **humain** pour susciter l'hésitation qui accompagne le fantastique.

Glossaire

Accréditation : procédé qui consiste à affirmer que tout ce que le lecteur va lire est faux ou fantastique ou invraisemblable, pour mieux faire adhérer le lecteur à cet univers fantastique.
Acmé : point culminant. Ce mot est la retranscription exacte du mot grec originel.
Anaphore : répétition, placée en tête de phrase, de vers ou de paragraphe, d'un même terme ou d'un même motif.
Art oratoire : art de parler en public et de convaincre ses auditeurs, grâce à l'emploi de figures de style destinées à émouvoir ces derniers (structure du discours, organisation rythmique des phrases, images, etc.). Les questions rhétoriques, c'est-à-dire des questions qui n'appellent pas de réponse, sont fréquemment utilisées à cet effet.
Démiurge : du grec *demiurgos*, architecte, un démiurge crée et anime un univers (adj. : démiurgique).
Désinvolture narrative : fait d'adopter un style ou des formulations qui se moquent du lecteur et de son désir de connaître la suite du récit.
Diariste : celui qui écrit un journal.
Fantastique : genre littéraire qui se caractérise par l'intrusion du surnaturel au

milieu d'événements ordinaires. À différencier de la science-fiction ou du merveilleux, genres ou registres littéraires où l'univers romanesque, dans son intégralité, ne correspond pas aux lois naturelles et/ou est une projection dans un temps imaginaire.

Grotesque : caractère de ce qui, par son aspect ridicule, prête à rire. En littérature, le grotesque opère souvent par décalage : sorte de comique de caricature, il peut se rapprocher du fantastique.

Histrionisme : fait de se mettre en scène comme un acteur (l'histrion).

Intrusion d'auteur : on dit qu'il y a intrusion d'auteur quand celui-ci intervient directement dans son récit : en disant « je » (ce « je » est alors différent du « je » du narrateur) ou « nous », et en interpellant le lecteur (par le tutoiement ou le vouvoiement, par une apostrophe).

Journal : forme littéraire fondée sur la narration chronologique des événements à la première personne (journal de voyage, journal intime, etc.).

Lyrisme : forme d'expression qui recourt à un style élevé, poétique et emphatique.

Mimésis : terme formé à partir du verbe grec signifiant « imiter » (le mot « mimétisme » partage cette même racine étymologique). La mimésis, dans le domaine de la représentation (picturale, littéraire…), désigne un processus d'imitation et de reproduction à l'identique.

Motif : thème récurrent dans un ouvrage ou un poème.

Nouvelle : forme littéraire brève comprenant un nombre réduit de personnages et caractérisée par sa fin surprenante (ou chute).

Onirique : du grec *oneiros*, rêve, cet adjectif indique tout ce qui est relatif au rêve. En littérature, on qualifie d'onirique ce qui semble sorti d'un rêve ou l'évoque, ce qui relève des élaborations mentales caractéristiques du rêve (l'irrationnel, le cauchemar…).

Pathétique : du grec *pathos*, qui signifie souffrance, passion. Est pathétique ce qui inspire des sentiments comme la pitié ou la compassion, ou qui émeut en général.

Synecdoque : figure de style qui consiste à désigner la partie pour le tout, ou la matière pour l'objet. Ex. : le fer pour l'épée, la voile pour le bateau…

Petite bibliographie

Sur Gogol
Fédor Dostoïevski, *Le Double*, Gallimard, coll. « Folio », Paris, 1980.
Vladimir Nabokov, *Gogol*, Rivages, Paris, 1988.
Vladimir Nabokov, *Littératures*, Fayard, Paris, 1985.

Sur la nouvelle
Daniel Grojnowski, *Lire la nouvelle*, Dunod, Paris, 1993.

Sur le fantastique
Tzvetan Todorov, *Introduction à la littérature fantastique*, Seuil, coll. « Poétique », Paris, 1970.

TABLE DES MATIÈRES

Ouvertures	5
La Perspective Nevski	19
Arrêt sur lecture 1	68
Le Portrait	85
Arrêt sur lecture 2	153
Le Journal d'un fou	165
Arrêt sur lecture 3	198
Le Nez	211
Arrêt sur lecture 4	244
Le Manteau	255
Arrêt sur lecture 5	296
Bilans	310
Annexes	323

Dans la même collection

Collège

Le médecin malgré lui   *Molière*
Les contes d'Apothicaire *(inédit)*   *Régine Detambel*
Les fourberies de Scapin   *Molière*
Le devisement du monde   *Marco Polo*
Cité de vérité   *James Morrow*
Knock   *Jules Romains*
Le Cid   *Pierre Corneille*
Zadig   *Voltaire*

Lycée

Ferragus   *Honoré de Balzac*
Le jeu de l'amour et du hasard   *Marivaux*
La cantatrice chauve   *Eugène Ionesco*
La bête et la belle   *Thierry Jonquet*
Les châtiments   *Victor Hugo*

Pour plus d'informations :
http://www.gallimard.fr
ou
La bibliothèque Gallimard
5, rue Sébastien-Bottin – 75328 Paris cedex 07

Cet ouvrage a été composé
et mis en pages par In Folio à Paris,
achevé d'imprimer
sur les presses de l'imprimerie Hérissey
en août 1998.
Imprimé en France.

Dépôt légal : août 1998
N° d'imprimeur : 80835
ISBN 2-07-040580-X

86645